MIRA®

Der Preis dieses Bandes versteht sich einschließlich der gesetzlichen Mehrwertsteuer.

Titel der nordamerikanischen Originalausgabe:
Reunion

erschienen bei MIRA Books, Toronto
Published by arrangement with
Harlequin Enterprises II B.V., Amsterdam

Konzeption/Gestaltung: fredebold & partner gmbh, Köln
Umschlaggestaltung: pecher und soiron, Köln
Titelabbildung: pecher und soiron, Köln
Redaktion: Claudia Wuttke
Satz: Buch-Werkstatt GmbH, Bad Aibling
Druck und Bindearbeiten: CPI – Ebner & Spiegel, Ulm
Printed in Germany
ISBN 978-3-89941-838-5

www.mira-taschenbuch.de

Sharon Sala

Im Zeichen der roten Rose

Roman

Aus dem Amerikanischen
von Vera Möbius

MIRA®

Es spielt keine Rolle,
in welcher Zeit man ein Wettrennen
gewinnt oder wie viele Opfer man bringt,
um ein bestimmtes Ziel zu erreichen.
Der Sieg bedeutet nicht alles.
Nur eins zählt – man sollte beenden,
was man begonnen hat.
Dieses Buch ist den Kämpfernaturen
gewidmet – den Menschen,
die niemals aufgeben.

PROLOG

Mit jedem langsamen Atemzug hob und senkte sich Gabriel Donners Brust. Die Frau an seiner Seite unterbrach ihre Tätigkeit und starrte in stummer Faszination auf das winzige Rinnsal, das zwischen kraftvollen Muskeln über seinen Bauch rann. Kurz bevor es das Laken benetzte, beugte sie sich über das Bett und fing die Wassertropfen mit einem Lappen auf.

„Tut mir Leid", sagte sie leise. Dann warf sie das nasse Tuch in eine Schüssel neben dem Bett und schwenkte es darin.

Sie war eine Krankenschwester, die an diesem Tag zwei Schichten hintereinander ableisten musste. Seit vielen langen Stunden arbeitete sie auf der Station, und es sah nicht so aus, als könnte sie bald Feierabend machen.

Geschickt wrang sie das überschüssige Wasser aus dem Lappen, legte ihn auf die Wange des Patienten und folgte den Konturen seines Gesichts, während sie es sorgsam wusch.

Im Augenblick der Berührung zogen sich seine Brauen zusammen, und ein Muskel zuckte in seinem Kinn. Davon abgesehen, zeigte er keine weitere Regung. Manchmal fragte sie sich, ob er je wieder sprechen würde. Mitleid verdunkelte ihre Augen. Welch ein wunderbarer Mann – und so schwer verletzt ... Sie hatte seine Krankenkarte gelesen und die Ärzte in den Fluren reden hören. Was die Genesung dieses Patienten betraf, wagten sie keine Prognosen, und das verstand sie nur allzu gut.

Sie kannte Gabriel Donners Geschichte. In ihrem Beruf

begegnete sie solchen Schicksalen viel zu oft. Seine Eltern waren ums Leben gekommen, weil jemand betrunken am Steuer eines Autos gesessen hatte.

Mit gerunzelter Stirn wusch sie das eine Bein vorsichtig von oben nach unten, dann das andere von unten nach oben. Der arme Mann – es war so traurig … Verloren in einer Welt irgendwo zwischen Leben und Tod, wusste er nicht einmal, dass er einen Unfall erlitten und ihn überlebt hatte, dass seine Eltern dabei jedoch gestorben waren.

Über zwei Wochen waren verstrichen, seit man ihn ins Krankenhaus eingeliefert hatte, und er lag immer noch im Koma. Doch obwohl er sich nicht bewegte, ging etwas seltsam Lebendiges von ihm aus.

Teilweise hing das mit seiner Größe zusammen. In gewisser Weise wirkte sie wie der Beweis seiner Existenz, allein schon durch den kraftvollen Körperbau. Er lag in einem der längsten Klinikbetten, und das Personal musste seine Beine immer wieder anwinkeln, damit seine Zehen nicht gegen das Fußbrett stießen. Zu seinen breiten Schultern passten die eindrucksvollen Muskeln in Armen und Brust. Seine Beine waren lang und sehnig. Und so dauerte es jeden Tag fünfundzwanzig Minuten, bis die Schwester den ganzen Gabriel Donner gewaschen und abgetrocknet hatte.

Ihr Blick kehrte zu seinem Gesicht zurück. Über der Stirn lagen kurze schwarze Haarsträhnen. Sie hatte ihn bereits rasiert. Nun ergriff sie den Waschlappen und schob sein Haar nach hinten. Stets tat sie ihr Bestes, um ihn sauber zu halten und für eine gepflegte äußere Erscheinung zu sorgen. Neben seinen langen dichten Wimpern stach vor allem die Nase hervor, die sich ein wenig seitwärts neigte, als wäre sie einmal gebrochen und danach etwas schief zusammengewachsen. Das Kinn wies auf einen ausgeprägten Eigensinn hin, die Lippen – jetzt erschlafft – schienen normalerweise voll und wohlgeformt. Welche Vitalität er ausstrahlen mochte, wenn er erwachen würde, konnte sich die Schwester gut vorstellen.

Nachdem sie seine Toilette beendet hatte, blieb sie neben dem Bett stehen und betrachtete sein Gesicht. Hin und wieder zuckten die Nasenflügel, reagierten auf Reize, die nur er spürte. Mit Hilfe zweier anderer Schwestern drehte sie den scheinbar leblosen Körper zur Seite, um das Bett frisch zu beziehen.

Sie rückte ihre Brille zurecht und inspizierte den Ständer mit den Infusionsgeräten, die Dosis der intravenösen Medikamente und justierte den Tropf. Schließlich packte sie ihre Sachen zusammen. An der Tür drehte sie sich noch einmal um und blickte zurück, als könnte sie ihn allein durch ihre Willenskraft wecken. Doch er lag genauso reglos da wie bei ihrer Ankunft. Da verließ sie den Raum, in der Gewissheit, dass sie sich die größte Mühe gegeben hatte, um es ihm möglichst bequem zu machen. Alles Weitere lag beim Allmächtigen.

Vor der Erkenntnis kamen die Stimmen. Fragmente des Lebens, an das er sich geklammert hatte. Einige waren undeutlich und schwach, wie Gespräche, die sich in Nichts aufgelöst und nur zusammenhanglose Silben zurückgelassen hatten. Andere Stimmen wiederum erschienen ihm nah und herausfordernd und erinnerten ihn daran, wo er gewesen und wie weit der Weg zurück in die Welt der Lebenden war.

Immer wieder drangen ganz bestimmte Klänge in sein Bewusstsein, wie eine Bandaufnahme, die jedes Mal nach dem Zurückspulen an der gleichen Stelle wieder einsetzte. Es war stets dasselbe – ein gellender Ruf, gefolgt von zwei schrillen Schreien. Manchmal überlegte er, ob er selbst gerufen oder geschrien hatte. Die restlichen Laute vermischten sich zu einem unidentifizierbaren Chaos, als hätte jemand ein Gespräch in einen Mixer geworfen und durcheinander geschüttelt. Wenn die Worte auch nach wie vor existierten, ergaben sie doch keinen Zusammenhang.

Schrecklich … Blut … Fest geklemmt.

Hebt sie hoch … Tot … Bewegt ihn … Wird nicht überleben.

Kopfverletzung.

Hilf mir … Verirrt.

Nichts davon ergab einen Sinn. Wenn es an der Zeit war, würde er das alles klären. Das musste er tun, weil es ihn am Leben erhielt.

Langsam verstrichen die Stunden, Tage. Die Stimmen begleiteten ihn immer noch. Niemals ließen sie ihn allein, niemals gönnten sie ihm Ruhe.

Eine besondere Stimme riss ihn unentwegt aus dem Schlaf, unweigerlich mit derselben beharrlichen Bitte um Hilfe. Genauso hartnäckig bemühte er sich, in die Realität zurückzukehren – vielleicht nur, um den Sprecher aufzufordern, ihn in Ruhe zu lassen, anderswo um Hilfe zu bitten. Vielleicht war es die Wut, aber beinahe hätte Gabriel das Bewusstsein wiedererlangt.

Warum bat ihn diese Person unablässig um Hilfe? Wusste sie denn nicht – konnte sie nicht *sehen,* dass er unfähig war, irgendjemandem zu helfen? Er selbst brauchte Beistand. Allein schon von dem Ort zurückzukommen, wo er gewesen war, erforderte seine ganze Kraft. Und weiß Gott – es wäre ihm leichter gefallen, dort zu bleiben, das Leben aufzugeben und sich in sein Schicksal zu fügen.

So oft hatte er die Nähe der Eltern gespürt und jedes Mal verzweifelt versucht, mit ihnen zu sprechen, zu fragen, was passiert sei. Doch sie verließen ihn immer wieder, bevor er auch nur ein Wort hervorbrachte.

Das verstand er nicht. *Wollten* sie ihn nicht mitnehmen? Und wann immer er sich am schwächsten fühlte, hörte er jene beharrliche Stimme, die ihn anflehte, er möge ihren Besitzer aufspüren, die ihn um Hilfe bat und sich weigerte, ihn freizugeben.

Und so wartete er auf ein Zeichen, lauschte auf eine andere Stimme, die stark genug wäre, ihn nach Hause zu führen.

Rosen. Er roch Rosen. Also musste seine Mutter in der Nähe sein. Er bemühte sich, die Augen zu öffnen. Aber da schwebte ein undurchdringlicher schwarzer Schleier, an dem er nicht vorbeikam. *Was ist los mit mir? Warum kann ich mich nicht wecken und aufstehen?*

Reglos lag er da und konzentrierte sich auf alles, was er zu hören – was er zu empfinden vermochte. Irgendjemand lachte, und das schrille Kichern klang gedämpft, als wäre es in einer Flasche verschlossen gewesen, die man soeben entkorkt hatte. Seltsam – seine Arme und Beine fühlten sich nicht nur kraftlos an, sondern ganz steif. Hatte man ihn gefesselt? Aber auch das ergab keinen Sinn. Zu Gabriel Donners Welt passten keine Fesseln.

Allmählich wurde ihm der Schmerz bewusst, und diese Erkenntnis war alt und vertraut. Das alles erklärt, dachte er, ich wurde verletzt! Jetzt versuchte er, seine Glieder zu bewegen, die Lider zu heben. Obwohl sein Gehirn die Befehle erteilte, geschah nichts – kein Muskel rührte sich. Plötzlich stieg Panik in ihm auf, und er fragte sich, ob dieser Zustand den Tod bedeutete. Eine Wahrnehmung des eigenen Ichs ohne Kontrolle? *Bin ich tot?* Und dann fiel eine Tür krachend ins Schloss, jemand rief einen Namen. Wo immer er auch sein mochte, hier ging es ziemlich laut zu.

Seine Wimpern flatterten. Offenbar förderte der Reiz des Lärms seine Konzentration. Ein innerer Kampf begann, und er merkte, wie der Weg seiner Gedanken auf einen winzigen Lichtpunkt zustrebte.

Hilf mir. Es war wieder diese penetrante Stimme. Seit Tagen hörte er sie. Er runzelte die Stirn und versuchte zu sprechen. Dieser lästigen Person, die ständig auf ihn einredete, musste er erklären, dass er ihr helfen würde, wenn er könnte. Und sei es auch nur, um endlich zu erreichen, dass sie den Mund hielt.

Und dann verdrängte ein neues Aroma den Rosenduft, und er rümpfte die Nase. Angewidert vom starken, beißenden Geruch eines Desinfektionsmittels.

Hilfe … Angst.

Gabriel schluckte. Angst? Hatte irgendjemand Angst? *Er* war es, der sich nicht zu bewegen vermochte.

Zu laut … Zu laut. Hilf mir, ich muss mich verstecken.

Gabriels Finger krallten sich in das Laken und schienen ihn in die Richtung des Lichts zu ziehen. Aus allen Poren brach ihm kalter Schweiß aus, immer schneller schlug sein Herz. Muskeln fingen zu zucken an, die Lippen bebten, während er durch den Tunnel seiner Phantasie glitt. O Gott – beinahe erreichte er das Ziel!

Nach all den Wochen im Dunkeln öffnete er die Augen, und eine plötzliche Lichtexplosion blendete ihn. Um sich davor zu schützen, senkte er die Lider. Einige Sekunden später hob er sie wieder, diesmal langsamer, und er gewöhnte sich an die helle Umgebung.

Er sah himmelblaue Wände, ein Fenster mit einer Jalousie. Zu seiner Linken entdeckte er eine Tür, an der Wand über seinem Kopf hing ein Monitor. Entsetzen mischte sich mit plötzlichem Verständnis. Eine Klinik! Er lag in einer Klinik! Verzweifelt versuchte er, sich aufzurichten. Stattdessen rang er nach Luft.

In seinen Armen steckten Nadeln, in seiner Nase Schläuche, und eine führte durch seinen Hals nach unten. Zwischen seinen Brauen pulsierte ein dumpfer, aber beharrlicher Schmerz, wanderte von einer Schläfe zur anderen wie das Pendel einer Uhr. Warum? Wieso? Seine Hand ballte sich zu einer Faust, und er schloss wieder die Augen, um sich zu konzentrieren.

Angela, pass auf!

Stöhnend zuckte er zusammen und erinnerte sich an die schrillen Schreie, die dem Warnruf seines Vaters gefolgt waren. Und dann die Geräusche von klirrendem Metall, der Gestank brennenden Gummis …

Nein … O nein. Als er die Augen wieder aufschlug, füllten sie sich mit Tränen. In diesem Moment erkannte er die Wahrheit. Die musste man ihm nicht beibringen. Er wusste Bescheid, seine Eltern waren tot. In seinem Innern breitete sich eine Leere aus, für die er keine Erklärung fand – bis er spürte, wie weit sich Brents und Angelas Energien von dieser Erde entfernt hatten.

O Gott, hilf mir zu begreifen, warum ich immer noch lebe. Aber der Allmächtige antwortete nicht. Stattdessen erklang wieder jene klagende Stimme, die seine Ruhe störte.

Hilf mir. Hilf mir.

Er wandte den Kopf zur Seite und erwartete, jemanden in der Tür stehen zu sehen, aber da war niemand. Gabriel runzelte die Stirn. Er schaute zur Rechten. Beinahe setzte sein Herzschlag aus.

Verirrt. Hilf mir. Oh Gott, warum lebe ich noch?

Mit zusammengekniffenen Augen sah Gabriel sich in dem Zimmer um, doch er konnte nur Schatten wahr nehmen. Sein Puls begann wie rasend zu hämmern, als die Stimme immer näher an ihn herandrang, immer intensiver.

Verirrt. Hilf mir. Verirrt.

Schweißgebadet lag er da und verschloss die Augen vor der Wirklichkeit. Von ihm abgesehen, war das Zimmer menschenleer. All diese Tage … Die ganze Zeit … Die Stimme, die er vernommen hatte, ertönte nur in seinem Kopf.

1. KAPITEL

In Laura Danes Haus gab es keine Uhren. Die brauchte sie nicht. Für sie spielte die Zeit keine Rolle. Wenn sie hungrig war, aß sie, und sie schlief, wenn sie sich müde fühlte. Ihr Großvater, der texanische Ölmagnat Wallace Dane, hatte ihr ein gigantisches Vermögen hinterlassen, und sie musste keinen Finger rühren, um ihren Lebensunterhalt selbst zu verdienen.

So war es nicht immer gewesen. Früher hatte sie sich bemüht, der realen Welt anzugehören – die eigenartige Kraft in ihrem Innern zu ignorieren, die andere Menschen nicht verstanden.

Sie hatte den komfortablen Landsitz ihrer Familie außerhalb von Santa Fé verlassen und ihr Bestes getan, um ein normales Leben zu führen. Dank ihrer Ausbildung hatte sie einen Job bei einer Bank in Albuquerque bekommen, in der Nähe ein Apartment gemietet und vorgegeben, sie wäre genauso wie alle Leute. Wenn sie einkaufen ging, nutzte sie die Sonderangebote, die in den Zeitungen annonciert wurden. Ebenso wie ihre Kollegen hastete sie durch den Alltag – lebte gleichsam von geliehener Zeit, nach den Regeln, die jemand anderer aufgestellt hatte.

Und dann brachte ein niederträchtiger Bankräuber ihre sorgsam ausbalancierte Welt durcheinander und ins Schleudern. Dagegen konnte sie nichts unternehmen.

Es war an ihrem Arbeitsplatz geschehen – im hellen Tageslicht – an einem schönen, sonnigen Samstagmorgen. In raffinierter Tarnung betrat ein Mann die Bank und ging geradewegs zu Lauras Kassenschalter. Er reichte ihr einen Zettel und stellte eine Tasche auf die Theke, schob sie zu ihr hinüber und steckte seine Hand in die Tasche seines Jacketts.

Als sie den Zettel berührte, stockte ihr Atem. Ohne auch nur ein Wort zu lesen, blickte sie auf. Und nachdem sie die Mitteilung entziffert hatte, glaubte sie noch immer nicht, was ihr widerfuhr. Er wollte Geld. Und er besaß eine Waffe. Völlig verwirrt starrte sie in ein fremdes Gesicht.

Sein langes rotes Haar war unter einer schwarzen Kappe zu einem Pferdeschwanz zusammengebunden, der Bart rotblond. Seine Augen verbarg er hinter einer dunklen Brille, die Jeanskleidung sah abgerissen aus.

„Beeilen Sie sich", flüsterte er und neigte sich zu ihr. „Und spielen Sie nicht die Heldin."

Laura stand einige Sekunden wie erstarrt da, dann aber gehorchte sie. Mit ruhigen, methodischen Bewegungen legte sie Banknotenbündel in die Tasche und schob sie über die Theke zurück. Spöttisch kräuselte der Mann die Lippen, seine Finger umschlossen die Henkel. Im selben Moment zog er die andere Hand aus der Tasche und sprühte ihr etwas ins Gesicht. Sie rang nach Luft und brach zusammen. Noch ehe sie am Boden landete, verlor sie die Besinnung.

Sein Schreckensschrei genügte ihm, um das Verbrechen zu vertuschen und ungehindert die Flucht zu ergreifen. Während ihr die Leute zu Hilfe eilten, wandte er sich ab und verließ die Bank. Es dauerte eine ganze Weile, bis irgendjemand merkte, was geschehen war. Als Laura zu sich kam, standen Polizisten neben ihr und baten sie, den Täter zu beschreiben. Unglücklicherweise stimmte ihre Beschreibung des Gesichts unter der schwarzen Kappe nicht mit dem Mann überein, den die Überwachungskamera fotografiert hatte und der einigen Bankkunden aufgefallen war.

Und so verwandelte sich ihr schöner Samstag in einen Albtraum. Vom Verdacht einer Komplizenschaft belastet, wurde sie gezwungen, ihr Geheimnis zu verraten: Manchmal erblickte sie Dinge, die nicht existierten, oder sie sah voraus, was sich ereignen würde. Über fünf Minuten lang gab sie Erklärungen ab, ehe sie ihren ganzen Mut zusammennahm und die verhängnisvollen Worte aussprach.

Übersinnliche Fähigkeiten.

Daraufhin hatten die Polizisten die Frage diskutiert, ob sie Laura vorerst in Verwahrung nehmen sollten, weil sie möglicherweise kriminell oder eventuell verrückt war.

Und obwohl der Täter letzten Endes auf Grund *ihrer* Beschreibung verhaftet wurde, ließ sich der Schaden nicht mehr beheben, den ihre Enthüllung angerichtet hatte. Die Wahrheit über ihre „Gabe“ kostete sie ihren Job und mehrere so genannte Freunde. Von der Presse verfolgt, von ihren Mitmenschen gemieden, zog sie aus dem Apartment in Albuquerque aus und übersiedelte wieder ins Haus ihrer Familie außerhalb von Santa Fé, um ihre sprichwörtlichen Wunden zu lecken.

Die fristlose Kündigung und die Heimkehr hatten zweierlei bewirkt. Erstens bot ihr die Langeweile den nötigen Anreiz, um im Konzern ihres verstorbenen Großvaters eine aktive, verantwortungsvolle Rolle zu übernehmen. Und die Behörden von New Mexico mussten letzten Endes die Tatsache anerkennen, dass sie keine Schwindlerin war. Im Lauf der nächsten sieben Jahre klärte die Polizei mit Lauras Hilfe einige weitere Fälle auf. Und so erwarb sie den Ruf einer seriösen Hellseherin.

Mittlerweile hatte sie sich mit ihrer Einsamkeit abgefunden. Sie entschuldigte sich nicht mehr, weil sie anderen Prinzipien folgte als „normale" Menschen. In den Bildern, die Lauras Phantasie erfüllten, lag ihre eigene, besondere Realität. Manchmal erschienen sie still und leise, wie Blätter, die auf die glatte Oberfläche eines Teichs fielen. Oder sie strömten durch ihre Sinne wie Regengüsse, die ein Abflussrohr hinabrauschten. Und hin und wieder, nicht allzu oft, stürzten sich die Visionen auf ihre Seele wie Brecher auf eine zerklüftete Küste. Wann immer das geschah, musste sie ihre ganze innere Kraft aufbieten, um ihr Ich zu retten.

Hätte sie in einem früheren Zeitalter gelebt, wäre sie zweifellos als Hexe gebrandmarkt und auf einem Scheiterhaufen verbrannt worden. Stattdessen litt sie an einer anderen Art von gesellschaftlicher Ächtung, die ihr konventionelle zwischenmenschliche Kontakte verwehrte. Sie akzeptierte dieses Schicksal, weil sie ihm nicht entrinnen konnte. Nur gelegentlich wurde ihr die ganze Tragweite ihrer einzigartigen Situation bewusst. In solchen Momenten bekämpfte sie ihre Dämonen und akzeptierte die Isolation. Denn ihr würde niemals ein Mann begegnen, der sie genug liebte, um ihre übersinnlichen Fähigkeiten zu verkraften.

Gabriel Donner schob den Gürtel durch die letzte Schlaufe an seinem Hosenbund und schloss die Schnalle. Er genoss es, endlich wieder richtige Kleidung zu tragen. Die Krankenhaushemden überließen der Phantasie nicht allzu viel, und in seinem Fall sogar noch weniger, was er seiner Größe von über eins neunzig verdankte.

Während er vor dem Spiegel stand, zupfte er den Kragen seines hellblauen Strickhemds zurecht und stopfte es in die Hose, bevor er sich rasch umdrehte. Seit dem Unfall ertrug er sein Spiegelbild nur noch schwer, denn es beschwor das Gefühl eines Verlustes herauf, das nicht mit dem Tod seiner Eltern zusammenhing, sondern mit seiner ausgelöschten Identität. Hatte er jemals in seinem Leben so große Angst empfunden? Wohl kaum ... Zumindest erinnerte er sich nicht daran. Aber jetzt ertappte er sich manchmal bei einem seltsamen Zögern, ehe er um die Ecken der Klinikflure bog. Und wenn die Krankenschwestern ihre abendlichen Runden machten und die Lichter löschten, überwältigte ihn beinahe das Bedürfnis, die Lampen danach wieder anzumachen. Wäre Gabriel Donner ein schwächerer Mann, würde ihn die Furcht vielleicht besiegen. Aber er war stark, im Körper und im Geist, und er wehrte sich energisch gegen das unerklärliche Grauen.

Er schlenderte zum Fenster, das auf den Parkplatz des Krankenhauses hinausging, und suchte die vertraute Farbe von Onkel Mikes Auto. Falls es da unten stand, müsste es leicht zu finden sein. Dieses Kanariengelb war unmöglich zu übersehen.

Sobald er das Fahrzeug am Ende einer Reihe entdeckte, ließ seine Angst ein wenig nach. Sehr gut! Also hatte Mike das Gebäude bereits betreten. In einer Stunde würde Gabriel zu Hause ankommen.

Und dann hielt er den Atem an. Zu Hause – das würde nie mehr dasselbe sein wie früher. Als er sich vom Fenster abwandte, krampfte sich sein Herz schmerzhaft zusammen. Unfassbar, dass seine Mutter und sein Vater nicht mehr auf dieser Erde existierten … Ohne sein Wissen waren sie gestorben, in seiner Abwesenheit bestattet worden. Das erschien ihm fast obszön. Seinen einzigen Trost fand er in der Gewissheit, dass Mike Travers – Brents und Angelas bester Freund, den er Onkel nannte – am Grab gestanden hatte.

Nach einem tiefen, zitternden Atemzug strich er mit allen Fingern durch sein Haar und sagte sich, er müsse sich auf die Zukunft konzentrieren, nicht auf die Vergangenheit. Doch das fiel ihm unendlich schwer. Die letzte Erinnerung an seine Eltern war der Warnruf des Vaters, gefolgt vom gellenden Geschrei der Mutter. Danach hatte sich alles hinter einem barmherzigen Schleier verborgen, ehe er das Bewusstsein verloren hatte.

Unentwegt plagten ihn die Schuldgefühle. In Gedanken erlebte er immer wieder jenen Augenblick, beobachtete seinen Vater, der darauf bestand, den neuen Wagen seines Sohnes zu dem Restaurant zu chauffieren, wo sie essen wollten, und sich eifrig ans Steuer setzte. Nun wünschte Gabriel inständig, das Dinner hätte daheim stattgefunden. Dann wären sie nicht den Northwest Expressway entlanggefahren. Und der Betrunkene, der den Mittelstreifen überquert hatte, wäre mit jemand anderem zusammengestoßen.

Wütend schmetterte er eine Faust gegen die Wand, ohne zu merken, dass er nicht mehr allein war.

Mike Travers blieb in der Tür stehen. Als er Gabriels Stimmung registrierte, erlosch sein Lächeln. Dieser Mann bedeutete ihm so viel wie der Sohn, der ihm nie vergönnt worden war. Den kleinen Jungen hatte er vergöttert, den erwachsenen Mann geliebt und respektiert. Natürlich würde er in Gabriels Leben niemals Brents Platz einnehmen, aber das wollte er auch gar nicht.

Dennoch musste irgendetwas geschehen, um Gabriels wachsenden Zorn zu mäßigen. Nicht zum ersten Mal in den vergangenen Tagen sah er einen solchen Wutausbruch mit an, und als erfahrener Psychiater wusste Mike nur zu gut, wie sich solche Seelenqualen auf lange Sicht auswirken konnten.

„Gabriel!"

Erstaunt hob Gabriel den Kopf. Bei Mikes Anblick spürte er, wie seine Wut verebbte. Er brachte sogar ein Lächeln zu Stande. Und es beschämte ihn, dass er in einer dieser düsteren Anwandlungen ertappt worden war, die sein Leben neuerdings beherrschten.

Michael Morris Travers war ein kleiner, hagerer Mann, der sich seinem achtundsechzigsten Geburtstag näherte. Er hatte schütteres graues Haar, und seine Kleidung war fast immer zerknittert. Nichts an seiner äußeren Erscheinung verriet den erstklassigen Ruf, den er auf seinem Fachgebiet genoss. Brent und Angela hatten sich stets amüsiert, weil ihr bester Freund eher einem zerstreuten Professor glich als dem hervorragenden, erfolgreichen Psychiater, der er tatsächlich war.

Unsicher runzelte Gabriel die Stirn. „Hör mal, Onkel Mike, ich … also …"

Michael berührte Gabriels Arm und spürte, wie sich die Muskeln unter seinen Fingern verkrampften. „Schon gut, mein Junge. In letzter Zeit habe ich mich oft genug so ähnlich gefühlt."

Gabriel atmete auf. Seinem Onkel Mike musste er nichts erklären, und das beruhigte ihn ein wenig.

„Bist du bereit, nach Hause zurückzukehren?" fragte Mike.

Bedrückt zuckte Gabriel die Achseln. „So bereit, wie ich es jemals sein werde." Er griff zum Telefon und drückte die Nummer des Schwesternzimmerns. In knappen Worten teilte er einer der Pflegerinnen mit, dass er die Klinik auf eigenes Risiko verlassen würde. Dann drehte er sich wieder zu Mike um. „Hast du sie mitgebracht?"

Mike dachte an die Rosen, die auf dem Rücksitz seines Autos lagen, und nickte. „Zwölf Dutzend."

Diese Bitte hatte Gabriel bei einem früheren Besuch seines Onkels geäußert, und sie beunruhigte Mike immer noch. „Ob dies der richtige Augenblick für einen Besuch auf dem Friedhof ist, weiß ich nicht", gab er zu bedenken, „so kurz nach deiner Entlassung aus dem Krankenhaus. Wenn du lieber warten willst – die Blumen bleiben sicher noch ein paar Tage frisch."

„Nein, ich finde, ich habe schon zu lange gewartet", erwiderte Gabriel.

Mit seiner ausdruckslosen Miene zerrte er an den Nerven des alten Mannes. Gabriels Übermut war in seiner Kindheit fast ein Ärgernis gewesen. Und später hatte sich der ausgelassene Junge in einen starken, reifen, zuverlässigen Mann verwandelt, allerdings mit einer gewissen Neigung zu albernen Streichen.

Dieser stille Zorn, von dem Mike nun erfüllt war, passte nicht zu dem Menschen, den Mike schon so lange kannte. Während der letzten Tage hatte er mehrmals den Eindruck gewonnen, der Gabriel früherer Zeiten wäre zusammen mit seinen Eltern im Autowrack gestorben und der Mann, der ihm jetzt gegenüberstand, ein raffinierter Schwindler.

Seite an Seite verließen sie die Klinik. Eine Stunde später bog Mike vom Highway ab und fuhr durch das Haupttor des Rosemound-Friedhofs. Bereits in dieser ersten Juniwoche war es unerträglich heiß in Oklahoma. Doch das frisch gemähte Gras rings um die Grabsteine leuchtete immer noch in saftigem Grün.

„Da sind wir." Mike parkte den Wagen im Schatten einer mächtigen Eiche.

Als Gabriel über die Gräberreihen hinwegblickte, fühlte er sich plötzlich seltsam leer. Seine Eltern nie wieder zu sehen – das erschien ihm unvorstellbar. Und dass sie jetzt zwei Meter tief unter der Oklahoma-Erde lagen – diesen Gedanken ertrug er nicht.

Mit einer bebenden Hand wischte er über seine Augen. „Das ist so grauenvoll …"

Verständnisvoll drückte Mike seinen Arm. „Ja, mein Junge, ich weiß. Manchmal ist das Leben unfair."

Ohne zu antworten, sprang Gabriel aus dem Auto. Nun musste er die Pflicht erfüllen, die ihn hierher geführt hatte. Er öffnete die Heckklappe und griff nach den Rosen.

„Lass dir helfen." Auch Mike stieg aus und überreichte ihm drei der eingewickelten Buketts. Sie restlichen drei übernahm er selbst. Dann führte er Mike einen Kiesweg entlang. „Beinahe habe ich die Blumenhandlung leer gekauft. Die Rosen wurden zu Sträußen von je zwei Dutzend gebunden. Ich hoffe, dir ist das recht?"

Der süße Duft der blutroten Blüten drang in Gabriels Nase. Den Kopf gesenkt, atmete er das Aroma ganz langsam ein und entsann sich, wie sehr seine Mutter diese Blumen geliebt hatte. In seinen Augen brannten Tränen. Aber er wehrte sich dagegen, sie zu vergießen. „Ja, sehr gut."

Ein paar Minuten später blieb Mike stehen.

Es dauerte eine Weile, bis Gabriel hinabzublicken wagte. Was er sah, traf ihn wie ein vernichtender Schlag. Der unwiderlegbare Beweis für den Tod seiner Eltern starrte ihn an. Auf dem hohen marmornen Grabstein las er die beiden Namen und vermochte kaum zu atmen.

„Kann ich irgendwas für dich tun?" fragte Mike.

„Nein."

Aus der einsilbigen Antwort sprach tiefer Schmerz. Mike

hätte ihn gern tröstend in den Arm genommen. Aber diesen Moment verzehrender Trauer musste Gabriel allein verarbeiten.

„Ich warte im Auto auf dich, Gabriel. Wenn du mich brauchst, ruf mich einfach, ich behalte dich im Auge.“

Dann legte Mike seine Blumen auf das Grab, ging davon und ließ Gabriel mit seiner Verzweiflung allein.

Als Gabriel auf die Knie sank, schienen ihm warme Sonnenstrahlen ins Gesicht. Aus einem nahen Baum flatterte ein Rotkehlchen, landete ein paar Schritte entfernt im Gras und hüpfte davon. Ein wenig zurückgeneigt, schaute Gabriel ihm zu. Für ein paar Sekunden bildete er sich ein, er würde seiner Mutter bei der Gartenarbeit helfen, statt vor ihrem Grab zu knien. Doch da raschelte eine sanfte Brise im Papier, in das die Rosen gewickelt waren, und erinnerte ihn an den Zweck seines Besuchs.

Schweren Herzens packte er die ersten drei Sträuße aus und legte sie auf das Grab, an die Seite, wo sein Vater bestattet war. Dort verteilte er die Blumen, bis die eine Hälfte des frischen Erdhügels vollständig von den langstieligen Schönheiten bedeckt war.

Als er dann Angela Donners letzte Ruhestätte schmücken wollte und das erste Bukett auswickelte, hielt er einen Moment inne. Kurz darauf kniete er wieder nieder und ergriff eine einzelne Rose. Systematisch brach er die Dornen ab und legte die Blume erst hin, als der Stängel glatt war und keinen Schaden mehr anrichten konnte. Genauso verfuhr er mit allen restlichen Rosen, um eine Gepflogenheit seiner Mutter zu wiederholen.

Obwohl die Rose ihre Lieblingsblume gewesen war, hatte sie oft verkündet, es sei eine merkwürdige Ironie, dass etwas so Schönes manchmal so heftige Schmerzen verursachte. Deshalb hatte sie von all ihren wunderschönen Sträußen stets die Dornen entfernt.

Bei dieser mühsamen Arbeit stach er sich mehrmals in den Finger. Doch das war belanglos, verglichen mit dem Leid, das seine Seele erfüllte. Nachdem er die letzte Rose auf das Grab gelegt hatte, ließ er seinem Kummer freien Lauf. Über seine Wangen rannen heiße Tränen.

„O Gott, warum meine Eltern?“ flüsterte er voller Trauer, voller Wut. „Warum nicht ich?“

Als alles still blieb, strömte trotz der sommerlichen Hitze ein kalter Schauer durch seinen Körper. Erschöpft trat er den Rückweg zum Auto an. In seiner Nähe hörte er jemanden schluchzen und schaute sich überrascht um, konnte jedoch niemanden sehen. Gabriel fasste sich an die Wangen. Doch seine eigenen Tränen waren bereits getrocknet.

Die Stimme. Schon wieder ... Wie machtvolle Wellen überkamen ihn böse Ahnungen in. Er strich durch sein Haar, tastete nach der Stelle, wo man ihn rasiert hatte, um die Wunde zu behandeln.

„Lass mich in Ruhe“, flüsterte er. „Ich habe genug eigene Sorgen.“

Seltsamerweise verstummte die Stimme.

2. *KAPITEL*

Als Gabriel zehn Jahre alt gewesen war, hatte Brent Donner die Straight Arrow Security gegründet. Nach dem College-Studium hatte sein Sohn eine Stellung in der Sicherheitsfirma angetreten. Jetzt gehörte sie ihm allein. Doch er wollte sie nicht.

Nicht, dass er unfähig gewesen wäre, den Job zu übernehmen. Aber seine Position störte ihn. Immer wieder fragte er sich, wie zum Teufel er das Eine-Million-Dollar-Unternehmen leiten sollte, wenn er nicht einmal seine eigenen Gedanken unter Kontrolle hatte.

In den letzten Tagen war er zwei Mal nahe daran gewesen, seinem Onkel Mike von der Stimme zu erzählen. Der Mann war Psychiater. Sicher hatte er von einigen Patienten schon verrücktere Geschichten gehört. Aber die Scham und die Angst, für verrückt gehalten zu werden, hielten ihn zurück. Er redete sich ein, an einer harmlosen Verwirrung zu leiden, die bald von allein verschwinden würde. Je weniger Leute davon erfuhren, desto besser für ihn. Und das sagte er sich so lange, bis er fest daran glaubte.

Trotzdem geriet er beinahe in Panik, als Mike in die gewundene Straße abbog, die zum Donner-Anwesen führte.

Würde er mit den Erinnerungen leben können, ohne den Verstand zu verlieren? Ein Schauer fuhr ihm den Rücken hinab. Vielleicht war es zu spät – vielleicht hatte er die Schwelle zum Wahnsinn bereits überschritten ... Entschlossen verdrängte er die negativen Gedanken und konzentrierte sich auf das zweistöckige Haus mit den schimmernden weißen Mauern und den eleganten korinthischen Säulen. Wie vier Wachposten erhoben sie sich bis zum ersten Stockwerk und stützten den Balkon im zweiten, der die ganze Breitseite des Gebäudes einnahm.

Sein Blick schweifte über das Gelände hinweg. Wenn er die schönste Stelle des Parks auch nicht sah, er wusste ganz genau, wo der Rosengarten seiner Mutter lag – im Hintergrund des Anwesens. Sein Herz hämmerte dumpf gegen seinen Brustkorb. Würde er sich hier jemals wieder heimisch fühlen?

Mike parkte den Wagen vor dem Haus und zeigte auf die Eingangsstufen. „Offenbar hat Matty nach uns Ausschau gehalten. Da kommt sie."

Gabriel schluckte. Es würde ihm nicht leicht fallen, der alten Frau gegenüberzutreten. Für ihn war Matty Sosa eher eine Großmutter als die langjährige Haushälterin der Familie Donner. Bei seinem Anblick verzog sie schmerzlich das Gesicht. Dann nahm sie ihn ganz fest in die Arme.

„*Madre de Dios!* Wie dünn du geworden bist!"

„Im Krankenhaus habe ich kein so gutes Essen bekommen wie bei dir", erklärte er und erwiderte die Umarmung. Dabei brachte er irgendwie ein Lächeln zu Stande.

Matty betupfte ihre Augen mit dem Saum ihrer Schürze. Verzweifelt bestrebt, irgendetwas zu tun, griff sie nach Gabriels Reisetasche. „Herein, herein!" befahl sie und ging voraus. „Jetzt bringe ich das Gepäck in dein Zimmer. Und du, mein

Junge, führst deinen Onkel Mike inzwischen auf die Terrasse. Setzt euch! Gleich serviere ich euch kalte Drinks."

Beflissen eilte sie davon, und Gabriel schaute ihr nach. Wie alt musste er werden, bis sie aufhören würde, ihn „mein Junge" zu nennen? Er wandte sich zu Mike. „Hoffentlich hast du keine anderen Pläne. Matty scheint zu erwarten, du würdest zum Dinner bleiben." Als er merkte, wie salopp die Einladung klang, fügte er hastig hinzu: „Und ich würde mich natürlich auch über deine Gesellschaft freuen."

Mike gab vor, Gabriels Melancholie nicht wahrzunehmen. „Kein Problem. Ich bin sogar froh, dass Matty damit rechnet. Nun kann ich's mir ersparen, um eine ihrer köstlichen Mahlzeiten zu betteln."

Während sie über belanglose Dinge plauderten, durchquerten sie das weitläufige Gebäude. Dabei wählten sie ein gemächliches Tempo, um Gabriel nicht zu überfordern. Er konnte sich kaum auf Mikes Worte konzentrieren. Alles erinnerte ihn hier an seine Eltern, an das glückliche Leben, das sie geteilt hatten. Vielleicht war es keine gute Idee gewesen, in dieses Haus zurückzukehren.

Als sie dann um eine Ecke des Korridors bogen, hatte Gabriel plötzlich den Eindruck, die Luft würde ihren Sauerstoff verlieren. Bei jedem Atemzug fühlte sich seine Brust schwerer an, die Gesichtshaut begann sich zu straffen. Er wusste, dass das unmöglich war, und dennoch, ihm war, als kröche irgendetwas in sein Gehirn.

Hilf mir.

Gabriel unterdrückte einen Fluch und taumelte zur Wand, verzweifelt bemüht, irgendetwas Reales zu berühren – etwas, das tatsächlich existierte. Als seine Hand die kühle, glatte Fläche spürte, schloss er stöhnend die Augen.

Verstört umfasste Mike seinen Arm. „Alles in Ordnung, Gabriel?"

Mit beiden Händen an die Wand gestützt, erschauerte Gabriel, über seinen Körper rann kalter Schweiß.

Ich kann dich nicht finden.

Im Kampf gegen den unerwünschten Eindringling zwang er sich, stehen zu bleiben, obwohl er am liebsten zu Boden gesunken wäre. Wie er das hasste … Er war kein Schwächling. Doch das schien sein Gehirn zu ignorieren. Dieser ständige Hilfeschrei würde ihn in den Wahnsinn treiben.

Wütend schlug er mit einer Faust gegen die Wand. „Hurensohn!"

Mike wandte sich ab. „Warte, ich rufe einen Arzt …"

Mit glühendem Blick und harten Fingern, die sich in Mikes Schultern gruben, hielt Gabriel ihn zurück. „Lass nur, ich bin okay."

Mike musterte Gabriels blasses Gesicht und schüttelte den Kopf. „Nein, verdammt, das bist du nicht."

„Was mich quält, kann ein Arzt nicht aus der Welt schaffen", murmelte Gabriel und ging davon.

Im Haus herrschte absolute Stille. Die Atmosphäre beim Dinner war angespannt gewesen, aber irgendwie hatten sie es überstanden, ebenso wie Mikes widerstrebenden Aufbruch in sein eigenes Heim. Jetzt wanderte Gabriel durch verlassene Räume und lauschte den Echos glücklicherer Zeiten. Im Flur vor der Küche blieb er stehen, schloss die Augen und erinnerte sich an die melodische Stimme seiner Mutter, das überschwängliche Gelächter des Vaters. Aber als er weiterging, hörte er nur seine eigenen Schritte auf den glänzend polierten Bodenbrettern.

Unbewusst folgte er den allabendlichen Wegen seines Vaters vor dem Ruhestand. Er blieb in der Halle stehen und betrachtete die Schalttafel in der kleinen Nische neben der vorderen Haustür. Darin blinkte ein rotes Licht. Die Alarmanlage war eingeschaltet und gesichert. Nachdem er diesen banalen Aspekt des täglichen Lebens überprüft hatte, ging er zum Fuß der Treppe, hielt inne und spähte nach oben.

Die oberen Etagen schienen ihn zu verhöhnen. Entschlossen betrat er dennoch die erste Stufe. Das war am schwierigsten. Danach musste er einfach nur einen Fuß vor den anderen setzen.

Eine Stunde später schlief er ein.

Der Mann hob den Kopf und schnüffelte – wie ein Tier fahndete er in der Luft nach Dingen, die nicht hierher gehörten. Zwischen den Bäumen lagen schwarze Schatten, und dahinter erstreckte sich eine Lichtung, die er hastig aufsuchte, um den unsichtbaren Gefahren zu entfliehen.

Unter seinen Fußen knirschte der Kies, als er seine Schritte beschleunigte. Die Tasche, die er bei sich trug, schlug gegen sein Bein. Vor dem marmornen Monument kniete er nieder, dann streckte er sich auf der Rosendecke aus, als wäre sie ein weiches Bett. Die Wangen voller Tränen, vergrub er sein Gesicht im Erdreich. Wie weiche Federn fühlten sich die Blätter auf seiner Haut an, die welken Blüten wie Küsse.

Ein Auto mit kaputtem Auspuff raste die Straße jenseits der Mauer entlang, ratternd bahnte es sich einen Weg in die Nacht. Bei diesem Geräusch krallten sich die Finger des Mannes zusammen und bildeten kraftvolle Fäuste. Er richtete sich auf, schaute suchend in die Finsternis. Weit und breit ließ sich niemand blicken. Die innere Anspannung wich bleierner Müdigkeit. Wie ermattet er war … Völlig erschöpft. Und in seinen Schläfen pochte es schmerzhaft.

„Mutter … Mutter, ich finde dich nicht."

Zitternd und zusammengekauert sehnte er sich nach der vertrauten Umgebung. Aber irgendwie hatte er sich in dem Dickicht verirrt.

„Hilf mir."

Niemand antwortete, niemand kam zu ihm. Stundenlang saß er da, bis der Mond hoch am mitternächtlichen Himmel stand. Plötzlich erschien ein Licht hinter dem versperrten Tor am Ende des Kieswegs. Panik erfasste ihn. Sekundenlang erstarrte er. Was sollte er jetzt tun?

Dann erinnerte er sich an einen Tag vor langer Zeit. Seine Mutter hatte ihm eingeschärft, wenn er sich fürchte, solle er sofort zu ihr laufen. Denn sie würde *immer* für ihn sorgen. Er betrachtete das welke Blütenmeer, in dem er saß. Und weil seine Mutter Rosen liebte, begann er einen Strauß zu sammeln. Nur Stängel ohne Dornen – so, wie sie es mochte …

Während er vor dem Grabstein kniete, flatterte ein Nachtvogel vorbei – er sah ihn nicht, aber er spürte den Luftzug, den der Flügelschlag des Tieres verursachte.

Über seinem Kopf glitt eine Wolkenbank zwischen Himmel und Erde dahin und säumte das silberne Licht des Dreiviertelmonds.

Als das Auto zurückkehrte, war der Mann endgültig verschwunden.

Auf der Schalttafel der Alarmanlage im Donner-Haus blinkte das rote Licht nicht mehr. Die Glastür, die zur Terrasse hinter der Bibliothek führte, stand offen. Draußen frischte der Wind auf und wehte den Geruch eines Sommerregens heran.

Die Straßen waren still. Am frühen Morgen herrschte kein Verkehr in dieser Gegend. Er liebte das Schweigen. Wenn er nichts hörte, fühlte er sich wohl und beschützt. Sein Magen knurrte und erinnerte ihn an seinen Hunger. Aus einem Gebäude drang Licht. Beim Gedanken an eine Mahlzeit beschleunigte er seine Schritte – bis ihm eine Bewegung auffiel. Eine Frau trat aus den Schatten, und sein Herz schlug schneller. Unsicher blieb er stehen.

„Mutter?“

Leise und heiser lachte die Frau. „Nein, Schätzchen. Sehe ich wie deine Mommy aus?“

Er runzelte die Stirn. Wie seine Mutter sah sie gewiss nicht aus. Seine Mutter hatte kurzes Haar und duftete wundervoll. Aber das Haar dieser Frau war lang und schwarz, und ihr Geruch missfiel ihm. Doch sie lächelte. Und er war so müde und hungrig. Deshalb blieb er stehen.

Langsam strich sie über seinen Arm, dann starrte sie die Blumen und die Tasche an, die er bei sich trug. „Hmmm … Du weißt, was Frauen mögen, nicht wahr, mein Süßer? Komm mit mir nach Hause. Für zwanzig Dollar kriegst du genau das, was du suchst."

Sie streckte eine Hand aus, und er griff danach. Weil er müde war. Und weil er hungrig war. Sie führte ihn eine steile, schmale Treppe hinauf. Früher hatte ihre Wohnungstür in grellem, feurigem Rot geleuchtet. Das war längst verblasst, und der Anstrich blätterte ab. Aber was die Farbe signalisierte, verstanden die Männer immer noch. Sie sperrte die Tür auf, betrat das Apartment und zog ihn hinter sich her.

Im Zimmer bemerkte er den gleichen Geruch, den auch sie verströmte – nach schmutziger Wäsche und Zigarettenqualm. Angewidert rümpfte er die Nase. „Hier stinkt es."

Sie hob die Brauen, dann grinste sie ironisch. „Bevor ich mit dir fertig bin, wird's dich nicht mehr interessieren, was du riechst – nur was Gloria dir geben kann."

Mit diesen Worten strich sie über die Vorderseite seiner Hose, öffnete den Reißverschluss und schob eine Hand in den Schlitz. Unter der Berührung erhärtete sich sein Glied.

„Ah, Schätzchen, was für ein tolles Ding du da hast! Normalerweise gönne ich meiner eigenen Wenigkeit keine Freude. Aber vielleicht mache ich diesmal eine Ausnahme.“

So etwas hatte er nicht erwartet. Was sie tat, fühlte sich gut an. Er vergaß seinen Hunger und starrte auf ihre Hand in seiner Hose hinab. Aber als sie sich nach unten neigte, trat er hastig zurück. „Nein, nein“, sagte er leise – nicht zu ihr, sondern zu sich selbst.

Erstaunt richtete sie sich auf und musterte ihn mit schmalen Augen. Offenbar ein nervöser Kunde … Aber verdammt nochmal, er sah fabelhaft aus. Solche attraktiven Typen bekam sie nur selten zwischen die Finger.

„Hören wir ein bisschen Musik zu Einstimmung. Und dann kommen wir ins Geschäft. Du schuldest mir zwanzig Dollar, großer Junge.“ Bevor sie sich abwandte und davonschlenderte, kniff sie ein letztes Mal in seine Männlichkeit.

Sein Magen fing wieder zu knurren an. Seufzend schaute er sich um und entdeckte nirgends etwas Essbares. Nun, vielleicht würde sie was holen …

Plötzlich zerriss eine dröhnende Mischung aus Hard Rock und Rap die Intimität des Augenblicks.

Die Frau drehte sich um. Lächelnd bewegte sie ihren Körper im wilden Rhythmus und ging zu ihm.

Für ihn war das keine Musik, nur eine Kakophonie aus schrillen Geräuschen, die schmerzhaft in seinen Ohren gellte. Die welken Rosen immer noch in einer Hand, warf er seinen Kopf in den Nacken. Schreiend hielt er sich die Ohren zu und schlug auf seinen Schädel.

Abrupt erstarrte die Frau. „Was zum Teufel ist denn los mit dir?“

Sie stand viel zu dicht vor ihm. Das ertrug er nicht. Blindlings schwang er einen Arm hoch, wollte dem qualvollen Getöse ein Ende bereiten – doch er schlug zu fest zu. Von der Wucht des Fausthiebs an die Wand geschleudert, brach sie sich das Genick, und die Stereoanlage, die sie eben erst eingeschaltet hatte, landete krachend am Boden.

Sobald der Lärm verstummte, hörten die Qualen auf. Reglos stand er in der Stille da und starrte die Frau verwirrt an. Sein Magen knurrte wieder. Aus ihrem Mundwinkel quoll ein Blutstropfen. Er kauerte sich an ihre Seite und wischte ihn mit dem Daumen weg. Verständnislos betrachtete er das schwarze Haar, das ihre Augen verdeckte.

Dann wischte er seine blutbefleckte Hand an seiner Hose ab. Ein paar Mal hatte er sich schon geschnitten, und er entsann sich, dass es wehtat, wenn man blutete. Also musste auch die Frau Schmerzen empfinden. Sein Blick streifte die Rosen, und er hockte sich auf seine Fersen. Ohne Zögern zog er eine langstielige Rose aus dem Strauß und legte sie auf die Brust der Frau.

„So. Jetzt ist's besser.“

Ohne einen Blick zurückzuwerfen, verließ er schnell das Zimmer.

Als Gabriel die Augen öffnete, stand er in der Finsternis, im Rosengarten seiner Mutter, eine langstielige Rosenknospe in der Hand. Die Blätter waren mit dem gleichen Tau benetzt, der auch die Hosenbeine seiner Jeans befeuchtete. Dann schaute er genauer hin und wusste, die Knospe würde sich niemals öffnen, denn sie war zu früh gepflückt worden.

In die Richtung des Hauses gewandt, glaubte er, sekundenlang ein Gesicht zu sehen, und die Fenster wären Augen, die ihn prüfend musterten und verurteilten. Sein Blick fiel wieder auf die Knospe. Plötzlich warf er sie beiseite und wischte seine Finger an den Jeans ab, als hätte er irgendetwas Verfaultes berührt. Gleichzeitig spürte er etwas Feuchtes am Schenkel, etwas Klebriges. Was mochte es sein? Im schwachen Licht wirkte es schwarz.

Blut?

Er betrachtete seine Hände, suchte nach einer Verletzung. Doch er konnte im Dunkeln nicht feststellen, ob er sich eine Wunde zugefügt hatte.

„Verdammt, was geschieht mit mir?"

Außer seinen Herzschlägen, die in seinen Ohren dröhnten, hörte er nichts. Während er zum Haus ging, drangen Bilder in seine Phantasie.

Bilder von einem düsteren, hässlichen Ort und einer schwarzhaarigen Frau, die auf staubigem Boden lag. Hinter ihm, im Gebüsch, raschelte etwas, und ihm stockte der Atem. Als er die Terrasse erreichte, rannte er los. Erst in der Sicherheit seiner vier Wände fragte er sich, warum die Alarmanlage nicht geschrillt hatte.

Konnte er das System ausgeschaltet haben, bevor er hinausgegangen war? Dieser Gedanke schenkte ihm keinen Seelenfrieden, denn es beunruhigte ihn qualvoll, nicht zu wissen, was er getan hatte. Müde schüttelte er den Kopf, schaltete die Anlage wieder ein und kroch ins Bett zurück.

Dunst verschleierte den Badezimmerspiegel, als Gabriel aus der Duschkabine stieg. In Gedanken bereits bei den Anforderungen dieses Tages, sah er eine Bewegung aus den Augenwinkeln. Beinahe setzte sein Herzschlag aus, als er herumfuhr, dann erstarrte er, gebannt von dem Anblick, der sich ihm bot – sein eigenes Spiegelbild, teilweise vom beschlagen Glas verborgen. Nur vage erkannte er die Umrisse seines Gesichts, das schwarze Haar glich einem Schatten. Aber durch die Mitte der Scheibe zog sich ein klarer Streifen, als hätte jemand mit einer Hand darübergewischt. Die Augen, dunkel und geheimnisvoll, starrten ihn an. Für einen kurzen Moment hatte er das Gefühl, einen Fremden zu mustern.

Hilfe. Hilfe.

Seine Nasenflügel bebten. Erbost beugte er sich vor. „Hilf dir selber, verdammt nochmal", flüsterte er, drehte dem Spiegel seinen Rücken zu und trocknete sich ab.

Was war bloß los mit ihm? Gewiss, er hatte schmerzlich unter dem Verlust seiner Eltern gelitten. Doch das bedeutete keineswegs, dass er sein Leben nicht fortsetzen konnte. Er musste sich zusammenreißen. Nichts anderes würden sich seine Eltern wünschen. Sicher wären sie entsetzt, wenn sie wüssten, was er sich selbst antat.

Während er einen Kamm ergriff, rief Matty: „Frühstück ist fertig, Gabriel!"

Ein Frotteetuch um die Hüften gewickelt, verließ er das Bad. Im selben Moment erschien die Haushälterin in der Tür seines Zimmers.

„Hast du's gehört? Ich sagte, dein Frühstück …"

„Ja, ich komme sofort. Gib mir nur ein paar Minuten Zeit, damit ich mich anziehen kann."

Erst jetzt erblickte die kleine alte Frau seinen halb nackten Körper, warf die Arme hoch und murmelte etwas Unverständliches vor sich hin. Gabriel grinste boshaft. Als hätte sie ihn niemals splitternackt gesehen … Seit dem Tag seiner Geburt arbeitete sie in diesem Haus, und sie betonte regelmäßig, wie oft sie seine Windeln gewechselt habe.

Matty starrte ihn strafend an, dann begann sie in seinem Zimmer herumzuwerkeln und hob die Kleidungsstücke auf, die er zu Boden geworfen hatte. „*Madre de Dios,* was hast du denn mit deinen Jeans gemacht?" Wachsende Sorge verdrängte ihre Empörung, während sie die Hose genauer inspizierte. „Oh, da ist Blut! Bist du verwundet? Hast du dir wehgetan?"

„Nein, keine Bange. Ich war letzte Nacht im Rosengarten. Das ist alles."

Seufzend bekreuzigte sich die Haushälterin und eilte aus dem Zimmer.

Gabriel schüttelte das Unbehagen ab, das in ihm aufgestiegen war, warf das Badetuch über einen Sessel und ging zum Kleiderschrank. Ein paar Minuten später betrat er die Küche. In vollen Zügen genoss er den warmen, heimeligen Duft von frisch gebackenem Brot und heißem Kaffee. Wenigstens für eine kleine Weile wollte er sich einreden, in seiner Welt wäre alles normal. Er neigte sich hinab und küsste Mattys Wange. „Was riecht denn hier so verlockend?"

Vor lauter Freude errötete sie und strahlte über das ganze runde Gesicht. „Blaubeer-Muffins, die magst du doch so gern. Möchtest du vorher Eier?"

Eigentlich stand eine üppige Mahlzeit nicht auf der Liste jener Dinge, die er im Augenblick wichtig nahm. Doch er wusste, er würde sich besser fühlen, wenn er möglichst bald zu seiner vertrauten Routine zurückkehrte. „Klar, Eier wären großartig. Und vergiss nicht, diese himmlischen scharfen Jalapeños mit zu braten, okay?"

Sie nickte. „Setz dich ins Speisezimmer! Auf dem Sideboard liegt die Zeitung, neben der Kaffeekanne. Gleich bringe ich dir dein Frühstück."

Bedrückt stellte er sich vor, ganz allein in dem lang gestreckten, seelenlosen Raum sitzen. „Ich würde lieber bei dir essen. Dann musst du nicht alles hinübertragen, nur für …"

Matty packte seine Schultern und schob ihn aus der Küche. „Inzwischen bin ich zu alt, um meine Gewohnheiten zu ändern. Geh! Trink meinen guten Kaffee, lies die Zeitung und mach deine Pläne für diesen Tag."

Da er wusste, dass jeder Widerspruch sinnlos wäre, gehorchte er.

Sein Magen krampfte sich zusammen, als er das Speisezimmer betrat. Aber nachdem er ein paar Mal an Mattys vorzüglichem Kaffee genippt hatte, ließ die Anspannung nach. Die

Zeitung in der rechten Hand, die Tasse in der linken, ging er zum Tisch. Automatisch wählte er seinen gewohnten Stuhl.

Dann glitt sein Blick zum Kopfende des Tisches, wo sein Vater in all den Jahren gesessen hatte. Nach kurzem Zögern nahm er dort Platz und redete sich ein, dass von dort das Licht, das durch das Fenster hinter ihm hereinfiel, die Lektüre der Zeitung erleichtern würde.

Im blank polierten Holz der Tischplatte sah er sein Spiegelbild, und auf verschwommene Weise glich er seinem Dad. Irgendwie beruhigte ihn diese Beobachtung, und es kam ihm so vor, er würde einfach nur mit dem, was von der Familie Donner noch übrig war, einen Kreis vollenden. Wieder einmal spürte er jene beklemmende Leere in seinem Innern. Familie. Welch eine Ironie ... *Er* war diese Familie. Und wenn er sich nicht von seinem Wahn befreite, würde sie mit ihm aussterben. Keine Frau würde einen Mann heiraten, der mit sich selbst sprach. Ärgerlich verbannte er den Gedanken. Eine Frau zu finden – das sollte die geringste seiner Sorgen sein.

Er nahm noch einen Schluck Kaffee. Auf seinem Stuhl zurückgelehnt, zwang er sich zu entspannen. Nun musste er seine Schuldgefühle endlich abschütteln und die Verantwortung akzeptieren, die ihm sein Erbe auferlegte.

Etwa fünf Minuten lang blätterte er in der Zeitung, ohne irgendetwas wirklich zu begreifen, und überflog einzelne Artikel. Aber ihr Inhalt drang nicht in sein Bewusstsein. Schließlich kehrte er zur ersten Seite zurück, dann zur zweiten. Bei der dritten merkte er, dass er sich in einen Bericht vertiefte, den er bereits gelesen hatte. Er kannte die Fakten, den Schauplatz und wusste sogar, wie alt die tote Frau gewesen war, die man gefunden hatte. Sonderbar ... Er warf wieder einen Blick auf die erste Seite, um das Datum und den Wochentag zu überprüfen. Hatte Matty versehentlich die Zeitung vom Vortag auf das Sideboard gelegt?

Nein, es war die Zeitung von heute. Verblüfft zog er die Brauen zusammen. Das ergab keinen Sinn. Wieso *wusste* er ...?

Und da stürzte die Wahrheit auf ihn ein, mit der Wucht eines Faustschlags, der seine Magengrube traf. Aus seinem Gesicht wich alle Farbe, und er studierte den Artikel erneut, als würde er ihn zum ersten Mal lesen. Nach der Hälfte seiner Lektüre begann er zu zittern.

Er hatte diesen Artikel vorher noch nicht gelesen. Aber verdammt – sein *Traum* ... Entsetzt sprang er auf, die Zeitung entglitt seinen Händen und landete auf dem Boden. Eine Zeit lang stand er unbewegt da und starrte auf die Druckbuchstaben hinab, die in Flammen aufzugehen schienen. Schweißgebadet schloss er die Augen. In lebhaften, grausigen Einzelheiten entsann er sich, was er geträumt hatte, bevor er im Rosengarten erwacht war.

„O Gott“, flüsterte er und strich mit einer bebenden Hand über seine Lider. Nur zaudernd öffnete er die Augen.

Doch die Zeitung verschwand nicht, und wenn er versuchte, sich selbst zu täuschen, würde er die Tatsachen nicht ändern. Irgendwie hatte er diese Frau sterben sehen, *bevor* der Artikel erschienen war. Und dann begann er gründlich nachzudenken. Hatte er das Geschehen *wirklich* beobachtet oder später davon geträumt? Stöhnend erinnerte er sich an das Blut auf seinen Jeans. Zum Teufel, welche Rolle spielte das schon? So oder so, er wusste viel zu viel über den Tod der Frau.

„Da sind deine Eier, so wie du sie am liebsten isst", verkündete Matty und stellte den Teller an Gabriels gewohnten Platz.

Er drehte sich um – scheinbar im Zeitlupentempo, während die restliche Welt in halsbrecherischem Tempo an ihm vorbeiwirbelte.

Hungrig. So hungrig.

Die aufdringliche Stimme, ausgerechnet in diesem Moment, war der Tropfen, der das Fass zum Überlaufen brachte.

„Halt den Mund, verdammt, halt den Mund! Warum zum Teufel lässt du mich nicht in Ruhe?"

Matty erstarrte. Dann wich sie ungläubig zurück. Ihre Lippen verzerrten sich, als sie nach dem Teller griff, um ihn wieder in die Küche zu bringen. „Tut mir Leid", entschuldigte sie sich hastig. „Vielleicht wirst du dich besser fühlen, wenn ..."

Verzweifelt nahm er ihr den Teller aus der Hand, stellte ihn beiseite und nahm sie in die Arme. „Dich meine ich doch nicht, liebste Matty", beteuerte er. „Verzeih mir, dass ich geschrien habe. Was ich sagte – galt nicht dir."

In plötzlicher Angst klammerte sie sich an ihn. *Diesen*

Gabriel kannte sie nicht, und die Verwirrung, unter der er offensichtlich litt, erschreckte sie zutiefst. „Schon gut“, erwiderte sie sanft und streichelte seinen Rücken. „Bald wird's dir besser gehen.“

Das Gesicht in ihrem dichten grauen Haar vergraben, seufzte er: „Um Himmels willen, Matty, gar nichts ist gut. Was für schlimme Dinge mit mir geschehen, kannst du nicht einmal ahnen.“

Behutsam schob er sie von sich und ging davon, ohne zurückblicken, ohne zu bedenken, wie sie das unberührte Frühstück und den zerstörten häuslichen Frieden verkraften sollte.

Aus einem Impuls heraus floh er in die Bibliothek und schloss die Tür. Nun wollte er allein sein, um in Ruhe nachzudenken. Irgendwo musste es eine Erklärung für dieses gespenstische Chaos geben. Aber je länger er im Lehnstuhl saß, desto unsinniger fand er die Ereignisse.

Zwei Stunden verstrichen, vielleicht noch mehr. Inzwischen hatte er jedes Gefühl für die Zeit und für die Realität verloren. Als er Geräusche im Flur hörte, stand er auf. Dann erkannte er Mike Travers' vertraute, schlurfende Schritte und presste erbost die Lippen zusammen. Offenbar hatte Matty den alten Mann angerufen, und nun würde er versuchen, herauszufinden, was hier nicht stimmte.

Gabriel fluchte leise. „Das wüsste ich selbst gern“, murmelte er und stellte sich an eines der Fenster, die zum hinteren Teil des Anwesens hinausgingen.

So traf Mike Travers ihn an, den Rücken zur Tür gewandt, den Blick ins Sonnenlicht gerichtet. Die Schultern wirkten verkrampft, die Beine waren leicht gespreizt, die Knie durchgedrückt, als würde er sich gegen einen Angriff wappnen.

„Gabriel?“

Nur einige Sekunden lang zögerte Gabriel, bevor er sich umdrehte, das Gesicht ausdruckslos. „Onkel Mike …“

Mit einer so nüchternen Begrüßung hatte Mike nicht gerechnet. Plötzlich fehlten ihm die Worte. „Ich … ich meine, Matty dachte …“

„Was? Dass ich verrückt bin?“

„Hör mal, das ist nicht fair. Sicher wollte sie …“

„Fair?“ Gabriels Mundwinkel verzogen sich zu einem bitteren Lächeln. „Warum sollte ich fair sein? Das Leben ist nun einmal unfair. Sonst wäre der verdammte Trunkenbold gestorben, der Mom und Dad umgebracht hat, und die beiden würden jetzt *nicht* unter der Erde liegen. Und ob ich verrückt bin? Wahrscheinlich – obwohl ich's mir nicht eingestehen will.“

Die Hände in den Hosentaschen, wandte er sich wieder zum Fenster. Mike schwieg und überlegte sich, was er jetzt sagen sollte. Diese Entscheidung nahm Gabriel ihm ab.

„Glaubst du an Visionen?“

Verwundert runzelte Mike die Stirn. „Das weiß ich nicht … Was für Visionen meinst du?“

Eine Zeit lang starrte Gabriel wortlos in den Park hinaus. Dann zuckte er die Achseln. „Gibt es mehrere Arten?“

Wenn Gabriel Fragen stellte, wollte er Antworten hören. Also war er einem Gespräch nicht abgeneigt. Mike atmete auf. In seiner psychiatrischen Praxis redete er Tag für Tag mit Patienten, und er blickte auf eine langjährige Erfahrung zurück. „Sag mir, was dich quält, mein Junge."

Da drehte sich Gabriel wieder um, und seine Miene verwirrte Mike. In diesem Moment glaubte er, einen Mann zu betrachten, den er nicht kannte. Dieser Gabriel war ihm völlig fremd.

Dann erklang die vertraute Stimme, und der seltsame Eindruck verflüchtigte sich. „Was könnte ich dir sagen, Onkel Mike? Keine Ahnung, wo ich beginnen soll ..."

Mike setzte sich zwischen die Kissen eines Sofas und klopfte einladend auf die Polsterung neben sich. „Am besten erzählst du mir alles von Anfang an."

Aber Gabriel rührte sich nicht. Um die nächsten Worte auszusprechen, musste er stehen bleiben. „Seit dem Unfall höre ich Stimmen und sehe Visionen. Letzte Nacht bin ich im Schlaf gewandelt. Ich träumte – und schließlich erwachte ich in Moms Rosengarten. Offenbar hatte ich mich angezogen und die Alarmanlage abgeschaltet. Daran erinnere ich mich nicht."

In wachsender Sorge hörte Mike zu. Anscheinend zeigten sich die Symptome einer schweren seelischen Störung. Gewiss, Brents und Angelas Tod hatte Gabriel schmerzlich getroffen. Das wusste Mike. Aber in diesem Ausmaß ... „Wenn man unter starkem Druck steht, spielt einem das Gehirn manchmal sonderbare Streiche – das ist nicht ungewöhnlich. Ich wünschte nur, du hättest mich früher darüber informiert, statt alles allein durchzustehen. Vielleicht hätte ich dir helfen können."

Darauf ging Gabriel nicht ein. „Und die Visionen? Hängen die auch mit meinem Stress zusammen?"

„Unter gewissen Umständen sind solche Halluzinationen keineswegs ungewöhnlich. Während man einer schmerzvollen Belastung ausgeliefert ist, weckt das Unterbewusstsein alte Erinnerungen, um die Gedanken auf glücklichere Zeiten zu lenken."

Gabriel ging zum Schreibtisch und drückte auf einen Knopf an der Sprechanlage. „Bitte, Matty, würdest du die Zeitung von heute in die Bibliothek bringen?"

Es dauerte nicht lange, da drückte sie sie Gabriel in die Hand. Nachdem sie Mike einen kurzen Blick zugeworfen hatte, verließ sie die Bibliothek wieder.

„Erklär mir das." Gabriel warf die Zeitung in Mikes Schoß. „Wie oft werden Reportagen über die Halluzinationen deiner Patienten geschrieben?"

„Was meinst du?" fragte Mike überrascht.

Gabriel beugte sich vor, umfasste die Schultern des alten Mannes und hielt ihn fest. „Das weiß ich selbst nicht, Onkel Mike. Aber bevor du irgendeinen klugen Kommentar abgibst, will ich dich auf etwas hinweisen. Erinnerst du dich, wie ich vorhin erzählt habe, ich sei während eines Traums aus dem Haus gegangen und in Moms Rosengarten erwacht?"

Mike nickte.

„In der Morgenzeitung steht's auf der dritten Seite."

Zwischen Mikes Brauen bildete sich eine tiefe Furche. „Was steht auf der dritten Seite?"

„Mein Traum."

3. KAPITEL

Mittlerweile waren vier Stunden vergangen, und Mike verstand immer weniger, was Gabriel ihm erzählt hatte.

Nur eins stand eindeutig fest, und der Psychiater musste diese Tatsache wohl oder übel akzeptieren: Gabriel war felsenfest davon überzeugt, dass er auf irgendeine unerklärliche Weise einen Mord beobachtet hatte. Nun musste Mike herausfinden, ob das stimmte – oder eben nicht. Um das einigermaßen kompetent anzugehen, brauchte er eine Person, die auf diesem Gebiet besser Bescheid wusste als er selbst. Übersinnliche Fähigkeiten gehörten nicht zu seinem Fachbereich.

Bedauerlicherweise weigerte sich Gabriel, jemand anderen über etwas zu informieren, das ihm selbst ausgesprochen unangenehm war. „Was für eine idiotische Idee! Selbst wenn mir ein Kerl mit übernatürlichen Kräften glaubte – was würde das beweisen? Du weißt doch, was man von Hellsehern denkt. Man hält sie für verrückt. Und ich teile diese Meinung."

„Der *Kerl*, den ich mit dieser Aufgabe betrauen möchte, ist eine junge Frau", erklärte Mike. „Welche Rolle spielt es schon, was *man* denkt? Es kommt nur darauf an, wie *du* dich selbst beurteilst."

Stöhnend sank Gabriel, der bisher rastlos umhergewandert war, in einen Sessel gegenüber dem Sofa, auf dem Mike saß. „Die Leute, die angeblich hellsehen können, sind Scharlatane", entschied er und ließ mutlos die Schultern hängen.

„Diese junge Frau sicher nicht", protestierte Mike energisch.

„Vor einiger Zeit lernte ich sie bei einer Konferenz kennen. Ihre Ehrlichkeit und ihr innerer Anstand sind unantastbar."

Das bleiche, müde Gesicht in den Händen vergraben, wünschte Gabriel beinahe, er wäre wieder ein Kind. Dann könnte er sich einfach zusammenkrümmen und weinen, und niemand würde ihm vorwerfen, er sei ein Schwächling oder ein Irrer. Natürlich durfte er solchen Bedürfnissen nicht nachgeben. Er hatte schon genug Verluste erlitten. Wenn er auch noch seine Selbstkontrolle einbüßte, würde ihm nichts mehr bleiben.

Gabriel seufzte. Vielleicht hatte Onkel Mike Recht, und er sollte sich dieser Hellseherin anvertrauen. In dieser Phase seines Lebens hatte er ohnehin nicht mehr viel zu verlieren. Kurz entschlossen hob er den Kopf, und die Zustimmung lag bereits auf seiner Zunge, als sich irgendetwas in seinem Innern zu verändern begann. Es war nur ein flüchtiges Gefühl, und er hätte es nicht beschreiben können. Aber eins wusste er – er war nicht mehr nur noch er selbst. Seine Finger umklammerten die Armstützen des Sessels. Wieder war da diese leise Stimme in seinem Kopf.

Sag es nicht. Sag es nicht.

Die Zeit schien stillzustehen, obwohl er seine eigenen Herzschläge hörte und spürte, wie sich seine Lungen ausdehnten und zusammenzogen, Sauerstoff einsaugten und das überflüssige Kohlendioxyd langsam und schmerzhaft ausatmeten. Als er aus dem Fenster schaute, sah er nicht den Park, sondern düstere Schatten und einen Tunnel, der kein Ende nahm.

Von einem seltsamen Impuls getrieben, beugte er sich vor.

In Gedanken betrat er das Dunkel, hörte Schritte durch die Pfützen am Boden des Tunnels plätschern.

Verirrt. Hilf mir. Verirrt.

Gabriel erschauerte. Verirrt? Dieses Gefühl kannte er – Einsamkeit in der schlimmsten Form, die ein Mensch erleben konnte.

Inzwischen hatte Mike nachdenklich ins Leere geblickt und auf den nächsten Protest gewartet. Da er nichts hörte, wandte er sich zu Gabriel. Abrupt riss sein Gedankengang ab, und er wagte sich nicht zu rühren, nicht zu sprechen.

Der Mann, der im Sessel saß, war nach wie vor Gabriel – und andererseits nicht. Nach einer Weile stand Mike lautlos vom Sofa auf und ertappte sich dabei, wie er in die Richtung der Tür zurückwich. Ärgerlich hielt er inne. Was ist mit mir, fragte er sich. Das ist immer noch mein Junge.

Inmitten eines Atemzugs entschwand die Stimme so plötzlich, wie sie erklungen war, und nahm die Vision mit sich, das Gefühl der Bedrängung. Gabriel fröstelte und strich mit beiden Händen über sein Gesicht, als wollte er einen bösen Traum wegwischen. Danach kannte er nur mehr einen einzigen Gedanken, fasste den unausweichlichen Entschluss und sprang auf. „Onkel Mike?"

„Ja?"

„Ruf die Hellseherin an. Jetzt gleich."

Mike ging zum Telefon.

Am Sonntag hatte das Hauspersonal frei. Irgendwo im riesengroßen Dane-Herrschaftshaus begann ein Telefon zu läuten.

Das ferne Klingeln erinnerte Laura unsanft daran, dass sie laufen konnte. Aber es wäre unmöglich, zu flüchten und sich vor ihrer besonderen Gabe zu verstecken. Erschöpft von einer fünftägigen Sitzung im Dallas-Polizeipräsidium überlegte sie, ob sie das Telefonat dem Anrufbeantworter überlassen sollte. Dann besann sie sich eines Besseren. Damit würde sie den unvermeidlichen Zwang, später zurückzurufen, nur hinauszögern. Sie seufzte müde, folgte dem Geräusch und betrat die Bibliothek.

„Bei Dane."

Mike räusperte sich und hielt den Hörer ans andere Ohr. „Hier ist Dr. Michael Travers. Könnte ich bitte mit Miss Laura Dane sprechen?"

Resignierend sank sie in den Sessel hinter dem Schreibtisch. „Ja, ich bin Laura Dane", erwiderte sie und legte ihre Füße auf die Tischplatte.

Nachdem er sie so mühelos erreicht hatte, begann er erfreut auf und ab zu wandern. „Wahrscheinlich erinnern Sie sich nicht an mich, Miss Dane. Letztes Jahr trafen wir uns in Colorado beim Symposion für parapsychologische Heilverfahren."

Die Augen geschlossen, konzentrierte sich Laura auf die Stimme. In ihrer Phantasie erschien das Bild eines kleinen Mannes mit gebeugten Schultern und schütterem grauen Haar. Sie schlüpfte aus ihren Schuhen und lehnte eine Schläfe an die Kopfstütze ihres Sessels. „Etwa eins fünfundfünfzig groß, graues Haar, sehr akademisch, und Sie haben einen dunkelgrauen Anzug getragen. An einem Ärmel fehlte ein Knopf."

Verblüfft blieb er stehen. „Was für ein ausgezeichnetes Gedächtnis …"

Laura lächelte vor sich hin. „Eigentlich nicht, Dr. Travers. Ihren Namen konnte ich unmöglich vergessen. Sie heißen genauso wie mein Freund in der ersten Schulklasse. Damals war ich sechs und er sieben. Sicher wissen Sie, dass ältere Männer unwiderstehlich sind." Er lachte leise, und sie fuhr fort: „Wieso ich mich an Ihre äußere Erscheinung erinnere – auch dafür gibt es eine einleuchtende Erklärung. An jenem Tag hatte ich eine Laufmasche in meiner Strumpfhose. Als ich merkte, dass der Knopf von Ihrem Ärmel abgerissen war, gratulierte ich mir. Nicht nur *ich* nahm leicht derangiert an dem Symposion teil."

Mit ihrem Humor hatte er nicht gerechnet. Er lachte wieder, dann zwinkerte er Gabriel zu und bedeutete ihm, alles sei okay. Zu seiner Enttäuschung warf der Junge die Arme hoch und stürmte aus dem Zimmer. Offenbar verstand er mittlerweile nicht mehr, was ihn bewogen hatte, den Kontakt mit einer Hellseherin zu gestatten. Mike zuckte die Achseln. In diesem Stadium wusste Gabriel ganz einfach nicht, was ihm helfen würde. „Kommen wir zur Sache, Miss Dane." Nachdem sie herausgefunden hatten, woher sie sich kannten, würde es ihm leichter fallen, über das Problem zu reden.

Laura spürte, wie sie sich allmählich entspannte. Immer wieder hatte ihre Mutter verkündet, Lachen sei eine äußerst wirksame Medizin. Aber als sie hörte, wie der Mann am anderen Ende der Leitung tief Atem holte, entstand eine neue innere Unrast. Jetzt kommt's, dachte sie bedrückt.

Zögernd sprach er weiter. „Miss Dane – ich habe eine ungewöhnliche Bitte an Sie. Wenn Sie mir Ihre Hilfe zusagen, werden Sie großzügig bezahlt."

„Fast alle Aufträge, die man mir erteilt, sind ungewöhnlich, Mr. Travers, sonst würde ich sie gar nicht erhalten. Meistens bin ich die letzte Rettung. Und wie ich betonen muss – ich nehme kein Geld für meine Dienste."

„Nun, vielleicht eine Spende für Ihre bevorzugte Wohlfahrtsorganisation?" schlug Mike vor.

Statt die Frage zu beantworten, forderte sie ihn auf: „Erzählen Sie mir, worum es geht."

Mit einem kurzen Blick zur offenen Tür stellte er fest, dass Gabriel nicht lauschte. Vielleicht war das ein Vorteil. „Also, Miss Dane – ich habe einen Patienten, der auch ein Freund ist. Vor kurzem erlitt er einen Autounfall, bei dem seine Eltern ums Leben kamen, und er wäre beinahe auch gestorben. Körperlich ist er inzwischen genesen, aber seelisch – das ist eine andere Sache. Er behauptet, ein gewisses – Phänomen würde ihn quälen. Für solche Dinge bin ich nicht zuständig. Wollen Sie ihm helfen?"

Laura hörte den beschwörenden Unterton aus seiner Stimme heraus, und da rückte ihr Selbsterhaltungstrieb in den Vordergrund.

So sehr sie sich auch bemühte, sie konnte nicht unentwegt die Probleme anderer Leute lösen. Außerdem war sie in letzter Zeit zu sehr beansprucht worden. Sie berührte eine Stelle an ihrer Stirn, wo sich ein dumpfer Schmerz auszubreiten drohte. „Hören Sie, Dr. Travers, ich war tagelang in Dallas beschäftigt. Soeben bin ich nach Hause gekommen, und ich habe noch nicht einmal meine Sachen ausgepackt. Ich nenne Ihnen sehr gern die Namen einiger Kollegen und Kolleginnen, die vermutlich fähig wären …“

Weil er spürte, dass sie das Interesse an den dem Gespräch verlor, fiel er ihr hastig ins Wort. „Bitte, Miss Dane! Nur zu *Ihnen* habe ich Vertrauen. Dieser Mann bedeutet mir so viel wie ein Sohn. Leider bin ich viel zu eng mit der tragischen Situation verbunden. Deshalb kann ich nicht viel für ihn tun. Wenn er nicht möglichst bald Hilfe bekommt, werde ich ihn ebenso verlieren wie seine Eltern – zwei meiner besten Freunde …“ Beinahe brach seine Stimme. „Und nun fürchte ich, er wird mir auch noch genommen. Um Himmels willen. Miss Dane, ich flehe Sie an, helfen Sie mir, ihm beizustehen!“

„Gewiss, ich verstehe Ihre Sorge.“ Laura richtete sich auf. Müde und deprimiert strich sie ihr Haar aus der Stirn. „Aber – was erwarten Sie von mir?“

Da ihn seine Beine nicht mehr trugen, setzte er sich. In seiner Stimme schwang tiefe Verzweiflung mit. „Ich möchte Sie nicht belügen. Und so gestehe ich Ihnen, Gabriel ist keineswegs begeistert von meiner Idee, Sie anzurufen, Miss Dane. Das hat er mir nur widerstrebend erlaubt. Er glaubt nicht an übersinnliche Kräfte. Trotzdem gibt es keine andere Erklärung für das, was ihm derzeit widerfährt. Tag für Tag beobachte ich, wie er sich der Grenze seiner Vernunft nähert, und ich fürchte, wenn er sie überquert, kann ich ihn nicht zurückholen.“

Vor Lauras geistigem Auge erschien ein Bild, das ihr den Atem nahm. Es zeigte einen geflügelten Engel mit zwei Gesichtern – eins weinte, das andere verzerrte sich schmerzlich. Welch eine verwirrende Vision ... Obwohl sie nur den Vornahmen des Mannes gehört hatte – den Namen eines Erzengels –, wurde die Verbindung hergestellt. Und sie kannte sich selbst gut genug, um zu wissen, dass die Entscheidung nicht mehr bei ihr lag. Jetzt hatte sie keine Wahl mehr.

„Also gut, ich werde mir die Geschichte anhören. Wo wohnen Sie?"

„In Oklahoma City." Mike wagte kaum an sein Glück zu glauben. „Soll ich Ihnen ein Erste-Klasse-Ticket für einen Nachtflug schicken?"

„Verraten Sie mir nur noch eins. Warum vertrauen Sie gerade *mir?*"

Bevor Mike antwortete, holte er tief Luft. „Weil Gabriel behauptet, er habe einen Mord beobachtet. Soviel ich weiß, arbeiten Sie an solchen Fällen."

Laura runzelte die Stirn. „Offenbar brauchen Sie die Polizei, keine Hellseherin."

„Nein, Sie verstehen nicht ... Dieses Verbrechen sah er in seiner Phantasie. Es war so ähnlich wie bei Ihnen ..."

Nur zu gut kannte Laura das Grauen, mit dem Wissen um die Taten anderer Menschen zu leben. Diese Gabe begleitete sie, seit sie denken konnte. Und ihre Familie hatte ihr stets geholfen, das zu verkraften. Wie beklemmend und furchtbar musste es sein, ganz plötzlich – von einem Tag auf den anderen – eine übernatürliche Macht in der eigenen Seele zu entdecken?

„Haben Sie gerade einen Kugelschreiber bei der Hand, Dr. Travers?"

Mike wühlte in seinen Taschen. „Ja."

„Jetzt brauche ich erst einmal einen Tag, um meine Sachen auszupacken und mich ein bisschen zu erholen. Heute ist Sonntag. Am Dienstag kann ich bei Ihnen eintreffen. Schicken Sie das Ticket an die Adresse, die ich Ihnen diktieren werde, und buchen Sie ein Hotelzimmer für mich."

Mike notierte die Angaben, aber seine Gedanken schweiften bereits in eine andere Richtung. „Miss Dane, mein Freund hat ein riesiges Haus von seinen Eltern geerbt. Gerade sitze ich in der Bibliothek. Warum steigen Sie nicht hier ab? Es wäre bequemer, für Sie ebenso wie für Gabriel."

„Nein, lieber nicht. Dadurch könnten wir in eine kompromittierende Situation geraten."

„Glauben Sie mir, Gabriel Donner ist der letzte Mensch auf Erden, der Ihnen zu nahe treten würde."

Wieder glitt das Bild des Engels mit den zwei Gesichtern durch ihren Sinn. Und diesmal weinten sie beide. Viel zu stark wirkte die Botschaft auf sie ein, fast beängstigend. Was sie sah, durfte sie nicht ignorieren. Aus Erfahrung wusste sie es besser.

„Okay, ich werde in Mr. Donners Haus wohnen. Aber wenn es nicht klappt, ziehe ich sofort ins nächstbeste Hotel."

Erleichtert seufzte der alte Mann. „Ich hole Sie vom Flughafen ab und fahre Sie zum Haus."

„Gut“, stimmte Laura zu. Worauf hatte sie sich bloß eingelassen?

„Miss Dane?“

„Ja?“

„Vielen Dank.“

„Danken Sie mir noch nicht. Mein Talent entbehrt jeder wissenschaftlichen Grundlage. Manchen Menschen, die meine Hilfe suchen, missfallen meine Visionen.“

An diesem Tag würde die Hellseherin eintreffen. Gabriel bereute schon jetzt, dass er sich zu dieser Maßnahme hatte überreden lassen. Bald würde eine fremde Frau in sein Leben eindringen, deren Ruhm auf der angeblichen Fähigkeit beruhte, in die Zukunft zu blicken. Zu allem Überfluss hatte er sich auch noch bereit erklärt, Miss Dane als Hausgast aufzunehmen.

„Hoffentlich sieht sie nicht wie eine Wahrsagerin vom Rummelplatz aus“, flüsterte er vor sich hin. „Wäre Dad noch hier, würde er sich kranklachen.“

Er schaute auf seine Uhr. Dann ging er in die Küche, um Matty zu erklären, er würde außer Mike einen weiteren Gast zum Lunch erwarten.

Vorsichtig steuerte Mike Travers seinen Wagen in die Stadt und ließ den dichten Verkehr an sich vorbeiströmen, ohne an der allgemeinen Hetzjagd teilzunehmen. Sein Fahrgast saß schweigend neben ihm. Während der letzten Minuten hatte er mehrmals Laura Danes prüfenden Blich gespürt. Aber solange sie keine Fragen stellte, fand er es unnötig, irgendetwas zu erzählen.

Sie fühlte sich wohl in seiner Nähe, weil er sehr freundlich wirkte, und sein Glaube an ihre Fähigkeiten ermutigte sie. Obwohl sie neugierig auf den Mann war, der in den nächsten paar Tagen ihr Gastgeber sein würde, erkundigte sie sich nicht nach ihm. Stattdessen wollte sie bei der ersten Begegnung ihre eigenen Schlüsse ziehen.

„Gleich sind wir da", bemerkte Dr. Travers und rückte seine Brille zurecht. Dann betätigte er den rechten Blinker.

Laura lächelte und sagte nichts.

„Hoffentlich sind Sie nicht mehr beunruhigt, weil Sie bei Gabriel wohnen werden, Miss Dane."

„Nein. Außerdem – falls es Probleme gibt, kann ich jederzeit in ein Hotel ziehen."

Mike schüttelte den Kopf. „Seien Sie versichert, das wird nicht nötig sein."

„Warten wir's ab, es wird schon nicht so schlimm werden. Jedenfalls bin ich deshalb nicht nervös, und Sie sollten sich auch keine Sorgen machen, okay?"

„Okay", stimmte er zu, drosselte das Tempo und bog vom Highway ab. Wenig später fuhr er durch ein schmiedeeisernes Tor, dessen Flügel weit offen standen. „Da sind wir."

Nicht einmal vor dem Buckingham Palast in London hatte Laura ein so imposantes Tor gesehen. „Wie schön es hier ist …" Ihr Blick schweifte über perfekt gepflegte Rasenflächen hinweg zu einem imposanten Gebäude. Aber als sie den

Mann vor den Verandastufen entdeckte, konzentrierte sie sich nur noch auf ihn.

Überdurchschnittlich groß … Ein zufälliger Gedanke und eigentlich belanglos. Doch dann stieg sie aus dem Auto, und da fiel ihr noch etwas auf. Er war leger gekleidet – eine graue Chino-Hose, ein weißes Strickhemd, schwarze Halbschuhe. Aber seine lässige Haltung erschien ihr viel interessanter. Offenbar kümmerte es ihn nicht im Geringsten, wie sie seine äußere Erscheinung beurteilen würde. Sie seufzte. Mochten auch gewisse Zweifel an seinem Verstand bestehen – seine Verteidigungsbastionen hatte er eindeutig im Griff.

Dr. Travers machte sie mit ihm bekannt, und sie streckte ihre Hand aus, die Gabriel Donner zu ihrer Überraschung umfasste.

Sobald sie einander berührten, schloss er seine Finger um ihre Hand – fest und sanft zugleich. Laura schluckte krampfhaft. Was Dr. Travers zu dem Mann sagte, den er Gabriel nannte, hörte sie nicht. Ein eigenartiges Schwindelgefühl stieg ihr zu Kopf. Als Mr. Donner ihren Namen aussprach, umhüllte seine tiefe Stimme ihr ganzes Wesen wie ein Flüstern in der Nacht. Beinahe schwanden ihr die Sinne, und sie musste sich mühsam beherrschen, um nicht in Ohnmacht zu fallen.

Seine Lippen glitten über ihre Wangen, verschlossen ihr den Mund, und er schlang seine Finger in ihr Haar. Lustvoll klammerten sie sich aneinander, die schweißnassen Körper bewegten sich im Gleichklang – er mit ihr – sie mit ihm. Jemand stöhnte. Der Mann? Oder die Frau?

Mit jeder Bewegung beschleunigte sich der Rhythmus des Wahnsinns, während er immer tiefer in sie eindrang. Sie spürte ihn – kannte *ihn in jedem erdenklichen Sinn des Wortes – von den Schweißperlen auf seiner Stirn bis zu allen Einzelheiten der Gesichtszüge, die seine sexuelle Ekstase verzerrte.*

Sie sah ihn ganz deutlich – er war Gabriel. Immer wieder rief er ihren Namen, als er sich in ihren Schoß ergoss.

Und er nannte sie Laura.

Sobald er ihre Hand losließ, kehrte die Wirklichkeit zurück, und Laura schwankte. Besorgt ergriff Dr. Travers ihren Ellbogen. „Alles in Ordnung, Miss Dane?“

„Bitte – ich heiße Laura.“ Sie holte tief Atem und versuchte zu verdrängen, was sie soeben gesehen hatte. Das gelang ihr nicht. Irgendwann, in nicht allzu ferner Zukunft, würde sie mit diesem Fremden schlafen. Sollte sie flüchten oder das Unvermeidliche akzeptieren. „Und – ja, es geht mir gut. Wahrscheinlich bin ich nur ein bisschen müde von der Reise.“

Dazu gab Gabriel keinen Kommentar ab. Verwirrt ging er in sein Haus voraus. Laura Dane entsprach nicht im Mindesten seinen Erwartungen. Auf Jeans und Sneakers war er nicht gefasst gewesen. Und beim Anblick des T-Shirts unter ihrem Blazer hätte er beinahe gelacht. Direkt über ihren vollen Brüsten stand in Großbuchstaben: ICH WEISS, WAS DU DENKST.

Ihr dunkles Haar war kurz und zerzaust, Sommersprossen übersäten die Nase. Irgendwie passten Sommersprossen und Schwindlerinnen nicht zusammen.

Seltsam – bevor er ihr zum ersten Mal begegnet war, hatte er keine Sekunde lang bezweifelt, dass sie eine Betrügerin sein musste. Bevor er so lange und so tief in ihre großen blauen Augen geschaut hatte … Besonders aufschlussreich war der Blickkontakt nicht gewesen. Er hatte nur sein eigenes Spiegelbild und einen ruhigen, bescheidenen Ausdruck gesehen.

Laura folgte den beiden Männern. Offensichtlich standen sie einander viel näher als gewöhnliche Freunde. Dr. Travers Miene verriet seine tiefe Sorge um Gabriel. Und während sie dahinschlenderten, neigte der jüngere Mann den Kopf zur Seite, damit ihm kein einziges Wort des Psychiaters entging. Eine Familie. Ja, so konnte man die beiden bezeichnen. Zumindest waren sie die restlichen Mitglieder einer einstigen Familie.

Nachdem sie einen großen Raum voller Bücherregale betreten hatten, runzelte Laura die Stirn. Nicht nur Trauer beherrschte die Atmosphäre dieses Hauses – sie spürte die Anwesenheit eines Geistes, der nicht hierher gehörte.

Gerade noch rechtzeitig wandte sich Gabriel zu ihr, um die zarte, senkrechte Falte zwischen ihren Brauen zu bemerken, und irgendwie erkannte er, dass er die Ursache ihres Unbehagens war. Diese Miss Dane würde er sofort wegschicken, hätte sein Onkel Mike nicht auf ihrem Besuch bestanden. Sicher war es reine Zeitverschwendung …

Vorsicht – sei vorsichtig.

Bestürzt zuckte er zusammen. In diesem Moment hatte er nicht erwartet, die verhasste Stimme würde sich einmischen. Die Hände geballt, atmete er tief durch.

Laura fühlte es wie einen Schlag ins Gesicht. „Mein Gott!" Mit großen Augen starrte sie ihn an. „Gerade habe ich gehört, was Sie dachten, Mr. Donner. ‚Vorsicht – sei vorsichtig.' Das haben Sie in Gedanken gesagt. So etwas ist mir noch nie passiert."

Okay, also ist sie keine Betrügerin, entschied er. Dann schüttelte er den Kopf. „Da irren Sie sich, Miss Dane. Es war nicht mein Gedanke, nicht meine Stimme. Dieses verdammte Gefasel peinigt mich seit dem Unfall. Was ist los mit mir? Bin ich tatsächlich mit irgendeiner anderen Welt verbunden? Oder verliere ich den Verstand?"

Es war kurz nach Mitternacht. Vor einer kleinen Weile hatte sich Laura widerstrebend von dem alten Doktor verabschiedet. Auch die Haushälterin, Matty genannt, war gegangen. Nun wollte kein richtiges Gespräch aufkommen.

„Mr. Donner", begann Laura, „sicher wäre es für uns beide einfacher, wenn …"

„Nennen Sie mich Gabriel."

Sie nickte. „Was ich sagen wollte … Bitte, verhalten Sie sich so wie üblich, während ich hier bin. Folgen Sie Ihrer normalen Routine. Sobald Sie irgendetwas Ungewöhnliches wahrnehmen, werde ich's wissen."

„Das soll alles vereinfachen?"

„Ich verstehe nicht …"

„Was gibt's da nicht zu verstehen?" stieß er hervor. „Es fällt mir schon schwer genug, die unheimliche Situation zu verkraften, in die ich aus unerfindlichen Gründen geraten bin.

Und jetzt klicken Sie sich in meine Gedanken ein, so mühelos, als würden Sie einen Fernseher anschalten. Verdammt, Lady, ich fühle mich nackt in Ihrer Gegenwart."

Irritiert hob sie die Brauen. Gabriel deutete völlig falsch, was geschehen war. „Glauben Sie mir, ich *belausche* niemanden."

„Und wieso hören Sie dieselbe Stimme wie ich?"

„Da ich so was nie zuvor erlebt habe, kann ich's leider nicht erklären."

Sein ernstes Gesicht verzog sich zu einem bitteren Lächeln. „Großartig! Dann tappen Sie ebenso wie ich im Dunkeln."

„Schreiben Sie mich nicht vorschnell ab! Ich habe Dr. Travers versprochen, Ihnen zu helfen. Und ich werde mein Wort halten. Aber ich kann nicht garantieren, dass Ihnen das Ergebnis meiner übersinnlichen Nachforschungen gefallen wird."

Nun schien seine Laune auf den absoluten Nullpunkt zu sinken. „Ah, Sie gehen auf Nummer sicher. Wenn Sie's nicht schaffen, die sprichwörtlichen Hasen aus dem Hut zu ziehen, müssen Sie nur behaupten, es seien gar keine Hasen da gewesen."

So leicht ließ sie sich nicht beirren. „Sie brauchen nichts weiter zu tun, als meinen Rat zu befolgen. Verschließen Sie sich nicht vor mir. Geben Sie mir – und sich selbst – eine Chance."

Wider Willen beeindruckte sie ihn. So sehr er sich auch bemühte, ihre Schwächen zu entlarven – er wurde stets mit entwaffnender Ehrlichkeit konfrontiert. „Okay", seufzte er. „Sie wollen eine Chance. Die kriegen Sie. Onkel Mike scheint zu glauben, Sie könnten übers Wasser gehen. Also beweisen Sie Ihr Talent."

„Ihr Onkel ist sehr charmant, Gabriel“, entgegnete sie lächelnd, „aber er täuscht sich in mir. Ich gehe nicht übers Wasser. Da drin versinke ich, wie alle anderen Menschen auch. Nur in einem Punkt bin ich etwas tüchtiger. Wenn Sie im Meer schwimmen möchten und Haie in der Tiefe umherschwirren, kann ich Sie rechtzeitig warnen.“

Gabriel grinste. „Sehr gut. Und nun – brauchen Sie irgendwas, bevor Sie sich zurückziehen?“

„Nur ein Bett und ein halbwegs weiches Kissen für meinen Kopf.“

Plötzlich erschien eine Vision in seiner Phantasie – Lauras Kopf an seiner Brust, direkt unter seinem Kinn – , und er vergaß, was er hatte sagen wollen. Wie in Trance begleitete er sie in die Halle, zur Treppe. Während sie die Stufen zu dem Zimmer hinaufstieg, das Matty für sie vorbereitet hatte, erinnerte er sich mühsam an seine Manieren. „Miss Dane?“ rief er ihr nach.

Sie drehte sich um und verbesserte ihn: „Laura.“

„Nun, dann wünsche ich Ihnen eine angenehme Nachtruhe. Schlafen Sie gut – Laura.“

Diesen Worten folgte ein langes Schweigen. Schließlich nickte sie lächelnd. „Danke. Gute Nacht.“

Erst nachdem sie verschwunden war, merkte er, dass er den Atem angehalten hatte.

Wohlgefällig schaute sie sich in ihrem schönen Schlafzimmer um, das in der Nähe des Treppenabsatzes lag. Gabriel hatte ihr erklärt, es sei der Lieblingsraum seiner Mutter gewesen.

Auf der cremefarbenen Tapete prangten winzige rosa Rosen, scheinbar willkürlich verstreut. Dazu passte die Tagesdecke über dem Vierpfostenbett aus dunklem, glänzend poliertem Kirschbaumholz. Der Teppich schimmerte in der Farbe einer verblassten Rose. Eindeutig das Zimmer einer Frau, dachte Laura. In gewisser Weise fühlte sie sich beschützt – als würde die sanfte, romantische Atmosphäre jedem Mann den Zutritt verwehren.

Hatte Gabriel sie absichtlich hier untergebracht? Diesen Gedanken verwarf sie. Sicher nicht. Bisher hatte sie keinen Mann kennen gelernt, der so feinfühlig gewesen wäre.

Trotz ihrer Erschöpfung fand sie keinen Schlaf. Das Nachthemd klebte unangenehm an ihr. Ärgerlich zerrte sie es über ihren Kopf, warf es beiseite, und ihr Körper fühlte sich sofort kühler an. Sie streckte sich gähnend und genoss die kalten Laken an ihrer Haut. Und gleichzeitig spürte sie Gabriels Gewicht, seine drängende Männlichkeit zwischen ihren Schenkeln.

Stöhnend stieg sie aus dem Bett, ging zum Fenster und versuchte sich abzulenken. Mit solchen Gedanken wollte sie sich nicht befassen, denn das Wissen, es würde geschehen, beunruhigte sie schon zur Genüge.

4. KAPITEL

Vorerst vergaß Gabriel die Frau, die so plötzlich in sein Leben getreten war, und schlief ein. Er lag quer über dem Bett auf dem Bauch, einen Arm unter der Wange, der andere hing an der Seite hinab. Mit seinen gespreizten Beinen verfangen, bedeckte das Laken die untere Hälfte seines Körpers. Hin und wieder schaltete sich die zentrale Klimaanlage ein, und kühle Luft zirkulierte im Zimmer. Stundenlang bewegte er sich nicht, abgesehen vom gelegentlichen automatischen Zucken eines Muskels.

Draußen begann es zu nieseln. Vereinzelte Tropfen besprenkelten die Fliesen der Terrasse unterhalb des Fensters. Wenige Minuten später ging der sanfte Regen in einen Wolkenbruch über. Irgendwo in Gabriels Bewusstein wurde der trügerische Seelenfrieden, der ihn in den Schlummer begleitet hatte, von einem düsteren, intensiveren Gefühl verdrängt.

Ohne Vorwarnung peitschte der Wind kalten Regen in sein Gesicht und durchnässte seine Kleidung. Es dauerte nicht lange, bis er in knöcheltiefem Wasser lag.

Schwankend, verwirrt und unglücklich erhob er sich, einen welken Rosenstrauß in der Hand, und fröstelte. Ein weiterer Windstoß fegte Regenschleier durch den kurzen Tunnel, in dem der Mann stand. Er hob seine Tasche auf. Schutz suchend trat er zur Wand. Während er ins Freie spähte, knurrte sein Magen. Irgendwo da draußen würde er etwas zu essen finden – aber nicht, bevor das Gewitter vorübergezogen war. Donnerschläge krachten. In seiner Kehle stieg bittere Galle hoch, und er hatte Angst. So schreckliche Angst.

Er umklammerte die Blumen noch fester, wandte sich zur Finsternis da draußen und ging darauf zu. Zwischen seinen Zehen quietschte das Regenwasser, und er zuckte zusammen. Seine Socken waren nass. Noch schlimmer – er watete im Wasser. Das durfte er nicht.

Auf der Straße über seinem Kopf polterte irgendetwas, und er presste seine Fäuste auf die Ohren. Dass er einfach nur das Geräusch eines Lasters hörte, wusste er nicht. Hier unten klang es so grausig, als würde die Welt einstürzen. Stechende Schmerzen fuhren in seine Stirn und verflogen so schnell wie das Getöse, das sie verursacht hatte.

Jetzt beschleunigte er seine Schritte und suchte einen Platz, wo es trocken und still war. Bloß kein Lärm – den würde er nicht ertragen.

Aus der Nacht drang ihm ein Winseln entgegen. Den Kopf schief gelegt, blieb er stehen und lauschte. Der Laut wiederholte sich, und er wich zurück. An die Wand der Unterführung gelehnt, bebte er vor Furcht. Er spürte, war nicht mehr allein.

Sekunden später tauchte ein kleiner Hund vor seinen Füßen auf, und zum ersten Mal seit dem Beginn seiner Odyssee empfand er Freude. Ohne das Wasser zu beachten, sank er auf die Knie. Das Tierchen fühlte keine Bedrohung, leckte die Hand ab, die er ihm hinhielt, und es wehrte sich nicht einmal, als der

Mann es in die Arme nahm und zwischen die schlaffen Rosen drückte. Stattdessen schmiegte es sich zufrieden an ihn.

Er stand auf und ging weiter, ins Freie hinaus, hielt inne und schnupperte. Zu seiner Erleichterung regnete es nicht mehr. Das Hündchen wand sich und wollte hinabspringen. Aber er ließ es nicht los, sondern umfing es noch fester. Dann setzte er seinen Weg fort und spiegelte sich in einer großen Pfütze unter einer Straßenlampe.

Sechs Häuserblocks entfernt stapfte ein 43-jähriger Buchhalter namens Theodore Russell durch einen kleinen Park. Wie schon so oft, verfluchte er seine Frau Evie und die Dummheit ihres Hundes.

Mindestens einmal im Monat schaffte es Choo Choo, sich zu verlaufen. Man hörte ständig von Hunden, die über Hunderte, manchmal sogar Tausende von Meilen hinweg ihren Heimweg fanden. Nur Choo Choo verirrte sich immer wieder innerhalb des Häuserblocks, in dem er wohnte. Offensichtlich besaß er keinerlei normale Instinkte. Sobald er davongerannt war, schien er zu vergessen, woher er stammte, kam aber niemals weit genug, um endgültig zu verschwinden.

Erst vor kurzem hatte es zu regnen aufgehört. Von den Blättern einer Baumgruppe fielen Tropfen in Theodores Kragen, und er erschauerte.

„Jetzt reicht's“, murmelte er und nahm die Hundepfeife aus seiner Hosentasche. „Ich bin müde. Noch fünf Minuten. Wenn ich Choo Choo bis dahin nicht finde, soll sich Evie einen anderen Hund kaufen.“

Als er die Pfeife an die Lippen hob, hörte er in den Büschen hinter seinem Rücken ein Rascheln, ließ die Hand sinken und drehte sich um. Im schwachen Licht einer Laterne konnte er Zweige und Schatten kaum unterscheiden. „Bist du das, Choo Choo, alter Junge?“

Er starrte ins Dunkel und hoffte, zottiges weißes Fell zu entdecken. Unglücklicherweise tauchte kein Hund auf, und so steckte er die Pfeife in den Mund und pustete hinein.

Plötzlich ertönte wütendes Gebrüll. Vor lauter Entsetzen erstarrte er und merkte nicht, dass er immer noch in die Pfeife blies. Sein Zögern kostete ihn das Leben. Sekunden später sprang eine riesengroße Gestalt aus dem Gebüsch und schwenkte blindlings beide Arme.

Theodore sah den wuchtigen Schlag auf sich zu rasen. Abwehrend hob er die Hände. Stattdessen hätte er davonlaufen sollen. Eine massive Faust traf seinen Mund, brach ihm das Genick und rammte die Hundepfeife in seine Kehle.

Im nächsten Moment rannte Choo Choo aus dem Büschen hervor. Der Körper am Boden roch vertraut, nach Zuhause. Winselnd begann der Hund, Theodores Gesicht abzulecken.

Der andere Mann stand taumelnd da und hielt sich die Ohren zu, bis das letzte Echo der Schmerzen verebbte. Vom Adrenalinstoß überwältigt, der sein Nervensystem durchströmt hatte, zitterte er von Kopf bis Fuß. Kraftlos fiel er auf die Knie. Im Schutz der Bäume wiegte er sich hin und her, ohne das Wasser, das vom Geäst in sein Gesicht tropfte, oder den nassen Boden zu spüren. Einige Minuten verstrichen.

Allmählich beruhigte er sich und kauerte auf seinen Fersen, dankbar für das Ende der Qual.

Aus nächtlichen Schatten drang ein vertrautes Winseln. Da erinnerte er sich an den Hund und drehte den Kopf zur Seite. Beim Anblick des Mannes, der am Boden lag, zuckte er erschrocken zurück.

Ein Fremder! Mit fremden Leuten durfte er nicht reden. Hastig sammelte er die Rosen ein, die ihm entglitten waren, sprang auf und wollte davonlaufen. Dann seufzte er erleichtert, denn dieser Mensch erweckte keinen gefährlichen Eindruck.

Neugierig trat er näher, bückte sich und berührte eine feuchte Schulter. „Helfen Sie mir?"

Der Fremde rührte sich nicht und sagte kein Wort.

„Eingeschlafen", verkündete der Mann, zufrieden mit seiner Vermutung. Behutsam streichelte er den Kopf der erstarrten Gestalt, so wie er vorhin den Hund getätschelt hatte.

Der war immer noch da. Bewegungslos lag er neben dem Fremden.

„Komm!" flüsterte der Mann. Aber der Hund floh aus seiner Reichweite.

Also wollte er hier bleiben. Seufzend richtete sich der Mann auf. Da winselte das kleine Tier wieder, diesmal etwas leiser. Eine Zeit lang starrte er vor sich hin. Aus einem Impuls heraus zog er eine Rose aus seinem Strauß und legte sie auf die Brust des Fremden.

„So", flüsterte er und tauchte in der Nacht unter, während der Himmel erneut seine Schleusen öffnete.

Irgendetwas drang störend in Lauras Traum. Ruckartig fuhr sie aus dem Schlaf hoch. Zunächst verwirrt von der ungewohnten Umgebung, brauchte sie ein paar Sekunden, bis sie sich entsann, wo sie war. Dann stöhnte sie leise und strich mit einer bebenden Hand durch ihr Haar. Vor ihrem geistigen Auge erschien Gabriels Bild.

Da sie niemals an ihren Instinkten zweifelte, wusste sie, dass ihm Gefahren drohten. Sie sprang aus dem Bett, zog ihr Nachthemd an und verließ das Zimmer. Im Flur ballten sich lautlose Schatten. Ein Nachtlicht brannte am Treppenabsatz. Reglos stand sie da und lauschte, hörte nichts, was sie beunruhigen müsste. Dann starrte sie ins Halbdunkel, bis ihre Augen brannten.

Als sie glaubte, sie hätte sich grundlose Sorgen gemacht, erklang ein Laut am anderen Endes des Korridors. Angespannt hielt sie den Atem an.

Jemand weinte!

Kein heftiges Schluchzen, eher stille Verzweiflung. Ihr erster Gedanke galt Gabriel. Aber je länger sie zuhörte, desto deutlicher erkannte sie eine weibliche Stimme. Zögernd folgte sie dem Flur. Das Weinen verstummte nicht, schien durch die Poren ihrer Haut zu kriechen und ihr Herz zu umschlingen, bis es sich in einen Teil ihres Pulses verwandelte.

Erschüttert von der Intensität dieses Erlebnisses, blieb sie stehen. Wenn sie es auch nicht in Worte fassen konnte – von diesen Lauten ging irgendetwas aus, das sie erschauern ließ. Die vergossenen Tränen bedrückten sie nicht so sehr wie die

Tatsache, dass sich niemand hier oben aufhielt, der weinen könnte.

Mit schnellen Schritten kehrte sie in ihr Zimmer zurück, schloss die Tür und redete sich ein, ihre viel zu rege Phantasie habe ihr einen Streich gespielt. Doch der Gedanke, wieder ins Bett zu gehen, war unerträglich. Stattdessen trat sie ans Fenster und rieb die Gänsehaut an ihren Armen.

Vom ersten Stock aus betrachtet, wirkte der Rasen schwarz. Laura spähte in die Nacht und beobachtete den Regen. Unter den Sicherheitslampen glänzten die nassen Fliesen der Terrasse, durch das Abflussrohr nahe ihrer Fenster hörte sie Regenwasser fließen. Die Stirn an der kühlen Glasscheibe, versuchte sie das Gefühl brennender Trockenheit aus ihren Augen zu verscheuchen. Dabei rief sie sich ins Gedächtnis zurück, was sie mittlerweile über Gabriel Donner herausgefunden hatte.

Er war überaus höflich gewesen. Während des Dinners hatte sie hin und wieder den Mann gesehen, der er gewesen sein musste, bevor seine ganze Welt zusammengebrochen war. Vielleicht hätten sie in einer anderen Situation Freundschaft schließen können.

Seufzend beschwor sie sein Bild herauf. Er war beinahe schön, im maskulinen Sinn des Wortes. Über eins neunzig groß, mit markanten Zügen und klarem Blick, olivenfarbener Haut, der faszinierenden Kombination schwarzer Haare und grüner Augen, stellte Gabriel Donner ein Rätsel dar.

Die Visionen, die sie in ihrer Seele sah, wann immer sie an seinen Namen dachte, verwirrten sie. Was den Engel betraf –

das verstand sie. Gabriel, der Erzengel Gabriel. Auf seltsame Weise ergab es einen Sinn. Aber zwei Gesichter? Was mochte das bedeuten? Gab es eine andere Seite dieses Mannes, die ihr verborgen blieb? Besaß er eine gespaltene Persönlichkeit? Müde ließ sie die Schultern hängen. Wahrscheinlich würde sie in diesem Haus einen Nervenzusammenbruch erleiden. Hätte sie bloß auf ihrem anfänglichen Entschluss beharrt und Mike Travers erklärt, sie würde *nicht* hierher kommen ... Wann sie zum letzten Mal zwei ganze Wochen zu Hause geblieben war, wusste sie gar nicht mehr. Solche Belastungen konnte ein menschlicher Körper nur bis zu einem gewissen Grad ertragen. Kein Wunder, dass sie Stimmen hörte, die gar nicht existierten ...

In ihren Schläfen begann der Puls zu hämmern und kündigte die gewohnten Kopfschmerzen an. Hoffentlich habe ich meine Medikamente eingepackt, dachte sie. In diesem Moment sah sie eine Gestalt zwischen den Bäumen hervortreten, die den Park säumten. Der nackte Oberkörper des Mannes glänzte feucht. Langsam, fast taumelnd, ging er auf das Haus zu.

In welchem Moment sie Gabriel erkannt hatte, wusste sie später nicht. Doch sie spürte seine Verzweiflung sogar aus der Ferne. Ohne die Gefahr zu bedenken, in die sie sich vielleicht bringen würde, schlüpfte sie in ihren Morgenmantel und stürmte aus der Tür.

Ein spitzer Kieselstein stach in Gabriels nackte Sohle. Vom Schmerz aus dem Schlaf gerissen, zuckte er zusammen. Ein

Reflex zwang ihn, zurückzuspringen, und er trat knöcheltief in eine große Pfütze. Als er Wasser an seinen Füßen und Regentropfen auf den Wangen spürte, schwankte er, kam vollends zur Besinnung und erinnerte sich – an Blut und Tod und Schmerzen. Schon wieder …

„Möge mir der Himmel helfen …“, flüsterte er und presste die Hände an seine Schläfen.

Verzweiflung überschattete alle Gedanken. An seiner Kleidung und der Haut klebte Schlamm, sogar in seinem Haar. Wo zum Teufel war er gewesen? Und dann sah er die langstielige Rose, die vor seinen Zehen in der Wasserlache schwamm. Ohne sie aufzuheben, erriet er, dass alle Dornen vom Stängel entfernt worden waren.

Verirrt. Hilf mir.

Stöhnend hielt er sich die Ohren zu. „Wie soll ich dir helfen? Nicht einmal mir selbst kann ich helfen.“

„Gabriel!“

Er hob den Kopf, seine Augen verengten sich. Wenn er die Frau auch sah, die vor ihm stand – er war sich nicht sicher, ob sie tatsächlich existierte oder zu seinem Traum gehörte.

„Kommen Sie, ich werde mich um Sie kümmern“, versprach Laura und streckte ihre Hand aus.

Einige Sekunden lang, die ihm wie eine Ewigkeit erschienen, starrte er sie an und erwartete, sie würde sich in Luft auflösen. Aber ihr Bild verschwamm nicht.

Besorgt runzelte sie die Stirn und griff nach seinem Arm. „Gabriel, alles in Ordnung?“

Unter der Berührung ihrer Hände erschauerte er. „Sind Sie *wirklich* da?“

Ganz behutsam, als wäre er ein Kind, umfasste sie seine Hand. Was auf ihr Gehirn einstürmte, erschütterte sie zutiefst.

Regen ergoss sich in weit geöffnete, blicklose Augen und prasselte auf die Blütenblätter einer Rose. Und ein kleiner Hund mit schmutzigem weißen Zottelfell leckte Blut vom verunstalteten Kinn eines Mannes.

Als sie nach Atem rang, wusste er Bescheid – sie war in seine Gedankenwelt eingedrungen. Voller Entsetzen, weil sie seine Hölle gesehen hatte, entzog er ihr seine Hand. „Verschwinden Sie aus meinem Kopf!“ befahl er heiser. „Da ist ohnehin schon so viel drin, dass ich's nicht unter Kontrolle habe. Außerdem können Sie mir nicht helfen. Dafür ist es zu spät. *Niemand* kann mir helfen“, betonte er und ging an ihr vorbei.

Doch sie ließ sich nicht beirren. „Was ist geschehen? Haben Sie eine weitere unheimliche Episode erlebt? Passiert es immer nur, wenn Sie schlafen?“

Nur widerstrebend blieb er stehen, drehte sich um und kehrte zurück. In seiner Stimme schwang höhnische Bitterkeit mit. „Das müssen *Sie* mir doch eigentlich sagen. *Sie* sind die Hellseherin.“

„Was haben Sie beobachtet?“

Ausdruckslos erwiderte er ihren Blick. „Wie meinen Sie das? Was soll ich beobachtet haben?“

„Hier drin.“ Sie berührte seine Stirn. „Was haben Sie dort gesehen?“

Während sie auf seine Antwort wartete, begann sie zu frieren. Geistesabwesend starrte sie die Regentropfen an, die über sein Gesicht rannen. Nur Regen? Oder auch Tränen? Was er vermutlich nicht ahnte – sein Schweigen wirkte verräterisch, obwohl die einzige sichtbare körperliche Reaktion auf ihre Frage ein leichtes Beben seiner Nasenflügel war.

„Bitte, Gabriel, was …?“

„Verdammt, ich sah die Hölle“, fauchte er, wandte sich ab und ging davon.

Ohne lange zu überlegen, folgte sie ihm, packte wieder seinen Arm und umklammerte ihn, als fürchtete sie, er würde ertrinken. Oder vielleicht drohte sie selbst in schwarzen Tiefen zu versinken. Ihr nasses Haar klebte am Kopf, das dünne Nachthemd und der Morgenmantel pressten sich an den Körper, ihre nackten Füße froren.

Aber das Feuer in ihrer Stimme konnte er unmöglich ignorieren. „Hören Sie mir zu, Gabriel Donner. Solange Sie atmen, ist es niemals zu spät. Wenn ich Ihnen helfen soll, brauche ich Ihr Vertrauen.“

Von einer wachsenden inneren Anspannung gequält, seufzte er. Er wollte ihr glauben. Nein – er *musste* ihr glauben.

Reglos stand sie da, ihre Hand auf seinem Arm, und hielt seinen Blick fest. Er zögerte immer noch und betrachtete die Rose, die zwischen ihnen in der Pfütze schwamm. Immer wieder dachte er an eine ähnliche Rose auf der Brust der toten

Frau. Auch in dieser Nacht hatte der Mörder ein solches Zeichen zurückgelassen. Und obwohl es noch nicht erwiesen war, dass Gabriels zweite grausige Vision ebenfalls den Tatsachen entsprach – sein Instinkt schloss jeden Zweifel aus. Er holte tief Luft, stieß sie langsam und unhörbar hervor, um die Dämonen nicht zu wecken, die in ihm schlummerten. Eindringlich schaute er in Lauras Augen. „Miss Dane …"

„Nein, *Laura.* Erinnern Sie sich?"

Er zuckte die Achseln. „Also gut, Laura … Haben Sie jemals die Möglichkeit erwogen, ich könnte vielleicht verrückt werden?"

Bestürzt ließ sie ihn los. „Nehmen Sie das an?"

Bevor er antwortete, trat eine längere Pause ein. Aber er entgegnete in entschiedenem Ton: „Nein."

„Dann finde ich Ihre Frage überflüssig."

„ Wenn Sie sich ernsthaft mit meinem Problem befassen, werden Sie vielleicht in Gefahr geraten."

„Das würde mir nicht zum ersten Mal passieren. Und es wird wohl kaum das letzte Mal sein."

„Ich glaube nicht an übersinnliche Kräfte."

Als ihr der Wind einen Regenschwall ins Gesicht blies, verschränkte sie schaudernd die Arme vor der Brust. „Und ich glaube nicht an den Weihnachtsmann."

Beinahe lächelte er. „Ist das nicht wunderbar? Zwei Skeptiker versuchen in einem Kartenhaus Doktor zu spielen …" Dann schaute er zum Himmel hinauf und schien erst jetzt zu merken, dass es immer noch regnete. „Gehen wir lieber hinein. Zu allem Übel ist es nicht nötig, dass wir uns noch erkälten."

Er stieg über die Wasserlache hinweg, die sich zusehends vergrößerte, und ließ die Rose darin schwimmen. Trotz des zweiten Mordes, den er vorhin „mit angesehen" hatte, ging er leichtfüßig durch den Park, und er erkannte auch, warum – Laura Dane wollte ihm glauben.

Während sie ihm zum Haus folgte, bekämpfte sie eine fast überwältigende böse Ahnung. Und später, in ihrem warmen, trockenen Bett, fragte sie sich immer noch, ob sie am Rand eines schrecklichen Abgrunds stand und hinabstürzen würde.

Der Rosenkavalier-Killer schlägt wieder zu!

Die Augen nervös verengt, musterte sie eine volle Minute lang die Schlagzeile der Morgenzeitung, bevor sie den Artikel las. Wie nicht anders zu erwarten, hatte die Polizei nur wenige Einzelheiten bekannt gegeben. Doch sie genügten Laura, um Gabriel Donners Fähigkeiten, die erst seit kurzer Zeit ihre Wirkung ausübten, richtig einzuschätzen.

Als die Haushälterin in den Speiseraum kam und ein leise klirrendes Silbertablett auf das Sideboard stellte, hob Laura den Kopf.

„Das Frühstück ist angerichtet, Miss Dane."

„Danke, Matty, ich warte auf Mr. Donner."

Im selben Moment trat Gabriel ein. Ehe die Haushälterin flüchten konnte, küsste er ihre Wange. „Guten Morgen, meine liebe Matty", grüßte er und grinste, weil sie verlegen errötete. Hastig verließ sie das Zimmer, und er wandte sich zu Laura. „Nun müssen Sie nicht länger ausharren. Da bin ich." Er nahm einen gewärmten Teller vom Sideboard, hielt ihn ihr hin und bedeutete ihr, sie solle sich zuerst bedienen.

Dankbar für die Beschäftigung, die seine Konfrontation mit dem Artikel hinauszögern würde, legte sie die Zeitung auf den Stuhl an ihrer Seite, erhob sich und begann ihren Teller zu füllen. Viel zu intensiv spürte sie die Gegenwart des Mannes, der hinter ihr stand. Als sie Rühreier auf ihren Teller häufte, fühlte sie seinen Arm an ihrer Schulter. Wenn sie sich umdrehte, würde sie ihr Spiegelbild in seinen Augen sehen. Um ihre Nerven zu beruhigen, atmete sie tief durch. Doch dann erklang seine Stimme dicht neben ihrem Ohr, und sie zuckte zusammen. Seine Worte verwirrten sie ebenso wie seine Nähe.

„Mögen Sie's scharf?"

Gabriels Finger schlangen sich in ihr Haar, langsam neigte er sich hinab, um sie zu küssen. Sein Mund schmeckte nach Zimt und irgendetwas Kaltem. Und da ahnte sie es – für den Rest ihres Lebens würde dieses besondere Aroma ihre Herzschläge beschleunigen …

Verstört ließ sie den Löffel auf die Rühreier fallen. Mit einem melodischen Klicken prallte Metall auf Porzellan. Sie wandte sich zu Gabriel, versuchte die Vision zu verdrängen, die soeben in ihrer Phantasie erschienen war, und ihre Aufmerksamkeit auf die Realität zu konzentrieren. „Was haben Sie gesagt?"

„Nun, ich habe gefragt, ob Sie gern was Scharfes essen?“ Gabriel zeigte auf einen Teller zu ihrer Rechten und fügte hinzu: „Etwas scharf Gewürztes.“

Als ihr Blick der Richtung seines Fingers folgte, formten ihre Lippen ein lautloses O.

„Matty bereitet diese Salsa mit Habañero-Schoten zu“, erklärte er. „Und die schmeckt großartig auf Rühreiern. Aber sie ist sehr, sehr scharf. Selbst wenn man nur eine winzige Portion nimmt, hat man lange was davon.“

Also meinte er eine Salsa, nicht Sex. Laura kam sich wie eine Närrin vor. „Dann verzichte ich lieber darauf“, sagte sie und hoffte, ihr Lächeln würde nicht so befangen wirken, wie sie sich fühlte.

„Über Geschmack lässt sich nicht streiten.“ Gabriel prostete ihr mit einem Löffel zu, den er mit der dicken roten Sauce gefüllt hatte. Dann verteilte er sie großzügig auf seinen Rühreiern und knusprigen Bratkartoffeln.

„Ja, allerdings“, stimmte Laura zu und hob die Brauen. Diese Sauce *roch* sogar scharf.

„Haben Sie gut geschlafen?“ Leicht verlegen fuhr er fort: „Nachdem ich – nachdem wir …“

„Machen Sie sich deshalb keine Sorgen, ich habe sehr gut geschlafen.“

Dass er einen so persönlichen Bereich seines Lebens mit einem fremden Menschen teilte, stimmte ihn immer noch unbehaglich. Er nickte, dann schaute er rasch weg.

Laura beobachtete sein Gesicht und spürte, wie er sich

in sein Schneckenhaus zurückzog. Da sie ihn daran hindern wollte, sich vollends vor ihr zu verschließen, schnitt sie das erstbeste belanglose Thema an, das ihr einfiel. „Diese Matty, die so köstliche Salsas zubereitet – wie lange arbeitet sie schon für Sie?“

Versonnen starrte er vor sich hin. „Seit ich denken kann. Und noch viel länger.“ Plötzlich grinste er. „Um ehrlich zu sein, es fällt mir ziemlich schwer, einer Frau Befehle zu erteilen, die meine Windeln gewechselt hat und nicht zögert, mich regelmäßig daran zu erinnern.“

Lachend setzte sie sich und legte die Serviette über ihren Schoß. Jetzt würde er sich erst einmal mit dem Frühstück befassen und nicht nach der Zeitung fragen.

Die Kaffeetasse an den Lippen, hielt er inne. Über den Rand hinweg musterte er die Frau zu seiner Rechten. Wenn sie lachte, sah sie hinreißend aus. Als sie sich zu ihrem Teller hinabneigte, fiel eine dunkle, zerzauste Locke in ihre Stirn, und sie glich einem widerspenstigen Kind. Das erinnerte ihn an eine Geschichte, die ihm seine Mutter vor langer Zeit vorgelesen hatte.

Da war ein kleines Mädchen, das hatte ein Löckchen mitten in der Stirn. Wenn es brav war, dann war es sehr, sehr brav. Und wenn es schlimm war, benahm es sich ganz schrecklich.

„Sind Sie …“, begann er.

Laura blickte auf. „Ob ich was bin?“

Verwirrt, weil er seine Gedanken ausgesprochen hatte, murmelte er: „Nichts.“

„Das ist unfair“, protestierte sie. „Wenn man eine Frage anfängt, sollte man sie beenden.“

Zwischen zwei Atemzügen nahm ihn ihr Blick gefangen. Ein seltsames Prickeln lief über seinen Rücken. Plötzlich glaubte er, sie auf einem Bett liegen zu sehen, unter ihm, und er schlang seine Finger in ihre Locken. Und diese Vision traf ihn wie ein Faustschlag in den Magen. „Ihr Haar“, flüsterte er, „es erinnert mich an irgendwas …“

Ungläubig ließ sie die Gabel neben ihren Teller fallen, und das geplante Lächeln blieb aus. Haar? Mit diesem Gesprächsthema hatte sie nun wirklich nicht gerechnet. „Was ist mit meinem Haar?“

Nun fühlte sich Gabriel ziemlich albern. „Eh – diese Locke“, entgegnete er, betrachtete das dunkle Strähnchen auf ihrer Stirn und fragte sich, ob es so weich war wie es aussah.

Verwirrt wollte sie die Locke nach hinten streichen. Aber Gabriel hielt ihre Hand fest.

„Nicht!“ Dann ließ er ihre Hand so schnell los, wie er sie erfasst hatte. „Tut mir Leid.“ Unbehaglich zuckte er die Achseln. „Hören Sie, ich möchte Sie nicht beleidigen – ich wurde nur ertappt, als ich laut gedacht habe.“

„Das verstehe ich nicht.“

Was ich dir nicht verüble. Ich begreife es selbst nicht. Aber diesmal behielt er seine Gedanken für sich. Sein Blick glitt über ihr Gesicht, vom fein gezeichneten Kinn zu den Sommersprossen auf der Nase, dann wieder zu dem widerspenstigen Löckchen, das ihn in solche Schwierigkeiten gebracht hatte.

„‚Da war ein kleines Mädchen, das hatte ein Löckchen mitten in der Stirn. Wenn es brav war …‘“ Seine Stimme erstarb.

Von seinen Augen gebannt, ergänzte Laura: „‚… war es sehr, sehr brav, und wenn es schlimm war …‘“

Dann nahm Gabriel den Faden auf und lachte über seinen eigenen Witz. „‚… dann war es zauberhaft.“

Mühsam unterdrückte sie ein Lächeln. „So habe ich's nicht gehört.“

„Wahrscheinlich, weil Sie kein kleiner Junge waren“, behauptete er, ergriff seine Gabel und tauchte sie in die scharf gewürzten Rühreier.

Seufzend verdrehte sie die Augen. „Frühstücke ich mit einem Chauvinisten?“

Statt die Frage zu beantworten, reichte er ihr eine kleine Kristallschüssel. „Honig?“

„Soll das ein Olivenzweig oder ein ähnliches Friedensangebot sein?“

Da lachte er wieder. Verdammt wollte er sein, wenn er diese Frau unsympathisch fand – mochte sie nun eine verrückte Hellseherin sein oder nicht.

„Nur wenn Sie ein Vogel sind, der sich irgendwo niederlassen will.“

Lächelnd ergriff sie die Honigschüssel.

„Ganz egal, ob Sie übernatürliche Kräfte besitzen oder nicht, bei Ihnen muss man vorsichtig sein“, meinte er und beobachtete den dickflüssigen, bernsteinfarbenen Honig, der auf Lauras Toast tropfte – wie Tränen.

„Verdammt", murmelte sie und leckte Honig von ihrem rechten Daumen.

Irgendwie gewann er den Eindruck, er würde sie außerhalb seiner Person beobachten. Sein Herz schlug schneller, und er schaute weg. Krampfhaft versuchte er, sich auf etwas anderes zu konzentrieren – nicht auf Laura Danes Mund und ihre Zungenspitze.

Die Pseudo-Kameraderie, die zwischen ihnen entstanden war, stimmte beide unbehaglich. Schweigend beendeten sie die Mahlzeit. Matty kam ins Zimmer, um sich zu erkundigen, ob sie noch etwas brauchten.

Erst jetzt dachte Gabriel an die Morgenzeitung und fragte die Haushälterin danach.

Verblüfft schaute sich Matty um. „Auf dem Sideboard, so wie immer ..."

Laura errötete schuldbewusst. „Tut mir Leid, da ist sie – vorhin habe ich sie beiseite gelegt", erklärte sie und nahm die Zeitung von dem Stuhl, der neben ihr stand.

Da sich die Haushälterin keine Vorwürfe machen musste, seufzte sie erleichtert und ließ die beiden wieder allein.

Gabriel streckte seine Hand aus und erwartete, Laura würde ihm die Zeitung reichen. Als sie zögerte, stockte sein Atem, denn ihre Miene sagte alles.

„O Gott", flüsterte er.

Sie schlug die Zeitung auf. Doch sie musste nicht hinschauen, um sich zu entsinnen, was sie gelesen hatte. „Würden Sie mir einen Gefallen tun, Gabriel?"

„Kommt ganz darauf an, was Sie verlangen." Sein Blick schien zu glühen.

„Bitte erzählen Sie mir Ihren Traum – alles, woran Sie sich erinnern."

„Letzte Nacht habe ich stundenlang versucht, dieses Grauen zu vergessen!" stieß er wütend hervor.

„Bitte, Gabriel. Wenn Sie sich nicht selbst helfen wollen, bin ich machtlos."

Mit einer zitternden Hand strich er durch sein Haar. Während er in Gedanken die ersten Worte formulierte, spürte er unter seinen Fingerspitzen die Narbe, die von seiner schweren Verletzung herrührte, und fragte sich, ob sie bis in die Tiefen seines Gehirns hinabreichte. Irgendetwas hatte seinen Geist verändert. Die Lider gesenkt, erinnerte er sich – und wünschte inständig, er könnte es nicht.

„Da liegt ein Mann am Boden. Es ist dunkel ... Aber ich – sehe – Bäume. Eh – unter seinem Körper steckt ein Regenschirm ... Und das Glas seiner Armbanduhr ist zerbrochen ..." Schaudernd rang er nach Luft. „Zertrümmert wie sein Gesicht ... Fünfzehn Minuten nach zwölf ist die Uhr stehen geblieben. Der Mann starrt zum Himmel hinauf, Regen fällt auf seine Wangen. Wie Tränen rinnen die Wassertropfen aus seinen Augenwinkeln." Er schluckte, als würde seine Beschreibung des grässlichen Bilds einen bitteren Geschmack erzeugen. „In der Nähe sitzt ein kleiner Hund. Grau – nein, ich glaube, weiß. Und die Rose ..." Nun schaute er auf und musterte Laura, um herauszufinden, welchen Eindruck sein Bericht auf sie machte. „Auf seiner Brust liegt eine Rose – mit einem Stängel ohne Dornen. Genauso wie bei der ermordeten Frau …“

Weil sie nicht sofort reagierte, beugte er sich vor.

„So, jetzt habe ich Ihnen alles erzählt. Was haben *Sie* dazu zu sagen?“

Sie griff nach der Zeitung und begann vorzulesen: „‚Heute Morgen fand ein Jogger im Johnson Park die Leiche eines Mannes. Man vermutet, er wäre um Mitternacht herum gestorben. Wie aus einer ungenannter Quelle zu erfahren war, wurde das Genick des Mannes gebrochen, und die Polizei bringt das Verbrechen mit der Ermordung einer Frau vor wenigen Tagen in Verbindung. In beiden Fällen hinterließ der Mörder eine Rose auf der Brust seiner Opfer, gewissermaßen ein Erkennungszeichen. Diese charmante Geste ändert nichts an der Tatsache, dass zwei Menschen den Tod gefunden haben.‘“

„Oh, mein Gott“, murmelte Gabriel, „also beobachte ich die Morde, während sie stattfinden.“

„Ja, so sieht es aus“, stimmte Laura zu und legte die Zeitung in ihren Schoß.

Abrupt schob er seinen Stuhl zurück, stand vom Tisch auf und eilte aus dem Zimmer. Laura folgte ihm. In der Halle holte sie ihn ein und umfasste seinen Arm. „Warten Sie, Gabriel“, bat sie.

Die Augen vor Zorn verengt, wandte er sich zu ihr. „Worauf soll ich warten?“

„Hören Sie mir zu. Ich glaube, Sie müssten zur Polizei gehen und …“

Erbost schüttelte er ihre Hand ab und wich vor ihr zurück. „Und was soll ich den Beamten erzählen? Dass ich schlafwandle und von Morden träume? Verdammt, Laura, die werden behaupten, *ich* hätte diese Taten verübt, und mich einsperren. In keinem der beiden Artikel wurde erwähnt, von den Rosenstielen seien die Dornen entfernt worden. Aber irgendwie *weiß* ich das. Und in der heutigen Zeitung steht nichts von der Hundepfeife, die im Hals des letzten Opfers gesteckt hat. Auch *das* weiß ich – weil ich sah, wie der Mann die Pfeife schluckte." Nun trat er näher zu Laura, um im Flüsterton weiterzusprechen. „Was halten Sie davon – im Zusammenhang mit dem Rosengarten im Hintergrund meines Parks? Haben Sie ihn gesehen?"

Schweigend nickte sie.

„Rosen – die Leidenschaft meiner Mutter. Sobald sie blühten, so wie jetzt, verteilte sie dutzendweise Sträuße im ganzen Haus. Ständig hing süßer Duft in der Luft. Aber meine Mom hatte eine kleine Marotte. Sie dachte, es wäre ein Verbrechen wider die Natur, wenn so wunderschöne Blumen jemanden verletzen würden. Deshalb befreite sie die Stängel stets von allen Dornen, bevor sie ihre Rosen in die Vasen stellte."

Was er da sagte – und was es bedeuten mochte, erschreckte Laura zutiefst, und sie spürte, wie sie erblasste. „Worauf wollen Sie hinaus? Versuchen Sie mir zu erklären, dass Sie – dass der Mörder …" Erschüttert verstummte sie – unfähig den Satz zu beenden.

Gabriels Gesicht war aschfahl. Die blutleeren Lippen verzerrt, entgegnete er: „Keine Ahnung, was ich zu erklären versuche … Nur eins weiß ich – bei jenem Autounfall hätte ich ebenso wie meine Eltern sterben müssen. Dank meiner großartigen inneren Kraft blieb ich am Leben. Wozu? Damit ich die Hölle auf Erden finde?“

In einem plötzlichen Wutanfall nahm er eine Vase von einem Tischchen, schleuderte sie an die Wand und stürmte aus dem Haus. Laura lauschte dem Klirren des zerschmetterten Kristalls und schaute Gabriel nach. Würde es so ähnlich klingen, wenn ein Herz zerbrach?

5. KAPITEL

In Oklahoma war ein Sommertag nach einer Regennacht fast unerträglich. Die extreme Luftfeuchtigkeit ließ Frisuren und Kleidungsstücke hoffnungslos erschlaffen – abgesehen von den unglücklichen Menschen, deren Haare sich bei diesem Wetter unentwirrbar kräuselten.

Mit solchen Problemen musste sich Agent Kirby Summers, ein Beamter von der Oklahoma-State-Mordkommission, nicht herumschlagen – zumindest, was seine Haare betraf. Die waren zu schütter, um sich zu ringeln oder zu erschlaffen. Aber mit seiner Kleidung hatte er einige Schwierigkeiten. Bei dieser Temperatur hätte er seinen warmen Anzug nur zu gern mit abgeschnittenen Jeans und seinem Lieblings-T-Shirt vertauscht – einem alten Fetzen, einst schwarz, jetzt zu hässlichem, trübem Grau verblasst. Längst war der Großteil des Grateful-Dead-Logos herausgewaschen worden. Doch die Erinnerungen, die sich damit verbanden, begleiteten ihn immer noch.

Während er in die Sooner Road bog und zum Tatort fuhr, dachte er verträumt an dieses T-Shirt und grinste. Vermutlich würde er bis zu seinem letzten Atemzug eine gewisse Vorliebe für Frauen hegen, die Shirley hießen.

Hartnäckig klebte der Anzug an seiner Haut und zeichnete seine erbärmliche Gestalt viel zu deutlich nach. Kirby Summers war nicht schlank, sondern spindeldürr. Mit seiner hohen, breiten Stirn und dem dünnen Haar glich er der Vogelkarikatur Tweety Bird. Damit hatte er sich schon vor langer

Zeit abgefunden. Auf den ersten Blick hielt man ihn für einen Schwachkopf – bis man in seine Augen schaute. Die glänzten schokoladenbraun, bekundeten einen scharfen Verstand und geistreichen Witz, und genau daran musste man ihn messen.

Als er den Johnson Park erreichte und den Motor abschaltete, drückte seine Miene eine Mischung aus Groll und Resignation aus. Nachdem sein Urlaub abgeblasen worden war, ärgerte er sich verständlicherweise, und er resignierte, weil so was zu seinem Job gehörte. Seufzend stieg er aus dem Auto. Auf dem Weg zum Schauplatz der Ermittlungen im Hintergrund des Parks stellte er sich vor, wie er in den Colorado Mountains kühle Brisen genießen und angeln würde, wenn irgendein perverser Serienmörder nicht beschlossen hätte, Amok zu laufen.

Über drei Jahre lang hatte er diesen Urlaub geplant und sich ausgemalt, wie er mit einer imposantem Trophäe, einem riesigen Fisch, zurückkehren würde. Seine Kumpel hatten ihn gehänselt und behauptet, er würde die Stadt nur verlassen, um eine Frau flach zu legen. Diesen Unsinn hatte er an sich abprallen lassen – nicht, weil ihm ein Streit widerstrebte, sondern weil der Quatsch etwas zu nahe an die Wahrheit herankam. Um einem großen Hundehaufen auszuweichen, trat er zur Seite und versank knöcheltief im Schlamm.

„Scheiße“, murmelte er. Dann grinste er über seinen eigenen Witz. Ja, tatsächlich – Scheiße. Da lag Scheiße am Boden. Und es war beschissen, dass er auf seinen Urlaub verzichten musste. Als er sich erinnerte, was ihn hierher geführt hatte, verdrehte er die Augen. Für den Ermordeten war es *ernsthafte* Scheiße.

Vor dem Seil, das den Tatort absperrte, stand ein uniformierter Polizist.

Kirby zeigte ihm seinen Ausweis und schlüpfte unter dem Seil hindurch, das der Officer hochhob.

„Morgen, Sir", grüßte der Mann.

Der Agent nickte und ging weiter. Dabei hielt er sorgsam Ausschau nach weiteren Hundehaufen und Schlamm.

Während der Polizeiarzt die Leiche untersuchte, stieß ein Polizist gegen Ray Bushs Ellbogen. „He, Bush, ist das nicht Kirby Summers?"

Erleichtert drehte sich Ray Bush, ein Detective von der Oklahoma-City-Mordkommission, um. Den ganzen Morgen hatte er auf den Agent gewartet. Der Detective war vor ein paar Tagen mit dem Fall einer ermordeten Prostituierten betraut worden. Wenn man als Nutte in der Reno Street jobbte, durfte man nicht unbedingt auf ein hohes Alter hoffen. Gewiss, der Tod dieser Frau war tragisch, aber keineswegs ungewöhnlich – von der langstieligen Rose auf ihrer Brust abgesehen. Dass die Dornen am Stängel fehlten, mochte seltsam erscheinen, besonderes bemerkenswert fand es der Detective aber nicht.

Diese Meinung hatten seine Kollegen geteilt – bis zu diesem Morgen, an dem eine zweite Leiche gefunden worden war, ebenfalls mit einer langstieligen Rose gekennzeichnet.

Ein Serienmörder.

Und diese Erkenntnis sträubte sogar erfahrenen Polizisten die Haare. Erstens drohte die Öffentlichkeit in Panik zu geraten, zweitens würde man gewaltigen Druck auf die Mordkommission ausüben und verlangen, der Killer müsse verhaftet werden – und zwar *sofort.*

Bedauerlicherweise stand die Polizei vor einem schwierigen Problem. Außer den Rosen, die man bei beiden Opfern gefunden hatte, gab es keine übereinstimmenden Anhaltspunkte – verschiedene Altersstufen, verschiedene Geschlechter, und sie hatten sich eindeutig in verschiedenen gesellschaftlichen Kreisen bewegt. Bush hatte Theodores Russells Privatleben bereits gecheckt, auf die Möglichkeit hin, er könnte ein Kunde der Prostituierten gewesen sein. Das hatte er ausschließen müssen. Und als man ihm mitgeteilt hatte, die Oklahoma-State-Mordkommission würde ihm einen ihrer besten Beamten schicken, der ihm bei der Aufklärung des Falls helfen sollte, war er unendlich dankbar gewesen. Da dieser verrückte Killer möglichst schnell von den Straßen verschwinden musste, würde Bush jede Unterstützung annehmen, die er bekam.

Eine Hand ausstreckt, ging er Kirby entgegen. „Agent Summers, nicht wahr? Ray Bush, Mordkommission. Vor zwei Jahren habe ich Ihnen bei einem Fall assistiert."

„Ja, der vermisste Motel-Besitzer, nicht wahr?"

„Genau."

„Ist mir ein Vergnügen." Summers schüttelte die Hand des Detectives, dann schaute er auf die Leiche hinab. „Also, was haben wir denn da?"

Bush zog seinen Notizblock aus der Tasche. „Theodore Russell, Anfang vierzig, Chefbuchhalter. Letzte Nacht ging er auf die Suche nach dem Hund seiner Frau, der davongelaufen war, und kam nicht nach Hause. Um drei Uhr meldete sie ihn als vermisst. Und heute Morgen, um sechs herum, fand ein Jogger die Leiche. Unglücklicherweise wurden alle Spuren, die der Mörder vielleicht hinterlassen hat, von einem sintflutartigen Regen weggespült. Außer dieser Rose haben wir gar nichts." Er hielt einen Plastikbeutel mit einer verwelkten, langstieligen roten Rose hoch.

„Wie ich höre, wurde vor ein paar Tagen eine andere Leiche auf ähnliche Weise gekennzeichnet."

„Ja, ebenfalls mit einer Rose ohne Dornen."

Aufmerksam musterte Kirby den Toten. „Auf welche Weise ist er gestorben?"

„Wie die Prostituierte, an einem gebrochenen Genick."

Kirbys Augen verengten sich. „Weiß die Presse Bescheid über die fehlenden Dornen?"

„Nein, Sir, das habe ich verhindert."

„Gut." Kirby kauerte sich neben die Leiche und beobachtete den Polizeiarzt, der seine Untersuchung fortsetzte. „Hi, Sam, können Sie mir was Aufschlussreiches erzählen?"

Sam Whitehall wollte gerade ein paar Haare, die er am Jackett des Ermordeten gefunden hatte, in einem Plastikbeutel verstauen. Nun hielt er inne und blickte auf. „Irgendwas steckt in seinem Hals, nach meiner Schätzung eine Pfeife. Wenn ich mit der Autopsie beginne, ziehe ich sie raus."

Die Stirn gerunzelt, stand Kirby auf. „Was, eine Pfeife?"

„Nach der Aussage seiner Frau ist er weggegangen, um den Hund zu suchen", warf Bush ein. „Vielleicht hat er eine Hundepfeife mitgenommen."

Kirby machte sich ein paar Notizen. Er zog ein Taschentuch hervor und wischte den Schweiß von seinem Nacken. „Sind wir hier fertig?" fragte er, und Bush nickte. „Ich hätte gern Kopien von allen Informationen, die Sie über beide Opfer haben. Möglichst schnell."

„Die bekommen Sie", versprach Bush.

„Okay, wir bleiben in Verbindung." Kirby wandte sich ab und ging davon.

„He, Summers!" rief Bush ihm nach.

„Ja?" Der Agent blieb stehen und drehte sich um.

„Ehrlich gesagt, bei diesem Fall kriege ich das kalte Grausen, und ich bin wirklich froh, dass Sie an Bord sind."

Bevor Kirby nickte, dachte er ein letztes Mal an die Colorado Mountains. „Kein Problem."

Sobald Laura die Augen öffnete, wusste sie, dass sie verschlafen hatte. Das verriet ihr der helle Sonnenschein an der Wand gegenüber dem Bett. Eine Zeit lang blieb sie reglos liegen, nahm die Stille des Hauses wahr und dachte an Gabriel Donner. Er bereitete ihr ein eigenartiges Unbehagen, wie sie es nie zuvor empfunden hatte. In seiner Nähe fürchtete sie immer wieder, die Kontrolle zu verlieren. Und die Gewissheit, dass sie miteinander schlafen würden, lastete bleischwer auf ihrer Seele.

An sich fand sie den Gedanken nicht unangenehm – aber in der jetzigen Situation ziemlich beängstigend. Irgendwie war der Mann in die Mordfälle verstrickt. Ob seelisch oder körperlich – das stand noch nicht fest. Und sie hatte sich bereit erklärt, der Wahrheit auf den Grund zu gehen.

Stöhnend stieg sie aus dem Bett und eilte ins Bad. Fünfzehn Minuten später verließ sie ihr Zimmer, in einer Jersey-Bluse und Jeans. Der Teppichbelag dämpfte ihre Schritte auf der Treppe. In der Luft lag immer noch der Duft frischen Kaffees, obwohl es schon Viertel nach zehn war. In Gedanken verloren, sah sie Matty nicht, die aus der Bibliothek kam. Beinahe stießen sie zusammen.

„Oh, tut mir Leid ..." Laura umfasste die Schultern der Haushälterin, die aus dem Gleichgewicht geraten war. „Ich habe nicht auf meine Schritte geachtet ..."

Lächelnd nickte Matty ihr zu. „Guten Morgen, Miss Dane, Sie müssen sich nicht entschuldigen. Mir geht's gut."

„Ich weiß, es ist schon spät", sagte Laura und erwiderte das Lächeln. „Dürfte ich Sie trotzdem um eine Tasse Kaffee bitten?"

„Dafür ist es in diesem Haus nie zu spät." Matty schob sie in die Richtung des Speisezimmers. „Setzen Sie sich, gleich bringe ich Ihnen Kaffee. Mögen Sie Rühreier? Oder vielleicht eine Scheibe Toast, in verquirltem Ei gebraten?"

„Nein, danke, machen Sie meinetwegen keine Umstände. Bald wird's Zeit für den Lunch, und ich will lieber darauf warten. Aber eine Tasse Kaffee wäre himmlisch."

Auf dem Weg zur Küche blieb Matty stehen und wandte sich um. „Heute ist das Wetter so schön, und die Rosen blühen. Wollen Sie Ihren Kaffee auf der Terrasse trinken?"

„Was für eine wundervolle Idee! Übrigens, wo ist Gabriel?"

„Er hat gesagt, er müsste einen Kunden treffen. Den Namen hat er nicht erwähnt. Wenn Sie ihn brauchen, rufen Sie in seinem Büro an. Wahrscheinlich hat seine Sekretärin eine Telefonnummer, unter der man ihn erreichen kann."

„Oh, das ist nicht nötig, ich war nur neugierig."

„Okay, setzen Sie sich auf die Terrasse. Gleich serviere ich den Kaffee."

Beinahe hätte Laura erwidert: *„Jawohl, Ma'am."* Sie durchquerte die Bibliothek, öffnete die Glastür und trat auf die Terrasse hinaus.

In der milden Luft lag das Versprechen eines weiteren brütend heißen Tages. Aber in Augenblick fand Laura das Wetter wundervoll. Wie warme Seide streifte eine sanfte Brise ihre Wangen.

Sie hob den Kopf und holte tief Atem, um den Duft des Parks zu genießen. Im verdunsteten Tau spiegelten sich Sonnenstahlen, und der frisch gemähte Rasen glich einem Juwelenteppich. Efeu rankte sich an den Hausmauern hoch und hüllte sie in dunkles, üppiges Grün.

Und die Rosen … In ihrer Überfülle zogen sie den Blick magisch an. Fasziniert vom ästhetischen Gefühl der Frau, die so viel Schönheit geschaffen hatte, starrte Laura zu den blühenden Büschen hinüber.

Angela Donner hatte ihren Lieblingsgarten gut geplant und offensichtlich nichts von geometrischen Beeten zwischen Betonwegen gehalten. Stattdessen wuchsen ihre Rosen an Spalieren, die für eine kunstvolle Unterteilung sorgten, und aus Töpfen, schlangen sich um Miniaturzäune und ein altes schmiedeeisernes Rad. Ein Wunschbrunnen plätscherte in der Mitte. Aus einem Krug in den Händen eines Marmorengels floss Wasser. Während Laura die verschwenderische Pracht bewunderte, spürte sie ein seltsames Ziehen in ihrer Brust. Sie wartete. Aber obwohl das Gefühl anhielt, geschah nichts.

Unbehaglich entschloss sie sich zu einem kleinen Spaziergang und stieg die Terrassenstufen zum Kiespfad hinab, der zu den Rosen führte.

Im selben Augenblick kam Matty aus dem Haus. „Ihr Kaffee, Miss Dane!“ rief sie.

„Bitte, stellen Sie die Tasse einfach hin“, erwiderte Laura und zeigte auf einen Tisch. „Ich werde sie gleich holen.“

Matty gehorchte, verschwand im Haus, und Laura folgte dem Weg. In ihrem Innern wuchs ein sonderbarer Drang, bis sie beinahe rannte, um den Rosengarten zu erreichen.

Zwischen den Büschen verflog der merkwürdige Zwang. Eine Zeit lang stand sie reglos da und bemühte sich zu ergründen, was soeben geschehen war. Was hatte sie empfunden? Einfach nur die Anwesenheit von Angela Donners Geist, der einen geliebten Ort aufgesucht hatte, oder etwas viel Unheimlicheres? War sie willkommen geheißen – oder gewarnt worden? Sie begann umherzuwandern. Von der Schönheit ihrer Umgebung besänftigt, ließ sie ihre Gedanken freien Lauf.

Sadie Husser schwärmte für schöne Dinge, die sie eigentlich nicht brauchte. Vor über zwanzig Jahren war ihr Ehemann Eli gestorben, aber zu seinen Lebzeiten hatte er seine Leidenschaft für Antiquitäten an seine Frau weitergeben, seine große Liebe.

Mit ihren zweiundsiebzig Jahren zählte sie zur Oberschicht von Oklahoma City. Ihre Partys waren stets gesellschaftliche Ereignisse. In ihrer Welt hatten Ruhe und Ordnung geherrscht – bis zum Beginn der Diebstähle. Zwei Mal war während der letzten drei Wochen eingebrochen worden, noch dazu in der Nähe ihres Anwesens, im Umkreis von sechs Häuserblöcken. Seither konnte sie kaum noch schlafen. Und an diesem Morgen hatte sie die Sicherheitsfirma Straight Arrow Security angerufen, in der festen Überzeugung, ein Experte würde ihr Problem lösen.

Nachdem Gabriel aus seinem Auto gestiegen war, blieb er stehen und betrachtete das große Gebäude. Er kannte Sadie Husser dem Namen nach. In ihrer Jugend war sie eine Schönheit gewesen. Vermutlich galt das auch für ihr Haus. Jetzt wirkte der ehemals grandiose Bau etwas abgenutzt. An finanziellen Schwierigkeiten lag es nicht. Wie er erfahren hatte, besaß Sadie Husser ein Millionenvermögen. Nach den verwitterten Fensterläden und den feinen Rissen im Mauerwerk zu schließen, nahm sie die Einrichtung ihres Heims wahrscheinlich wichtiger als die Fassade.

Gemeinsam mit Sadie war das Haus gealtert, und er bezweifelte, dass sie die Mängel überhaupt bemerkte. Wenn ja, schien sie sich nicht daran zu stören. In wachsendem Interesse betrachtete er das Domizil. Dieses Mausoleum mit einem modernen Alarmsystem zu versehen – das würde zu den kompliziertesten Aufträgen seiner bisherigen Laufbahn zählen. Aber dieser Gedanke entmutigte ihn nicht. Stattdessen freute er sich auf den Job, weil er ihn von seinen persönlichen Problemen ablenken würde.

Er überquerte die Veranda und läutete an der Tür, die wenige Sekunden später von einem Butler geöffnet wurde,

„Ja?“ fragte der Mann mit einer leisen Fistelstimme, die weder zu seinem muskulösen Körperbau noch zum Bürstenhaarschnitt passte.

„Ich habe einen Termin bei Mrs. Husser“, erklärte Gabriel und reichte ihm eine Visitenkarte.

„Ah, der Typ vom Sicherheitsdienst. Ich bin Stevie, das Mädchen für alles, wenn Sie verstehen, was ich meine.“ Abschätzend musterte er den Besucher. „Sind Sie so normal, wie Sie aussehen?“

Gabriel grinste. „Allerdings.“

„Schade, welch eine Verschwendung!“ murmelte Stevie. „Nun, ich sage mir immer, es kann nicht schaden, wenn man sich danach erkundigt ... Folgen Sie mir, lieber Junge, Sadie erwartet Sie.“

Wie eine Königin, die huldvoll Hof hielt, saß die Witwe in einem Lehnstuhl am Fenster. Ihre majestätische Miene wurde nur von der hochgereckten Nase des Pekinesen auf ihrem Schoß übertroffen. Sobald Gabriel den Salon betrat, begann der Hund zu bellen.

Pausenlos.

Kläff! Kläff! Kläff!

Monoton.

Kläff! Kläff! Kläff!

Sadie zog die Stirn in Falten, hob den Pekinesen hoch und schüttelte ihn wie einen Mopp ohne Stiel.

Kläff! Kläff! Kläff!

„Kommen Sie her, Stevie, und bringen Sie Mimi weg! Heute ist sie ein ganz besonders unartiges Mädchen."

Fürsorglich drückte der Butler den Pekinesen an seine Brust. „Arme kleine Mimi! Mag sie den großen starken Burschen nicht?"

Sadie starrte ihn durchdringend an, bevor sie Gabriel einen nervösen Blick zuwarf.

Seines Platzes in ihrem Leben völlig sicher, liebkoste der Dienstbote das Hündchen und ignorierte die Missbilligung seiner Herrin. „Komm nur mit, Stevie. Willst du einen Leckerbissen? Hmmmm? Möchte Stevies kleines Schätzchen ein bisschen was naschen?"

„Soll Mimi auch noch belohnt werden, obwohl sie sich so grässlich benommen hat?" protestierte Sadie.

„Ach, sie war doch gar nicht schlimm. Sie ist immer ein

ganz liebes, braves Mädchen. Nicht wahr, meine Süße?“ Zärtlich küsste er die flache Pekinesennase.

Als die beiden das Zimmer verließen, rollte Sadie mit den Augen. Dann wandte sie sich zu Gabriel, um festzustellen, wie er auf ihren unkonventionellen Haushalt reagierte.

Da er keinen Kommentar dazu abgab, lehnte sie sich entspannt in ihrem Sessel zurück und lächelte. „Die beiden beachten mich gar nicht. Aber sie amüsieren mich.“

„Das verstehe ich, Ma'am.“

Unvermittelt erhob sie sich. „Was diese Alarmanlage betrifft – erklären Sie mir alles, junger Mann. Mittlerweile bin ich zu alt, um an meiner Tür Wache zu halten. Und ich brauche meine Nachtruhe. Ich will schlafen, ohne mich wegen irgendwelcher dreisten Einbrecher zu sorgen.“

„Gewiss, Ma'am, das lässt sich arrangieren. Während ich Sie über die Einzelheiten unserer verschiedenen Sicherheitssysteme informiere, sollten Sie mich durch das Haus führen.“

„Mit dem größten Vergnügen“, beteuerte sie und legte ihre Hand in Gabriels Armbeuge.

Zehn Minuten nach vier kehrte er heim – müde, aber zufrieden mit dem Verlauf des Tages. Während er durch die Halle zur Treppe ging, warf er seine Schlüssel auf einen Tisch – und verfehlte das Ziel. Klirrend fielen sie zu Boden. Gabriel seufzte und kehrte zurück, um sie aufzuheben.

Als er sich bückte, glitt seine Hand durch einen blauen Strahl. „Was zum Teufel …“, flüsterte er, richtete sich auf und beachtete die Schlüssel nicht mehr. Sein Blick folgte dem Licht zu dessen Quelle. Da merkte er, dass nur die Nachmittagssonne durch das bunte Fenster über der Haustür hereinschien. Wieder zu den Stufen gewandt, sah er, dass auch der weiße Fliesenboden farbig schimmerte. Sicher hatte er das schon tausend Mal gesehen. Aber erst jetzt fand er es erstaunlich.

Die Farben schienen über eine improvisierte Leinwand zu fließen, einige hell und klar, andere miteinander vermischt, so dass neue Schattierungen entstanden. Von der Schönheit des Lichtspiels fasziniert, schaute er sich um, den Namen seiner Mutter auf den Lippen.

Und dann traf ihn die Erkenntnis erneut wie ein Blitzschlag – sie lebte nicht mehr. Durch einen Tränenschleier starrte er wieder auf den Fliesenboden. Die Farben begannen zu verschwimmen, sein Herz schmerzte, seine Finger zitterten. In einem kurzen Augenblick der Freude hatte er ihren Tod vergessen. Heißer Zorn gegen den Betrunkenen stieg in ihm auf, dem er die Zerstörung seiner heilen Welt verdankte, gegen den Allmächtigen, der es zugelassen hatte. Die Hände geballt, holte er tief Luft und hob das Kinn, als würde er das Schicksal zu einer neuen Grausamkeit herausfordern.

Im selben Moment, wo er sich bückte, um die Schlüssel aufzuheben, trat Laura in die Halle. Sie wollte seinen Namen rufen. Doch dann zauderte sie, denn sie sah, wie sich die reine Freude, die sein Gesicht eben noch gezeigt hatte, in Wut verwandelte. Was mit ihm geschah, wusste sie nicht. Aber allem

Anschein nach hatte irgendetwas qualvolle Erinnerungen in ihm geweckt.

Damit durfte sie ihn nicht allein lassen. „Gabriel? Was …?“

Erschrocken zuckte er zusammen. Laura – er hatte gar nicht mehr an ihre Anwesenheit gedacht.

Wie lange beobachtete sie ihn schon? Nach ihrer Miene zu schließen, schon lange genug, um seinen Gefühlsausbruch zu erkennen. Das ärgerte ihn. Einerseits grollte er seiner eigenen mangelnden Selbstkontrolle, andererseits Laura, weil sie etwas mit angesehen hatte, dass er für ein Zeichen seines Unvermögens hielt.

Beim Anblick seiner verräterischen Tränen vergaß sie, was ihr auf der Zunge gelegen hatte, und es drängte sie nur noch, ihn zu trösten. Sie lief zu ihm und berührte seine Wange. „Mit der Zeit wird's besser.“

Die Wut erhitzte sein Gemüt immer noch, und er bekämpfte sie nicht, denn sie füllte die Leere in seinem Innern. Lauras Finger fühlten sich weich und zärtlich auf seiner Haut an, ihr Mitleid war offenkundig. Aber darauf legte er keinen Wert. Es war sicherer, in Zorn zu geraten – zu hassen. Wenn er sich auch nur die kleinste Schwäche erlaubte, würde er wahrscheinlich vollends zusammenbrechen.

Entschlossen stieß er ihre Hand beiseite. „Was wird besser? Der allnächtliche Albtraum, die Einsamkeit? Glauben Sie das wirklich? Und jetzt werde ich Ihnen mal was sagen – es war ein Fehler, dass Onkel Mike Sie hierher geholt hat. Dieser ganze übersinnliche Quatsch fällt mir ganz gewaltig auf die Nerven. Nach meiner Ansicht sind Sie einfach nur ein Voyeur – Sie sehen, was mit mir los ist, aber Sie können es nicht beseitigen. Bisher haben Sie nichts weiter getan, als mich – vielleicht unabsichtlich – in der Vermutung zu bestärken, ich würde bald den letzten Rest meines Verstandes verlieren. Und das weiß ich selbst. Dazu brauche ich Sie nicht."

Diese schroffen Anklagen und die Qual, die sie ihr bereiteten, nahm sie hin, weil sie wusste, warum er sie ihr ins Gesicht geschleudert hatte.

Er war unglücklich, einsam und verängstigt. Und weil sie seine Hölle kannte, verzieh sie ihm.

„Ich habe niemals behauptet, ich sei perfekt." Ihre Stimme klang leise, aber entschieden. „Und ich kam nicht hierher, um irgendwas zu *beseitigen,* sondern weil Dr. Travers mich darum gebeten hatte. Erinnern Sie sich."

Wenigstens besaß Gabriel genug Anstand, verlegen den Kopf zu senken. Er wollte sich entschuldigen. Aber Laura ließ ihn nicht zu Wort kommen. Ihr durchdringender Blick krampfte sein Herz zusammen.

„Was Sie empfinden, weiß ich nur zu gut – aus eigener schrecklicher Erfahrung. Es dauerte ein paar Jahre, bis ich mich an den Gedanken gewöhnt hatte, dass ich nie mehr zum Telefon greifen konnte, um die Stimmen meiner Eltern zu hören. Natürlich vermisse ich die beiden immer noch. Wissen Sie, was mich schließlich getröstet hat?"

Gabriel schüttelte den Kopf.

Obwohl ihr Kinn ein wenig zitterte, sprach sie in ruhigem

Ton weiter. „Als sie starben, ließen sie etwas zurück, das sie geliebt hatten."

„Was?"

„*Mich.* Sie ließen *mich* zurück."

Beschämt schaute er ihr nach, während sie die Treppe hinaufstieg. Dann richtete er seinen Blick wieder auf den Fliesenboden, die Farben waren verschwunden. Er ging nach oben, und da wurde ihm bewusst, dass Laura nicht nur ihre Würde mitgenommen hatte, sondern auch die beglückende Schönheit der Halle.

Ein Koloss aus Ziegeln und Mörtel, ragte das einstöckige Haus in der Finsternis empor, mit gelben Augen, die hinter dünnen Schleiern und losen Fensterläden glühten.

Er stand im Schatten eines nahen Baums und beobachtete die Silhouetten der Menschen, die sich in den Räumen bewegten. An den Stamm gelehnt, zog er ein Stück Kuchen aus seiner Hosentasche und begann, es zu verspeisen. Ein gutes Haus. Vielleicht ein Heim. Er wünschte, jemand würde herauskommen. Wenn er ein Gesicht sah, würde er Bescheid wissen. Der Kuchen schmeckte schimmlig. Doch das merkte der Mann nicht. Ebenso wenig erinnerte er sich an den Fischgestank der Mülltonne, in der er seine Mahlzeit gefunden hatte. Eine kühle nächtliche Brise zerzauste sein Haar, spielte mit dicken schwarzen Strähnen und wehte sie über seine Stirn. Schnuppernd blähten sich seine Nasenflügel.

Als er aus den Schatten trat, musste er einem tief hängenden Ast ausweichen. Tau hatte seine Hosenbeine benetzt. Doch das störte ihn nicht. Schlaff und verwelkt hingen die Rosen in seiner Faust.

Eine der Blumen verlor bereits ihre Blütenblätter. Von dem Baum, unter dem er gestanden hatte, führte eine rote Spur zur Haustür.

Ohne die Klingel an der rechten Seite zu beachten, klopfte er an das Holz und wartete. Niemand rührte sich. Da klopfte er noch einmal, etwas lauter. Kurz danach fing irgendwo in dem großen Haus ein Hund zu bellen an.

Kläff! Kläff! Kläff!

In seinem Nacken begann es zu prickeln.

Kläff! Kläff! Kläff!

Seine Hände zitterten, das Geräusch näherte sich.

Kläff! Kläff! Kläff!

Am liebsten wäre er davongerannt, aber er musste wissen, ob das sein Zuhause war.

Trotz seines schlechten Gedächtnisses fühlte er sich diesem Ort verbunden, und er war es müde, sich immer wieder zu verirren.

Plötzlich überflutete grelles Licht die Stelle, wo er stand. Er blinzelte und zwinkerte. Mit einer bebenden Hand schützte er seine Augen vor der weißen Explosion. Ehe er sich bewegen konnte, schwang die Tür nach innen und raubte ihm alle Hoffnung. Ein Fremder stand vor ihm. Doch die Überzeugung, er würde hierher gehören, war stärker als der Impuls, die Flucht zu ergreifen. Und obwohl er den Hund beharrlich bellen hörte – obwohl sein Arm ergriffen wurde, was er sehr unangenehm fand, blieb er stehen.

„Also, wenn das nicht der liebe große Junge ist! Ich darf mir wohl kaum einbilden, Sie hätten sich anders besonnen. Haben Sie was vergessen?“

„Bin ich hier zu Hause?“ fragte der Mann.

Da brach der Fremde in ein schrilles Gelächter aus, das ihn erschauern ließ. Aber das Gefühl, hierher zu gehören, war so stark, dass er immer noch zögerte.

Kläff! Kläff! Kläff!

Lauter und lauter gellte der Lärm, und er riss sich los. Der Fremde folgte ihm auf die Veranda hinaus.

„He, Gabriel – was stimmt denn nicht? Was meinen Annäherungsversuch betrifft – das war nur ein Scherz. Haben Sie Probleme mit Ihrem Auto? Soll ich einen Abschleppwagen bestellen?“

Kläff! Kläff! Kläff!

In seinem Kopf steigerte sich das Hundegebell zu einem donnernden Getöse, das kein Ende nahm. Der letzte Rest eines halbwegs klaren Gedankens starb. Ebenso wie der Hund.

Innerhalb weniger Sekunden war es vorbei.

„Verrückter Hurensohn!“ kreischte Stevie. „Was haben Sie getan?“

Ein wilder, gewaltiger Wutausbruch verebbte ebenso schnell, wie der Hund verstummt war.

Sekunden später stand nur mehr *ein* Mann da.

Über seine Wangen strömten Tränen, als er die Gestalt anstarrte, die am Boden lag. Sein Hals schmerzte. Als er ihn berührte, klebte Blut an seinen Fingern.

Er schüttelte den Kopf. Nein, das war nicht sein Zuhause. Dort war alles gut, und an diesem Ort spürte er etwas Böses. Er kniete nieder, um die Rosen einzusammeln, die er fallen gelassen hatte. Inzwischen hatte eine der Blumen alle ihr Blütenblätter abgeschüttelt, und er ließ den Stängel neben dem Körper des Mannes liegen. Dann richtete er sich auf und ging davon.

Wieder einmal hatte er sein Zuhause vergeblich gesucht. Aber irgendwo da draußen musste es sein, das fühlte er.

Plötzlich erwachte Laura und rang nach Atem. In ihren Ohren hämmerte ein heftiger Puls. Das Laken bis ans Kinn gezogen, spähte sie in die dunklen Ecken ihres Schlafzimmers. Halb und halb erwartete sie, Gabriel würde aus den Schatten treten. Zu ihrer Erleichterung war niemand hier. Mit allen Fingern strich sie durch ihr wirres Haar und versuchte, den Albtraum zu begreifen, den sie unmöglich vergessen konnte.

Gabriels Hände auf ihren Armen, ihren Schultern, seine Finger um ihren Hals …

Unkontrollierbar zitterte sie, stand auf und rannte aus dem Zimmer. Wenn sie sich blamierte, würde sie sich am nächsten Morgen entschuldigen. Aber jetzt *musste* sie unbedingt feststellen, wo er war.

Auf leisen nackten Sohlen lief sie über den Teppich, den Korridor entlang zu Gabriels Zimmer. Die Tür stand offen.

„O Gott“, flüsterte sie. Das Bett war leer. So wie es vermutet hatte. „Nein, das geschieht nicht wirklich, nur ein böser Traum …“

Teils besorgt, teils hoffnungsvoll wandte sie sich zum Treppenabsatz. Würde er auf sie zukommen, in einer Hand ein Buch, in der anderen einen Drink? Dieses Haus war riesengroß. Nur der Himmel mochte wissen, wo er sich herumtrieb … Dass er sein Bett verlassen hatte, musste nichts Besonderes bedeuten. Vielleicht konnte er nicht schlafen. Beim Dinner hatte er nicht viel gegessen. Und nun saß er wahrscheinlich in die Küche, um seinen Hunger zu stillen. Gähnend kehrte sie zu ihrem Zimmer zurück. Und da fühlte sie einen schwachen Hauch an ihrer Wange. Nur ein Luftzug, dachte sie und ging weiter. Dann spürte sie es noch einmal, diesmal etwas stärker – als würde jemand an ihrer Haut atmen. Verwirrt blieb sie stehen.

Hinunter. Hinunter.

Die Worte stürmten auf sie ein. Ohne zu überlegen, eilte sie zur Treppe. Jetzt glaubte sie, einen Seufzer zu hören. Doch sie setzte ihren Weg fort. Sie war zu müde, um sich zu fragen, ob sie von einem Geist verfolgt wurde. Sie musste herausfinden, wo Gabriel steckte, bevor sie ihre Augen wieder schließen konnte. Während sie die Stufen hinabstieg, betete sie bei jedem Schritt, die böse Ahnung möge sich nicht bestätigen.

Durchdringendes Sirenengeheul zerriss die friedliche Stille der Nacht. Gabriel fuhr aus dem Schlaf hoch. Warum fror er in feuchten Kleidern? Es dauerte eine Weile, bis er erkannte, wo er lag, wo er geschlafen hatte – unter den Zuckerahornbäumen am Rand seines Grundstücks.

Nicht zu fassen … Stöhnend setzte er sich auf. Schon wieder war es geschehen. An einer Seite seines Halses spürte er einen brennenden Schmerz und zwang sich, die Stelle vorsichtig zu berühren. Trotz der Dunkelheit sah er Blut an seinen Fingerspitzen.

„Nein."

Wie rasend hämmerte sein Herz gegen die Rippen.

„Nein."

Den Kopf auf die Knie gesenkt, schloss er die Augen. Wie war das passiert? In seinem Traum hatte der Hals des Mannes geblutet. Jetzt war er selbst blutbefleckt. Warum?

Schockiert über diese Fragen, begann er zu beten. Beklemmende Schuldgefühle, gemischt mit einer unerklärlichen Angst, erschütterte die Tiefen seiner Seele.

„Allmächtiger, hilf mir! Was habe ich getan?"

6. *KAPITEL*

Laura betrat die Küche und schaltete das Licht ein. Beim Anblick der offenen Hintertür schwand ihre Hoffnung. Klopfenden Herzens starrte sie in die Nacht hinaus, wagte sich nicht ins Freie – und wagte nicht im Haus zu bleiben.

Irgendwo jenseits der Sicherheit in diesen Mauern durchquerte Gabriel eine Welt, die ihm aufgezwungen wurde. Wie sich das erklären ließ, wusste Laura nicht. Nur eins stand fest – er erlebte die seltsamen Dinge.

In ihrem Traum hatte sie die Gefahr deutlich gesehen. Jetzt kamen ihr ernsthafte Zweifel. Nicht alle Träume wiesen auf die Zukunft hin, und das galt auch für sie, die Seherin. Manchmal waren sie einfach nur Mischungen aus Wünschen und Ängsten, und sie betete, dies möge auch diesmal zutreffen. Sie gewöhnte sich eben erst an die Tatsache, dass Gabriel sie eines Tages lieben würde. Und der Gedanke, er würde sie gleichzeitig zu töten versuchen, jagte ihr zwar Furcht und Schrecken ein, doch sie konnte es nicht glauben.

Gewiss, der Gabriel, den sie allmählich kennen lernte, wurde von heißem Zorn erfüllt – mit gutem Grund. Alle, die zurückblieben, wenn geliebte Menschen den Tod gefunden hatten, waren auf diese oder jene Weise wütend. Aber nur wenige suchten ein Ventil für ihren Groll, indem sie wahllos mordeten.

Plötzlich heulte eine Sirene. Laura zuckte zusammen und rannte instinktiv zur Tür, um sie zu schließen. Dann dachte sie an Gabriel, und ihr Gewissen meldete sich. Natürlich durfte sie ihn nicht aussperren. Das Schicksal hatte ihm schon zu viele Türen vor der Nase zugeschlagen.

Während die Sirene in der Ferne verhallte, trat Laura ins Dunkel hinaus und sah sich um. Wo um alles in der Welt mochte er sein? Würde er wieder schlafwandeln? Oder geschah etwas, das sie sich nicht vorstellen wollte? Irgendetwas Grausiges, Böses?

Er hatte ihr erzählt, von den Stängeln der Rosen auf beiden Leichen seien die Dornen entfernt worden. Davon hatte nichts in der Zeitung gestanden. Bildete er sich das nur ein? Oder stimmte es, und die Polizei hielt diese Information zurück? Gabriels Mutter hatte stets die Dornen von ihren Rosen abgelöst. Vielleicht vermischte sich diese Erinnerung mit allem anderen, was er erlebte, und er nahm die fehlenden Stacheln fälschlich für bare Münze. Oder vielleicht auch nicht …

Bisher waren die Mordopfer an einem gebrochenen Genick gestorben, den Reportagen zufolge jeweils nach einem einzigen Schlag. So etwas gelang nur einer großen, starken Person. Und Gabriel war überdurchschnittlich groß – und sehr, sehr stark.

Laura fröstelte. Nein, dass er zu solchen Gräueltaten fähig wäre, konnte und wollte sie nicht glauben. Wenn er einen verbrecherischen Charakter besäße, hätte sie es gespürt – nicht wahr?

Dann seufzte sie tief. Mit verspäteten Zweifeln an ihrer besonderen Gabe würde sie die beklemmenden Fragen nicht beantworten.

Die Schultern gestrafft, trat sie auf den Rasen hinaus. Tau befeuchtete ihre nackten Füße und den Saum ihres Nachhemds. Von einer schwachen nächtlichen Brise an ihre Haut gepresst, zeichnete der dünne Stoffe ihre Beine, die Hüften und Brüste nach. Ihre Sinne schärften sich, als sie den Lichtkreis verließ, der aus der offenen Hintertür fiel. Im Dunkel schien sich alles zu intensivieren, vom Gefühl des Hemds, das ihren Körper streichelte, bis zur kühlen Luft in ihrem Gesicht. Sogar das Rascheln der Blätter klang wie ein Flüstern. Geheimnisse. Die Welt war voller Geheimnisse.

Immer tiefer eilte sie in die Finsternis hinein, legte den Kopf schief und lauschte – dem Wispern des Winds, dem Wispern in ihrem Gehirn. Drängende Sorge lockte sie immer weiter vom Haus weg, von der Sicherheit, denn sie musste Gabriel finden, so schnell wie möglich.

Zu viele Minuten verstrichen, während sie die unmittelbare Umgebung des Hauses absuchte – ohne Erfolg. Trotzdem weigerte sie sich, in Panik zu geraten.

Aus fünf Minuten wurden zehn, aus zehn wurden zwanzig. Sie wollte aufgeben, in den Schutz des Hauses zurückkehren. Doch die Angst um Gabriel hinderte sie daran, ihrem Instinkt zu folgen. Deshalb wanderte sie weiterhin umher, bis über eine halbe Stunde vergangen war. Und als sie beschloss, die Suche endgültig abzubrechen, entdeckte sie ihn in der Ferne. Seine Haltung war ein ausdrucksvoller Beweis seiner Verzweiflung. Auf den Knien, den Kopf nach hinten geworfen, den Hals in stillem Schmerz gebogen, glich er einem Mann, der den Todesstoß eines unsichtbaren Henkers erwartete.

„Lieber Gott, steh mir bei", flüsterte Laura und begann zu ihm zu laufen.

Zwischen seinen Zehen fühlte sich das Gras wie nasse Seide an. Wie der Atem einer Liebenden glitt die Luft über sein Gesicht. Schwüler Rosenduft berauschte seine Sinne und weckte bittersüße Erinnerungen. An seinen Wangen rieselte etwas Feuchtes hinab, und er zuckte zusammen.

Regen?

Er öffnete die Augen und blickte zum Himmel empor. Wolkenlos. Sterne übersäten die Finsternis über seinem Kopf, winzige Lichtpunkte, viel zu weit weg, um irgendetwas außer empfänglicher Seelen zu erhellen. Seine Brust krampfte sich zusammen. Um seine Kehle legte sich eine imaginäre Fessel und drohte ihn zu ersticken. Da wusste er, dass keine Regentropfen über seine Wangen rannen, sondern Tränen. Stöhnend versuchte er aufzustehen. Und als er den Tau unter den nackten Sohlen spürte, erkannte er plötzlich die Ausweglosigkeit seiner Situation.

„Oh, verdammt ..."

Der Drang, sich zu verstecken, spornte ihn an. Und so drehte er sich um – entschlossen, in seine vier Wände zu flüchten. Diese Absicht vergaß er wenige Sekunden später.

Zunächst hielt er sie für einen Geist. Der Saum ihres Nachthemds streifte das Gras, und sie schien über den Rasen zu schweben, nicht zu laufen. Bis er Laura erkannte, dauerte es eine Weile.

Laura. Kein Geist. Er schaute ihr entgegen, verblüfft über ihre Hast. Erst als sie sich näherte, als er ihr Gesicht betrachtete, merkte er, dass ihre Sorge *ihm* galt. Anscheinend hatte sie ihn gesucht. Bedeutete er ihr so viel? Von tiefer Rührung überwältigt, lächelte er.

Und da schlug die Verzweiflung erneut zu.

Die Hände zu zitternden Fäusten geballt, dachte er wieder an den Mord, den er vorhin beobachtet hatte. Schaudernd schöpfte er Atem und bekämpfte das plötzliche Bedürfnis, Leben zu fühlen, sich zu entsinnen, dass er *lebte.* Er wollte Laura umarmen und lieben. Immer wieder. Ohne Versprechungen. Ohne Reue.

Beinahe hatte sie ihn erreicht, und er sah ihren Körper, der sich unter dem Nachthemd abzeichnete, die wippenden Brüste, den flachen Bauch. Jetzt erblickte er nicht mehr die Hellseherin, die in seine Seele einzudringen suchte, sondern eine schöne, begehrenswerte Frau.

Aber zwischen ihnen stand ein Hindernis, das er nicht ignorieren durfte. Wenn sie auch beteuert hatte, sie würde ihm helfen – sie war ihm immer noch fremd. Und er konnte sie nicht in seine Hölle hineinziehen …

Sein Herz pochte schneller, seine Muskeln spannten sich an. Nun musste er ihr zurufen, sie sollte umkehren, musste sie warnen – weil er in diesem Moment viel mehr von ihr fordern würde, als sie ihm geben wollte. Doch er zögerte zu lange. Beim nächsten Atemzug streckte sie bereits eine Hand nach ihm aus.

„Gabriel?"

In ihrer Stimme schwang offenkundige Angst mit, die das Feuer in seinem Blut sofort kühlte. Grässliche Angst war seine vertraute Gefährtin, die er mit niemandem teilen mochte. Das verbot sein Gewissen. Er dachte wieder an seinen Traum – an den Mann vor der Tür und den Hund, beide für immer zum Schweigen gebracht. Und wenn ihn nicht alles täuschte, hatte er seinen Mitmenschen bereits viel mehr zugemutet als das Nachempfinden seines Schreckens. Um Himmels willen, der Mann vor der Haustür war Sadie Hussers Butler gewesen. Stevie, der seinen Mörder erkannt und beim Namen genannt hatte … *Gabriel* …

Voller Entsetzen schaute er Laura an, und für ein paar grausige Sekunden stellte er sich ihr Gesicht zertrümmert und leblos vor, wie das Gesicht des Mannes in seinem Traum. Allein schon bei dem Gedanken, ihr könnte etwas zustoßen, drehte sich sein Magen um.

Und dann ging seine Furcht in Zorn über, den er nicht nur gegen sich selbst, sondern auch gegen Laura richtete. „Was zum Teufel machen Sie hier draußen?"

Von seiner Wut verstört, erstarrte sie. Obwohl ihr die Vernunft befahl, die Flucht zu ergreifen – ihr Instinkt hielt sie an Ort und Stelle fest. Die Augen zusammengekniffen, spähte sie durch das Dunkel und versuchte, in Gabriels Miene zu lesen. Ehe sie einer drohenden Panik nachgeben würde, brauchte sie aufschlussreichere Hinweise als den Klang seiner Stimme. „Ich habe Sie gesucht."

„Und jetzt haben Sie mich gefunden", stieß er hervor.

Sie trat einen Schritt vor.

„Verschwinden Sie – nehmen Sie sich in Acht!" mahnte er.

„Wovor? Vor Ihnen?" Sie umfasste seine Hand. „Warum schicken Sie mich weg? Soll ich Ihnen nicht helfen? Was fürchten Sie, Gabriel?"

Er befreite sich von ihrem Griff, packte ihre Schultern und schob sie aus dem Schatten der Bäume in das Licht des Dreiviertelmonds. „Nicht *ich* muss mich fürchten", erwiderte er heiser und schüttelte sie beinahe, um ihr einzubläuen, in welcher Gefahr sie schwebte. „*Sie* sind es, die sich auf unbekanntes Terrain wagt. Denn Sie kennen mich nicht." Sein Gelächter drückte bittere Ironie aus. „Nicht einmal ich selbst kenne mich."

Aber Laura ließ sich nicht abschrecken. „Zeigen Sie mir, wo Sie leben", bat sie leise. Zuerst berührte sie sein Herz, danach seinen Geist. „Schenken Sie mir genug Vertrauen, um mich in Ihre Welt einzulassen?"

Mit dieser Frage überraschte sie ihn, und sobald er die Bedeutung ihres Wunsches erkannte, wollte er sich aus einem ersten Impuls heraus weigern, ihn zu erfüllen. Doch dann dachte er: Verdammt, warum nicht? So wie er seine Lage einschätzte, war er ohnehin schon verdammt. Wenn Laura seinen schrecklichen Verdacht bestätigte, würde er möglicherweise sogar eine gewisse Erleichterung verspüren. „Und wie soll ich das anfangen?"

Statt zu antworten, ergriff sie seinen Ellbogen, führte ihn zu einer Bank am Rand des Rosengartens, und er folgte ihr widerstandslos. Nicht, weil er ihr vertraute, so wie sie es verlangt hatte, sondern weil er des Kampfes müde war …

Laura drückte ihn auf die Bank und nahm neben ihm Platz.

„Vielleicht sollten wir ins Haus gehen“, schlug er vor.

Warm und weich hüllte ihn ihre Stimme ein, sanft und fesselnd zugleich. „In der Dunkelheit erzielt man eine besondere Art der Anonymität.“

Damit hatte sie Recht. Da sie seine Miene nur undeutlich sehen würde, fühlte er sich schon etwas besser. „Was muss ich machen?“

„Sitzen Sie einfach nur da. Alles Weitere liegt bei mir. Geben Sie mir Ihre Hand.“

Gabriel gehorchte. Aber als sie mit seinen Fingern über ihre Wange strich, blinzelte er verwirrt. „Wieso …?“

„Vertrauen“, erklärte sie. „Einzig und allein *darauf* kommt es an. Entspannen Sie sich. Denken Sie an das Rascheln des Windes in den Ästen der Bäume, an das Gras unter Ihren Füßen, an nichts anderes.“

„Hoffentlich wissen Sie, was Sie tun“, murmelte er.

„Seien Sie still …“ Jetzt nahm sie auch noch seine andere Hand, umfing beide so behutsam wie verletzte Vögel und zog sie an ihre Brust, unterhalb ihrer Kehle. Dann holte sie tief Atem und schloss die Augen.

Obwohl sie seine großen Finger nur ganz leicht mit ihren kleinen berührte, konnte er sich ebenso wenig losreißen, wie es ihm gelungen wäre, seine eigenen Herzschläge zu beenden.

Sie hob den Kopf zum Mond empor, als suchte sie sein Licht, um klarer zu sehen. Aber ihre Lider blieben gesenkt.

Wie erstaunlich – um die Wahrheit zu erblicken, braucht sie gar kein Licht, dachte Gabriel. Zumindest jetzt ist es überflüssig, denn der Ort, den sie betrachtet, befindet sich in meinem Innern.

Während er sie musterte und die Intensität beobachtete, mit der sie sich zu konzentrieren schien, hielt er unwillkürlich die Luft an – bis ihm einfiel, dass er sich entspannen musste. Hastig und hörbar atmete er aus.

Sie schaute ihn nicht an. Aber sie schüttelte den Kopf. Damit ermahnte sie ihn, Ruhe zu bewahren, was ihm sehr schwer fiel. Er zwang sich, seine Aufmerksamkeit auf ihre gerunzelte Stirn zu lenken, die Konturen ihres Gesichts, die Lippen. Dann glitt sein Blick über ihr Kinn nach unten, und er schätzte die Größe ihrer Brüste ab. Wie mochte sich ihr Gewicht in seinen Handflächen anfühlen? Plötzlich zuckte er zusammen. *Sah* Laura, woran er dachte? Wenn ja, was würde sie tun, wenn er dem Gedanken die Tat folgen ließe?

In diesem Moment brachen seine Verteidigungsbastionen zusammen, und sie drang in seinen Geist ein.

Für Laura glich die Verbindung mit einer anderen Seele ein wenig dem Gefühl zu fliegen. Von der Erde getrennt, nahm sie eine eigenartige Schwerelosigkeit wahr. Sie überließ sich den Bildern, die auf sie zukamen, ohne sie zu beurteilen. Damit würde sie sich erst später befassen.

Das verschwommene Gesicht einer Frau – ihr leises Seuf-

zen, als eine Männerhand ihren Busen berührte und liebkoste … Und Rosen, am Boden verstreut … Nein, auf einem Grab … Ein bellender Hund …

Bestürzt erschauerte sie. Wie schnell die Visionen von sanfter Sinnlichkeit zu wachsendem Grauen überwechselten … Irgendwie gewann sie den Eindruck, vor einer Tür zu stehen und in ein Zimmer zu schauen, dann in einen angrenzenden Raum. Der erste erschien ihr hell und schön, der zweite düster und bedrohlich, und es drängte sie, die Reise in Gabriels innere Welt zu beenden … Nein, ihm zuliebe musste sie den Weg fortsetzen, alles sehen, was er ihr zeigen würde.

Sie konzentrierte sich erneut und glitt am Offensichtlichen vorbei, in einen verborgenen Bereich seiner Gedanken.

Angst … Nein … Schmerzen. Schreckliche, schreckliche Schmerzen. Das Gesicht eines Fremden. Lächelnd … Dann fragend … Dann tot.

Stille. Barmherzige Stille.

Laura stöhnte. Unbewusst umschloss sie Gabriels Hände etwas fester.

Während er ihr wechselhaftes Mienenspiel beobachtete, hob er nachdenklich die Brauen. Entweder war sie eine verdammt gute Schauspielerin. Oder …

Verschwinde!

Entsetzt zuckten beide zusammen, als die fremde Stimme in Gabriels Kopf eindrang. Laura saß schwankend neben ihm, blinzelte und starrte ihn verständnislos an.

Nach einer kleinen Weile entzog er ihr seine Hände und

stand auf. „Das war ich nicht", erklärte er heiser, ging davon, und sie folgte ihm.

Um ihn einzuholen, musste sie laufen. „Warten Sie, Gabriel!" flehte sie.

„Worauf?" Wütend blieb er stehen und wandte sich zu ihr. „Immer wieder stirbt jemand. Damit kann ich nicht mehr leben. Morgen gehe ich zur Polizei."

„Und was werden Sie erzählen?"

Obwohl die Worte im Hintergrund seines Bewusstseins existierten, kamen sie nicht hervor. Zwei Mal versuchte er, seine Gedanken zu formulieren. Und zwei Mal scheiterte er.

Frustriert schlug er mit einer Faust auf seinen Schenkel. „Verdammt will ich sein, wenn ich das wüsste … Jedenfalls kann ich diese Menschen nicht untätig sterben lassen – wenn ich möglicherweise für die Morde verantwortlich bin."

Laura erstarrte. Vorerst verschlug es ihr die Sprache. Wie ihr sein Blick verriet, waren einige Dinge geschehen, die er ihr verheimlicht hatte. „Was sagen Sie da?" wisperte sie.

Nach einem tiefen Atemzug begann er: „Der Mann in meinem Traum – der Mann, den ich heute Nacht sterben sah …"

„Ja?"

„Er kannte seinen Mörder."

„Wundervoll! Nun haben wir etwas, das wir der Polizei sagen können."

Aber darüber schien er sich nicht zu freuen.

Erstaunt runzelte sie die Stirn. „Was bedrückt Sie denn? Behaupten Sie bloß nicht, das wäre kein Anhaltspunkt. Offenbar haben Sie mir nicht die ganze Geschichte erzählt, das sehe ich Ihnen an.“

Er wandte sich wieder von ihr ab, und sie umklammerte seinen Arm.

„Bitte, Gabriel, reden Sie mit mir! Nur wenn Sie ehrlich sind, kann ich Ihnen helfen.“

Im schwachen Mondlicht betrachtete er ihre Züge, eine Mischung aus Licht und Schatten. Trotzdem sah er ihren eindringlichen Blick. Er hörte sie nach Atem ringen. Nur ganz leicht lag ihre Hand auf seinem Arm. Trotzdem hatte er das Gefühl, Eisenketten würden ihn fesseln.

„Was verschweigen Sie mir, Gabriel?“ beharrte sie.

„Bevor der Mann qualvoll starb, sprach er den Namen des Mörders aus.“

Nun entstand eine längere Pause, und Laura wartete angespannt.

Zu bitter schmeckten die Worte auf seinen Lippen … Hastig stieß er sie hervor. „Er nannte ihn Gabriel. In meinem Traum war *ich* der Mörder.“

Kirby Summers kauerte neben Sam Whitehall, dem Polizeiarzt, der das neue Opfer des Serienkillers untersuchte.

„Also, Sam, was glauben Sie?“

„Dass er tot ist“, erwiderte Sam, ohne von seiner Arbeit aufzublicken.

„Irgendwie lässt Ihr Humor heute zu wünschen übrig“, schnaufte Kirby.

„Tut mir Leid." Whitehall zuckte die Achseln. „Wenn ich was Näheres weiß, werden Sie's erfahren."

„Okay." Kirby stand auf und trat zurück. Eingehend inspizierte er die Szenerie, zu der seltsamerweise auch der Kadaver eines kleinen Hundes zählte.

Obwohl sich der Tatort von den beiden anderen unterschied, bezweifelte der Agent nicht, dass der Serienmörder auch dieses Verbrechen verübt hatte.

Wieder einmal lag eine Rose bei der Leiche. Doch sie hatte, im Gegensatz zu den zwei ersten, ihre Blütenblätter verloren und sah aus, als wäre sie einfach weggeworfen worden. Von einem nahen Baum führte eine Spur aus Rosenblättern zu der Leiche. Im Schatten dieses Baums musste der Killer gestanden und das Haus beobachtet haben.

Die Stirn gefurcht, versuchte sich Kirby vorzustellen, was der Mörder gesehen hatte. Was bezweckte der Kerl? Er stahl nichts, er demolierte nichts, stattdessen tötete er nur. Weder mit einer Schusswaffe noch mit einem Messer. Nach der Aussage des Polizeiarztes benutzte er seine Fäuste. Trotzdem war keines seiner Opfer im herkömmlichen Sinn erschlagen worden. In allen Fällen hatte ein einziger Hieb auf den Kopf einen Genickbruch bewirkt.

Plötzlich.

Gnadenlos.

Endgültig.

Mit einer uncharakteristischen Geste purer Frustration stopfte Kirby sein Notizbuch zurück in die Tasche und stieß mit einer Schuhspitze gegen einen kleinen Stein. „Verdammt", murmelte er.

„Ganz meine Meinung", bemerkte Ray Bush.

Kirby drehte sich um und nickte dem Detective von der Oklahoma-City-Mordkommisson zu.

„Guten Morgen, Sir", grüßte Ray.

Kirby warf noch einen Blick auf den Toten. „Für ihn ist's kein guter Morgen."

„Wohl kaum. Der gleiche Tathergang wie in den zwei vorangegangenen Fällen."

„Ja und nein."

„Was heißt das?" fragte Ray überrascht. „Denken Sie an einen Nachahmungstäter?"

„Nein, es ist ein und derselbe. Aber hier ist irgendwas anders. Zum Beispiel der Hund. Warum hat er diesen Pekinesen umgebracht – und den Hund im Park nicht? Und die Rose. Sie liegt nicht auf der Brust der Leiche, wie bei den anderen Ermordeten."

„Vielleicht hat der Wind sie davongeweht."

„Das glaube ich nicht. Außerdem fehlen die Blütenblätter. Dieser nutzlose Stängel wurde wahrscheinlich weggeworfen."

„Jetzt verstehe ich, was Sie meinen." Ray grinste ironisch. „Irgendwie erinnert mich das an die Blumen, die ich meiner Frau schenken wollte, weil ich unseren letzten Hochzeitstag vergessen hatte. Die sind im Mülleimer gelandet."

Plötzlich erhellte sich Kirbys Miene. „Das ist es! Schon die ganze Zeit hab ich's gespürt. Aber ich konnte es nicht in Worte fassen. Der Mörder hat sich über diesen Mann geärgert. Deshalb legte er ihm keine Rose auf die Brust, um sich quasi zu entschuldigen. Nachdem er ihm das Genick gebrochen hatte, warf er einfach einen Stängel hin, der nicht mehr zu gebrauchen war."

Rays Augen verengten sich. „Ja, da könnten Sie Recht haben."

In diesem Moment stand Whitehall auf und winkte seinen Assistenten zu sich. „Packen Sie ihn ein", befahl er, zog seine chirurgischen Handschuhe aus und stopfte sie in die Tasche seines Jacketts.

„Nun?" fragte Kirby.

„Allem Anschein nach starb er um Mitternacht herum – und der Hund vermutlich auch, obwohl ich kein Tierarzt bin. Diesmal haben wir etwas mehr Glück. Unter den Fingernägeln des Opfers kleben blutige Hautfetzen, und die stammen sicher nicht von ihm selbst."

Ein heftiger Adrenalinstoß beschleunigte Kirbys Puls. „Diesen Bericht will ich sofort auf meinem Schreibtisch haben."

„Zum Teufel, Summers!" klagte Whitehall und verdrehte die Augen. „Das höre ich heute Morgen schon zum vierten Mal. Falls es Ihnen entgangen ist – in der Reno Street wurde jemand umgebracht. Und auf der Twenty-Third gab's einen Bandenkrieg, eine schlimme Schießerei. Ein Farmer fand eine verweste Leiche in einem Straßengraben zwischen hier und Edmond. Also bekommen Sie Ihren Bericht, sobald ich ihn hingekriegt habe, und keine Minute früher."

Kirby wollte protestieren. Aber sein gesunder Menschenverstand riet ihm davon ab, dem Polizeiarzt auf den Wecker zu fallen. „Tut mir Leid, aber Sie wissen ja, wie's ist. Dauernd habe ich die Presse am Hals, und der nervöse Bürgermeister bläst mir seinen Atem in den Nacken. Bald wird er noch die ganze Mordkommission verrückt machen."

„Schon gut, ich melde mich", seufzte Whitehall und ging davon.

In diesem Moment entdeckte der Agent eine alte Frau, die an einer Ecke des Hauses stand, bleich und sichtlich verzweifelt schaute sie zu der Stelle hinüber, wo der Tote und der kleine Hund gelegen hatten. „Wer ist das?" fragte Kirby.

„Die Besitzerin dieses Anwesens", antwortete Ray Bush. „Der Ermordete war ihr Butler, und der Pekinese hat ihr gehört."

„Hm ..." Kirby zog sein Notizbuch hervor und blätterte darin. „Ihren Namen habe ich mir noch gar nicht aufgeschrieben. Wie heißt sie?"

„Sadie Husser", erklärte Ray und schaute der alten Frau nach, die im Haus verschwand.

Verwundert hob Kirby den Kopf. „Ah, die First Lady von Oklahoma City persönlich?"

Ray nickte. „Und wie nimmt sie's auf?"

„Wie's zu erwarten war", erwiderte Ray. Dann fügte er hinzu: „Und was ich besonders schlimm finde – erst gestern hat sie einen Sicherheitsdienst beauftragt, eine Alarmanlage zu installieren."

„Ja, so was passiert allerdings manchmal“, meinte Kirby achselzuckend.

Ray Bush zog ein blütenweißes Taschentuch aus seiner Hosentasche, wischte den Schweiß von seinem Gesicht und schaute auf seine Uhr. „O Mann! Kurz nach fünf haben wir den Anruf bekommen, und jetzt ist es fast neun, und ich habe noch gar nicht gefrühstückt.“

„Ich auch nicht.“

„Fahren wir am McDonald’s vorbei.“

Der Agent schnitt eine Grimasse.

„Natürlich lade ich Sie ein“, versprach Ray.

Kirbys ernstes Gesicht verzog sich zu einem Grinsen, was nur sehr selten geschah. „Okay, ich hab mir’s anders überlegt.“

Schicksalsergeben rollte Ray mit den Augen. „Warum überrascht mich das nicht?“

Als Gabriel den Telefonhörer auflegte, meldete Matty die Ankunft seines Onkels.

„Tut mir Leid“, entschuldigte sich Mike. „Ich wusste nicht, dass du beschäftigt bist.“

Weil sich Gabriel keine sofortige Antwort zutraute, nahm er einen großen Schluck von seinem Eistee, der nach gar nichts schmeckte. Aber das Getränk war wenigstens kalt, und so leerte er das Glas bis zu den Eiswürfeln. „Jetzt bin ich nicht mehr beschäftigt. Sadie Husser war am Apparat. Gestern hat sie ein Sicherheitssystem bestellt – und unseren Vertrag soeben storniert, was ich ihr nicht verübeln kann.“

Anscheinend habe ich irgendwas nicht mitgekriegt, dachte Mike. „Wie meinst du das?"

Mit bebenden Fingern umklammerte Gabriel das Glas. Aber sein Gesicht blieb ausdruckslos. „Während sie letzte Nacht im Oberstock schlief, wurden ihr Butler und ihr Hund getötet. Das hat sie so mitgenommen, dass sie ihr Haus verkaufen und nach Europa ziehen will."

„Wie schrecklich! Ich bin ihr öfter begegnet. So eine großartige alte Dame ..."

Vor Gabriels geistigem Auge erschien das Bild ihres milden Lächelns, ihrer offensichtlichen Toleranz, die Stevies abgeschmackten Witzen galt, ihrer Freude an dem kleinen Pekinesen. Plötzlich ertrug er den seelischen Schmerz nicht mehr. Mit aller Kraft schleuderte er das Glas in den Kamin. Scherben klirrten, Eiswürfel flogen umher.

„O Gott, Gabriel!" rief Mike bestürzt. „Was ist denn in dich gefahren?"

„Wäre ich bei dem Autounfall gestorben, würde das alles nicht passieren."

„Da irrst du dich. Nur weil du behauptest, diese Verbrechen zu *sehen,* bist du nicht dafür verantwortlich."

„Gestern Morgen hätte ich dir vielleicht zugestimmt. Aber inzwischen weiß ich es besser."

Als Mike die unverhohlene Qual in Gabriels Augen las, wollte er ihn umarmen und versichern, er würde ihn lieben und wäre immer für ihn da.

Aber Gabriel ging davon.

„Bitte, mein Junge! Wie soll ich dir helfen, wenn du nicht mit mir redest? Erzähl mir, warum du so unglücklich bist. Was hat sich seit gestern Morgen verändert?"

Gabriel schwieg, und sein Onkel fragte sich unbehaglich, was er tun sollte. In diesem Moment betrat Laura die Bibliothek. Mike merkte ihr an, dass sie Bescheid wusste. Aus irgendwelchen Gründen ignorierte sie Gabriels Anwesenheit.

„Guten Morgen, Dr. Travers."

Mike seufzte. Alles andere als ein guter Morgen, dachte er. „Hallo, Laura."

„Danke, dass Sie gekommen sind."

„Keine Ursache …"

Wütend drehte sich Gabriel um. „Also *Ihretwegen* ist er hier, Laura. Das hätte ich mir denken können."

Er eilte zur Tür. Aber sie trat ihm in den Weg. Mit einem durchdringenden Blick forderte sie ihn geradezu heraus, sie beiseite zu stoßen. Dicht vor ihr blieb er stehen. Sie starrten sich an, und sie spürte seinen heißen Atem auf ihren Wangen.

Entschlossen hob sie das Kinn. „Irgendjemand *muss* Ihnen Vernunft beibringen, Gabriel. Auf mich wollten Sie nicht hören. Und so hoffte ich – vielleicht würden Sie einen Rat Ihres Onkels befolgen und auf eine Aussage bei der Polizei verzichten."

Verständnislos schüttelte Mike den Kopf, strich durch sein graues schütteres Haar und spürte jedes einzelne seiner siebenundsechzig Jahre. „Würde mir bitte irgendjemand erklären, was das alles bedeutet?"

Laura schaute immer noch direkt in Gabriels Augen. „Soll ich das übernehmen? Oder lassen *Sie* sich dazu herab?"

„Nachdem Sie damit angefangen haben ...", begann er und kehrte beiden den Rücken. „Tun Sie sich keinen Zwang an."

„Gar nichts habe ich angefangen." Jetzt klang ihre Stimme etwas sanfter. „Das wissen Sie, Gabriel. Aber ich kam hierher, um Ihnen zu helfen, so gut ich's kann. Und jedes Mal, wenn ich's versuche, weisen Sie mich ab."

Abrupt verflog sein Zorn. Als er sich umdrehte, ließ er die Schultern hängen, und er sprach so leise, dass Mike die Worte kaum verstand. „Begreifen Sie das nicht?"

Die Trauer in seinen Augen und seine niedergeschlagene Haltung krampften Lauras Herz zusammen. Am liebsten hätte sie ihn in die Arme genommen. Doch sie beherrschte sich. Was geschehen war, musste er seinem Onkel selbst anvertrauen. Diese Last konnte sie ihm nicht abnehmen.

Schaudernd strich er über seine Stirn und wandte sich zu Mike. „Letzte Nacht gewannen meinen Träume eine neue Dimension."

Offenbar keine gute, dachte Mike, als er den bitteren Unterton aus Gabriels Stimme heraushörte. „Was meinst du?"

„Das Opfer kannte seinen Mörder."

Verblüfft runzelte Mike die Stirn. „Also könntest du der Polizei eine Beschreibung des Täters liefern – oder zumindest einen Namen nennen. Warum ist das keine gute Neuigkeit?"

„Weil ich in meinem Traum der Killer war."

7. KAPITEL

Mike Travers schmiedete einen Plan. Von jetzt an würde Gabriel jede Nacht hinter verschlossener Tür schlafen.

Falls ein weiterer Mord geschah, würde Laura bezeugen, er habe sein Zimmer nicht verlassen und könne das Verbrechen unmöglich verübt haben. Zweifellos war das eine ziemlich grausame, drastische Maßnahme. Aber von ihrem Erfolg hing Gabriels geistige Gesundheit ab.

Als dieser Entschluss feststand, fühlte sich Laura äußerst unbehaglich. Zunächst war sie über Mikes Vorschlag schockiert gewesen, hatte heftig dagegen protestiert und auf die hochmoderne Alarmanlage des Hauses hingewiesen. Doch die würde Gabriel nicht zurückhalten, wie er aus bitterer Erfahrung wusste. „Selbstverständlich wird meine Tür von außen versperrt", betonte er.

„Das ist gefährlich", wandte sie ein. „Wenn ein Feuer ausbricht …"

Erbost zog er die Brauen zusammen. „Verdammt, Laura, da draußen stirbt ein Mensch nach dem anderen! Sollte ich schuld daran sein, *hoffe* ich sogar zu verbrennen."

Bevor ein erbitterter Streit ausbrechen würde, fühlte sich Mike verpflichtet, einzugreifen. „Das solltet ihr nicht unnötig dramatisieren. Gabriel wird ja nicht für alle Zeiten eingesperrt – nur so lange, bis er sich von seiner Unschuld überzeugt hat, was sicher bald geschehen wird."

Gabriel schaute Laura an, die an ihrer Unterlippe kaute.

„Nun?“ fragte Mike.

Laura zuckte die Achseln. „Also gut.“

Erleichtert atmete Gabriel auf. „Ich fahre jetzt zur Eisenwarenhandlung und kaufe ein Vorhängeschloss. Möchte mich jemand begleiten?“

Ohne zu antworten, verließ sie das Zimmer, und er schaute ihr verwundert nach. „Das heißt vermutlich nein“, meinte er gedehnt.

Grinsend kratzte Mike die kahle Stelle auf seinem Oberkopf. „Aber sie ist trotzdem eine großartige Frau, nicht wahr, mein Junge?“

Gabriel nahm seinen Schlüsselbund vom Schreibtisch und ging zur Tür. Über seine Gefühle für Laura wollte er nicht sprechen, obwohl sie ihn in letzter Zeit immer öfter beschäftigten. „Kommst du, Onkel Mike?“

„Ach, ich weiß nicht. Ich habe noch einiges zu erledigen. Vielleicht sollte ich lieber …“

„Auf der Rückfahrt mache ich bei Braum's Halt und esse Eiscreme“, verkündete Gabriel.

„Okay, du hast mich überredet“, seufzte Mike und folgte ihm.

Gabriel legte einen Arm um die Schultern des alten Mannes. „Wenn du an einen Schokoladeneisbecher denkst, bist du ein leichtes Opfer.“

An diesem Abend glich das Dinner eher einer Totenwache als einer Mahlzeit. So sehr sich Mike auch um eine höfliche Konversation bemühte – er kämpfte auf verlorenem Posten. Gabriel hatte Laura wenig zu sagen und sie ihm noch weniger.

Allmählich vermutete Mike, die Spannung zwischen den beiden würde gar nicht mit dem Plan zusammenhängen, Gabriel in seinem Zimmer einzuschließen. Er hatte gesehen, wie Laura den Jungen musterte, wenn sie sich unbeobachtet glaubte. Und Gabriel warf ihr immer wieder verstohlene Blicke zu.

Mit irgendwelchen Feindseligkeiten hat das Schweigen der jungen Leute nichts zu tun, überlegte Mike. Umso mehr mit einer wachsenden wechselseitigen Anziehungskraft, die sie zu ignorieren versuchen …

Sobald es der Anstand erlaubte, entschuldigte er sich und wünschte ihnen eine gute Nacht. Laura folgte den Männern in die Halle und flüchtete die Treppe hinauf, ehe einer der beiden sie zurückhalten konnte. Kommentarlos schaute Gabriel ihr nach. Sein Onkel merkte ihm an, woran er dachte – ganz sicher nicht an die bevorstehende Nacht hinter verschlossener Tür. Nach Mikes Ansicht war es höchste Zeit, dass sich der Junge endlich wieder um sein Privatleben kümmerte.

Von neuer Hoffnung beglückt, lächelte er während der ganzen Heimfahrt.

Als die Uhr im Flur des oberen Stockwerks elf Mal schlug, klopfte Gabriel an Lauras Tür.

„Herein!“ rief sie und starrte die Tür an, die nach innen schwang. Gabriel – pünktlich zum vereinbarten Zeitpunkt.

In seiner Hand steckten ein Schlüssel und ein Vorhängeschloss. „Jetzt gehe ich ins Bett. Kommen Sie, tun Sie Ihre Pflicht."

Laura spürte, wie sich eine Gänsehaut an ihrem Nacken bildete. Aber sie nickte.

Schweigend gingen sie zu Gabriels Zimmer, Seite an Seite, jeder in seine eigenen Gedanken versunken. Und beide bekämpften die Gefühle, die sie füreinander hegten, die sie sich nicht erlauben durften.

Noch feucht von der Dusche, umrahmten kurze Locken Lauras Gesicht. Wieder einmal wünschte er sich, ihr Haar zu berühren und herauszufinden, ob es sich so weich anfühlte, wie es aussah. Ihr Bademantel, lose gegürtet, enthüllte teilweise ein dünnes rosa Nachthemd – für Gabriels Seelenfrieden zu viele zarte Spitzenborten.

Mit jedem Tag steigerte sich seine Faszination von Laura Dane. Unentwegt schwankte er zwischen der Bewunderung ihres Mutes und seiner wachsenden Sehnsucht, ihr weibliches Wesen zu erforschen.

Den Kopf hoch erhoben, folgte sie neben ihm dem langen Korridor, mit den sicheren Schritten einer Frau, die ihren Platz in dieser Welt kannte. Ein ebenso großes Selbstvertrauen hatte er früher auch besessen, und er wollte sein altes Leben zurückgewinnen. Dafür würde er alles tun und sich sogar nächtelang einsperren lassen, wie ein Verbrecher, als den er sich voller Angst betrachtete.

Der Plan, den Mike sich ausgedacht hatte, missfiel Laura

immer noch, und sie fühlte sich erneut bemüßigt, ihre Bedenken auszusprechen. Entschlossen blieb sie in der Nähe einer Flurlampe stehen, ohne zu erkennen, dass der gelbe Widerschein ihren Kopf mit eine Gloriole umgab – oder welche Wirkung ihre plötzliche engelsgleiche Erscheinung auf Gabriel ausübte.

„Bitte, Gabriel, überlegen Sie sich's noch einmal. Wenn tatsächlich ein Brand ausbricht, wären Sie hilflos in Ihrem Zimmer eingeschlossen."

Obwohl er ihre Sorge verstand, verschlug ihm ihr Anblick vorerst die Sprache. Hingerissen starrte er sie an. Erst als er ihre Hand auf seinem Arm spürte, konnte er antworten. „Falls es wirklich brennen sollte, werden Sie die Feuerwehr anrufen, und die holt mich raus."

„Und wenn irgendwas anderes passiert – wenn ich's nicht schaffe, das Vorhängeschloss rechtzeitig zu öffnen … Wenn …"

Wie weiß glühendes Feuer schien sich die Gloriole auszubreiten, Lauras Kopf und die Schultern einzuhüllen. Er *musste* sie berühren. Würde sie ihn verbrennen, wenn er es tat?

Aber er bewegte sich nicht. „Und wenn nichts geschieht?" konterte er. „Oder wenn doch – und es gelingt Ihnen, in mein Zimmer zu kommen?"

Als sie einen Schritt vortrat, wurde ihre ganze Gestalt vom Licht übergossen. „Wenn es so wäre …"

Sein Herz klopfte viel zu schnell. Jetzt war die Sehnsucht, in dieses Feuer zu sinken und sich verzehren zu lassen, unwiderstehlich. Er umfasste ihre Schultern, zog sie immer näher zu sich heran, bis nur mehr ein Atemhauch seinen Mund von ihrem trennte. „Was wäre, wenn ich dich küssen würde – sofort – ehe du Zeit findest, in mein Gesicht zu schlagen?"

Irgendjemand rang vernehmlich nach Luft. Bin ich das selbst, überlegte Laura. Aber sie begann daran zu zweifeln, sobald er sich herabneigte. Atemzüge und Lippen verschmolzen. Und dann war es unmöglich, die Frage zu beantworten – und überflüssig. Vielleicht hatte sie ein Stöhnen in Gabriels Kehle gehört, oder hatte sie gestöhnt? So oder so, sie erwiderte den Kuss voller Hingabe.

Schließlich trat einer von beiden zurück. Wer es gewesen war, erinnerte sie sich nicht. Vermutlich ich, dachte sie, weil ich viel zu vernünftig bin, um mich mit diesem Mann und seinen Problemen einzulassen.

Ja, ganz sicher.

Gabriel fühlte sich hin und her gerissen zwischen seinen heißen Wünschen und der Erkenntnis, was ihm sein Verstand befahl. Die Nacht ohne Laura zu verbringen, war das Letzte, was er wollte. Doch in diesem Moment hatte er keine Wahl. „Laura, ich ..."

„Sag nichts", wisperte sie, packte seinen Arm und zog ihn zu seinem Zimmer. Mit der andren Hand öffnete sie die Tür und stieß ihn beinahe hindurch. „Was soeben geschehen ist – wage es bloß nicht, das mit irgendeiner idiotischen Entschuldigung zu zerstören. Sonst müsste ich bereuen, dass ich jemals einen Fuß in dieses Haus gesetzt habe. Im Augenblick will ich aus deinem Mund nichts weiter hören als ‚Gute Nacht'."

Reglos stand er da und beobachtete sie, während sie die Tür zwischen ihnen schloss. Erst nachdem er das Vorhängeschloss klicken gehört hatte, registrierte er ihre letzten Worte. „Laura …"

Sie hielt inne. Obwohl er leise, fast flüsternd gesprochen hatte, hörte sie seine Stimme.

„Möchtest du mir noch etwas sagen?"

„Gute Nacht."

Sie legte eine Hand an die Tür, als würde allein schon die Kraft ihrer Emotionen genügen, um Gabriel zu berühren. „Ja, gute Nacht." Und weil sie das dünne, gefährdete Band zwischen ihnen nicht zerreißen wollte, fügte sie hinzu: „Schlaf gut."

Beinahe außer Hörweite, bewog sie sein Ruf, stehen zu bleiben. „Laura!"

Weder ihr noch sich selbst machte er es leicht, was er wahrscheinlich in Kauf nahm. Seufzend kehrte sie zu seiner Tür zurück. „Was willst du?"

Ihren Geschmack immer noch auf den Lippen, schloss er die Augen und lehnte seine Stirn an die Tür. „Damit sind wir noch nicht fertig."

„Womit?"

„Mit diesem Kuss."

Brennend stieg ihr das Blut in die Wangen, ihre Knie wurden weich. Glücklicherweise konnte er ihre Reaktion nicht beobachten. Er hörte nur ihre Antwort, in der Staunen und eindeutige Zustimmung mitschwangen. „Das weiß ich."

Erst nach einer ganzen Weile überlegte er, was sie sonst noch wissen mochte. Doch es war zu spät diese Frage zu stellen, denn sie hatte sich bereits entfernt.

Drei Tage verstrichen, und das sonderbare abendliche Ritual entwickelte sich zur Routine. Jetzt war sie seine Gefängniswärterin. Er träumte nicht mehr. Zu seiner Erleichterung schwieg auch die unheimliche Stimme, die er so oft gehört hatte. Allmählich glaubte Gabriel, in den letzten Wochen hätte er einfach nur an einer geistigen Verwirrung gelitten, durch seine schweren Verletzungen verursacht. Jeden Tag ging er zur Arbeit und kam lächelnd nach Hause. Er begann sich zu entspannen. Mit der Zeit wuchs seine Überzeugung, was sich ereignet hatte, wäre nur ein alberner Streich seiner Phantasie gewesen.

Am Endes des vierten Tages änderte jemand die Regeln – wieder einmal.

Angstvoll schaute er zum Himmel auf. Die Sonne ging unter. Bald würde die Dunkelheit hereinbrechen. Und er fürchtete die Dunkelheit.

Sein Magen knurrte, und er runzelte die Stirn. Schon wieder war er hungrig. Früher war er nie hungrig gewesen. Zumindest nicht, bevor er sich verirrt hatte. Und es bedrückte ihn, sich ständig zu verlaufen.

Unbehaglich kratzte er sich im Gesicht. Die Bartstoppeln, schon mehrere Tage alt, störten ihn. So rau und stachelig ... Irgendwo müsste er ein Rasiermesser finden. Mutter hasste alles, was stachelig war. Zufrieden mit sich selbst, nickte er, als er die Rosen in seiner Hand betrachtete. Die würde ihm nicht wehtun. An den Stängeln waren alle Dornen entfernt worden.

Er trat aus der Seitengasse, in der er sich versteckt hatte, und begann die Straße hinabzuwandern. Obwohl sie menschenleer war, ließ seine schreckliche Angst nicht nach. Trotzdem ging er weiter. Immer stärker spürte er die Wirkung des inneren Magneten, der ihn nach Hause lenkte. Aber er verlor die Geduld. Den Wunsch, den Kuss seiner Mutter auf der Stirn zu spüren und ihr sanftes Lächeln zu sehen, war fast unerträglich. Außerdem fielen die Rosen, die er vor einigen Tagen eingesammelt hatte, in seiner Hand auseinander. Was sollte er tun? Mutter liebte Rosen. Und er brauchte seine Mutter so dringend. Während er die Blumen wieder anstarrte, vertieften sich seine Stirnfalten. Mit diesen welken Rosen konnte er nichts mehr anfangen. Also musste er neue finden. Vielleicht in dieser Nacht ...

Durch die Vorhänge in Gabriels Fenster schien das schwache Licht der Sicherheitslampe und warf einen weißen Streifen auf den hellblauen Teppich. Die Jeans, die er vorhin getragen hatte, hingen über der Lehne eines Stuhls. Darunter stand ein Tennisschuh, der andere lag umgekippt nehmen einem Tisch. Das

Buch, das er gelesen hatte, war von seinem Bett gefallen. Mit einem Socken versehen, den er als Lesezeichen benutzte.

Einen Arm über seinem Kopf, den anderen unter der Wange, schlief er auf dem Bauch. Er trug immer noch die Gym-Shorts, die er nach der Dusche angezogen hatte. Wäre der Raum inspiziert worden, hätte der Betrachter eine ruhige, wenig bemerkenswerte Szenerie gesehen.

Vier Türen weiter unten am Korridor war der Widerschein der Sicherheitslampe nicht zu sehen. Nur das schwache Licht der Tiffany-Lampe, die im angrenzenden Bad brannte, erhellte den Raum ein wenig.

Hier befand sich alles am rechten Ort, und das galt auch für die Frau, die im Bett schlief.

Laura lag zusammengekrümmt auf der Seite und umarmte ein Kissen. Seit einigen Stunden hatte sie sich nicht bewegt. Ordentlich zusammengefaltet hing ihr Morgenmantel über einer Sessellehne. In einer Ecke des Zimmers ertönten die leisen, seelenvollen Klänge eines Country-Music-Senders. Bevor sie eingeschlafen war, hatte sie dem Radio gelauscht. Ihr Körper war entspannt, von innerem Frieden erfüllt. Trotz der Entfernung riss sie der Krach, der im Flur widerhallte, so abrupt aus dem Schlaf, als wäre der Lärm direkt neben ihrem Bett losgebrochen.

Innerhalb weniger Sekunden war sie hellwach und rannte zur Tür.

Ehe sich der Krach wiederholte, wusste sie, was sie gehört hatte. Gabriel versuchte sein Zimmer zu verlassen.

Der schrille Pfiff des Zugs mischte sich mit dem Schrei der dicken Frau. In die Gasse zurückgetrieben, wo sie eine Mülltonne nach Konservendosen mit Essensresten durchwühlt hatte, sah Bella Cruz keinen Ausweg.

Wie grauenvoll, in die Augen eines Mörders zu schauen und nur das eigene Spiegelbild zu sehen ... Wenige Sekunden später kündeten nur mehr ein paar welke Rosen in Bellas Armbeuge von seiner Anwesenheit.

In der Finsternis, von einer Glühbirne über der Hintertür einer geschlossenen Bar kaum erhellt, wirkte der Körper der alten Frau fast friedlich.

Sie lag auf dem Rücken, den verblühten Rosenstrauß wie ein kleines Kind im Arm, ihren Filzhut über dem Gesicht. Bei Tageslicht würde man ihr fleckiges, zerlumptes Kleid voller Abscheu mustern. Aber in der stillen Gasse milderten nächtliche Schatten die Hässlichkeit der Frau – und was sie erlitten hatte.

Zwei Häuserblocks entfernt schaltete der Fahrer eines Streifenwagens seine Sirene und das rotierende Licht ein, bevor er ein Auto anhielt, das zu schnell durch die Nacht gerast war. Kein ungewöhnliches Ereignis in dieser Gegend, zu später Stunde.

Aus einem offenen Fenster oberhalb der Stelle, wo die alte Frau lag, drangen die lauten Stimmen eines streitenden Ehepaars. Doch die Geräusche des Zugs waren längst entschwunden, ebenso wie der Mann, der Bella Cruz' Leben soeben grausam beendet hatte.

In Gabriels Zimmer krachte es wieder, als Laura die Tür erreichte.

Mit zitternden Händen steckte sie den Schlüssel ins Vorhängeschloss und drehte ihn hastig herum. Dann ließ sie das Schloss fallen und stürmte in den dunklen Raum.

Beide Arme ausgebreitet, stand er am weit geöffneten Fenster. Um zu begreifen, was er plante, brauchte sie nur wenige Sekunden. Sie rannte zu ihm, packte sein Handgelenk und zerrte ihn mit aller Kraft nach hinten. In ihrem Innern mischte sich kalte Panik mit einem dringend benötigten Adrenalinstoß. Doch der genügte kaum, um Gabriel daran zu hindern, sich aus dem Fenster zu stürzen.

Immer wieder schrie sie verzweifelt seinen Namen, versuchte erfolglos, ihn zu aus seinem Traum zu wecken. Er wehrte sich gegen das Gewicht ihres Körpers. Und sie fürchtete, es würde nicht lange dauern, bis seine stärkeren Muskeln sie beide in Gefahr brachten. Da sie spürte, wie ihre eigenen Kräfte schwanden, unternahm sie einen letzten Versuch. Die Arme um Gabriels Taille geschlungen, die Hände miteinander verschränkt, ließ sich seitwärts fallen. Bei dieser unerwarteten Aktion verlor er das Gleichgewicht. Mit einem dumpfen Aufprall landeten sie am Boden.

In seiner Verwirrung zwischen Schlaf und plötzlichem Erwachen auf dem Teppich reagierte Gabriel instinktiv. Er schwang sich herum und begrub Laura unter seinem Körper. Erst als er sie leise stöhnen hörte, wurde ihm bewusst, was er soeben getan hatte. Da sprang er auf und zog sie mit sich hoch.

„Mein Gott!" rief er. „Was zum Teufel ist passiert?" Er knipste die Nachttischlampe an und führte Laura in den Lichtkreis. „Alles in Ordnung?" Allein schon der Gedanke, er könnte sie verletzt haben, krampfte sein Herz zusammen. „Sag doch, Laura!" flehte er und berührte ihre Wange. „Habe ich dir wehgetan? Alles okay?"

Langsam und schmerzlich holte sie Atem und presste eine Hand auf ihren Bauch. „Ja – ich glaube schon."

Gabriel sank auf die Bettkante, und sie setzte sich neben ihn.

„Heiliger Himmel!" seufzte er und presste sein Gesicht an ihren Hals. „Tu das nie wieder! Mich so zu erschrecken …"

An ihrer Haut spürte sie seine keuchenden Atemzüge, unter ihren Fingerspitzen hämmerte sein Puls. Er legte ihre Wange an sein dichtes schwarzes Haar. Nur mit knapper Not waren sie der Gefahr entronnen.

Eine Minute verging. In diesen sechzig Sekunden nahm Gabriel den Duft ihres Shampoos wahr, ihren weichen Busen an seiner Brust, die unregelmäßigen Schläge ihres Herzens. Wieder einmal hatte er jemanden sterben sehen. Und er wollte nichts mehr vom Tod wissen. Das Bedürfnis zu leben – sich lebendig zu fühlen – überwältigte ihn. Und er war machtlos gegen den Wunsch, die unausweichliche Leidenschaft zwischen Mann und Frau zu genießen – und danach zufrieden in Lauras Armen zu liegen.

Als er den Kopf hob, spürte sie seine veränderte Stimmung, die so schnell von Furcht zur Lust übergewechselt war, dass sie beinahe erschrak. Was sie in seinen Augen las – diesem Ausdruck konnte sie nicht entfliehen. Denn sie hatte ihn schon einmal gesehen, in ihrer Vision am Tag der ersten Begegnung.

Fast erleichtert seufzte sie, hieß ihr Schicksal willkommen und strich über seine Wange.

Eine Hand auf ihrer Schulter, zeichnete er mit seinem Blick ihre Gesichtszüge nach, die zerzausten Locken, die es umrahmten, die Form ihres Oberkörpers unter dem dünnen Nachthemd.

Atemlos hauchte sie seinen Namen. Er drückte sie rücklings aufs Bett, seine Finger glitten in den Ausschnitt ihres Nachthemds, und sie hörte, wie es zerriss. In ihrem Innern stieg heiße Sehnsucht auf. Ihre Hüften zwischen seinen Schenkeln, neigte er sich zu ihr und stützte sich zu beiden Seiten ihres Kopfs mit den Händen ab.

„Schau mich an", bat er. Unkontrollierbare Gefühle verliehen seiner Stimme einen heiseren, gepressten Klang.

Von der Unausweichlichkeit des Augenblicks gefesselt, gehorchte Laura.

Während sie seine harte, pulsierende Männlichkeit an ihrem Schenkel spürte, kämpfte er mit den Worten, die er jetzt aussprechen musste. „Du brauchst nur Nein zu sagen."

„Unmöglich", flüsterte sie. „Dafür ist es zu spät."

„Was das heißt, will ich gar nicht wissen", gestand er, sank auf sie hinab, und ihre Lippen fanden sich.

Danach verschleierten sich die Gedanken. Es gab kurze

Momente halbwegs klaren Bewusstseins, wenn sie seine Hände auf ihrem Haar und an ihrer Haut genoss, wenn sie einigermaßen denken konnte, um in der süßen Zärtlichkeit seiner Küsse zu schwelgen.

Soweit Gabriels Erinnerung zurückreichte, hatte er trotz seines harmonischen Familienlebens und liebevoller Eltern eine unerklärliche seelische Leere empfunden. Jetzt nicht mehr. Sobald er in Laura eingedrungen war, erfüllte ein beglückendes Zusammengehörigkeitsgefühl sein Herz. Mit dieser Frau eins zu sein – mehr erhoffte er nicht vom Leben, und es durfte nicht enden. Mit jeder Bewegung erkannte er deutlicher, wie unausweichlich dieser Liebesakt war.

Ihr Atem streichelte sein Gesicht. Manchmal lauschte er süßen Seufzern, dann ihrem leisem Stöhnen – stets drängend, voller Verlangen … Ihre weichen Hände wanderten über seinen Rücken, ihre Beine umschlangen seine Taille. Aber es genügte nicht, er begehrte viel mehr, wollte noch intensiver mit ihr verschmelzen und …

Plötzlich grub sie ihre Finger in seine Schultern, und sie bäumte sich auf. Da fanden alle Gedanken ein Ende. Lauras Höhepunkt umgab ihn wie ein wilder Schauer, und er verlor die Kontrolle. Hemmungslos ergoss er sich in ihre Hitze. Eine berauschende Welle nach der anderen durchströmte seine Adern, bis die letzten Nachbeben wahrer, fast beängstigender Leidenschaft verebbten.

Voller Angst, einer von ihnen könnte im Nichts verschwinden – vielleicht sie, vielleicht er – , drehte er sich zur Seite, ohne sie loszulassen, und breitete die Decke über ihre beiden Körper.

Er spürte, wie sie zitterte und mühsam nach Atem rang. Als er einen Kuss auf ihre Schläfe drückte, schmiegte sie sich an ihn.

Zuvor hatte er nur ihren Namen gekannt.

Laura.

Nun wusste er, was für eine Frau sie war.

Seine Frau.

Verblüfft über seine tiefen, glutvollen Emotionen, umarmte er sie noch fester, und sie schwiegen zufrieden.

Sie gehört nicht hierher!

Aus dem Nichts wehte die Stimme heran. Als Laura zusammenzuckte, verriet sie ihm, dass sie den Ruf ebenfalls vernommen hatte.

„Pst“, flüsterte er und strich beruhigend über ihre Stirn.

Bald merkte er, wie sie sich entspannte. Erst danach gab er der Stimme eine Antwort, ausnahmsweise ohne Furcht, sondern mit unerschütterlicher Überzeugung.

Da täuschst du dich. Sie gehört hierher. Zu mir.

Kurz vor Tagesanbruch begann Laura zu träumen, zunächst nur eine Wiederholung der letzten Ereignisse, angefangen mit jenem Moment, wo sie Gabriel vom Fenster weggezerrt hatte. Sie erschauerte, und er fühlte ihre Unrast, was ihr entging. Weil er glaubte, sie würde frieren, zog er die Decke über ihre Schultern und wärmte sie mit seinem Körper. Ein paar Minuten später schien sie sich zu beruhigen, und er schlief wieder ein.

Von seinem Arm umfangen, träumte sie weiter. Nach einer Weile änderte sich der Rhythmus ihrer Atemzüge, und sie runzelte die Stirn.

Der Traum folgte nicht mehr der Wirklichkeit. Stattdessen zeigte er ihr etwas anderes – etwas Hässliches, Tödliches.

Die Arme ausgestreckt, kam Gabriel auf sie zu. Seine Miene spiegelte kalte Angst wider. Offenbar bangte er um *sie*. Was er ihr zurief, verstand sie nicht, ahnte jedoch, dass er sie warnen wollte. Sie versuchte vor ihm wegzulaufen. Aber ihre Beine ließen sich nicht bewegen. Plötzlich begann er sich vor ihren Augen zu verwandeln. Die Liebe, die sie eben noch in seinem Blick gelesen hatte, ging in wilden Zorn über. Anscheinend hatte er seine Warnung vergessen. Und dann spürte sie, wie sie hinabstürzte, tiefer und tiefer, in die ewige Stille des Todes.

Ruckartig setzte sie sich auf und streifte Gabriels Arm von ihrer Taille, warf die Decke zu Boden und starrte ihn ungläubig an. Nein, es konnte nicht wahr sein. Niemals würde sie dem bösen Traum gestatten, die Zukunft zu bestimmen.

Gabriel fuhr erschreckt aus dem Schlaf hoch. „Was ist denn los, Laura?“

Als sie die Hände vors Gesicht schlug, jagte sie ihm eisiges Grauen ein. So, wie sie sich verhielt, musste es mit ihm zusammenhängen, was sie dermaßen entsetzte. Diesen Morgen hatte er sich ganz anders vorgestellt. In der Hoffnung, ihre Furcht zu lindern, streichelte er ihren Rücken, ihre Schultern. „Möchtest du darüber reden?“

Sie schüttelte den Kopf.

Beinahe lächelte er. Ohne Make-up, mit wirren Locken, sah sie viel jünger aus. Doch er musste sich nur an die Leidenschaft erinnern, die sie geteilt hatten, und da wusste er, dass Laura Dane alt genug für alles war, was er ihr geben wollte. Schließlich stieß er die Worte hervor, die sie vor einigen Tagen selbst ausgesprochen hatte. „Wenn ich dir helfen soll, brauche ich dein Vertrauen.“

Sie stöhnte leise, wandte sich zu ihm und schlang die Arme um seinen Hals. „O Gott“, wisperte sie, genoss die tröstliche Wärme seines Körpers. Würde sie Kraft aus seiner Zärtlichkeit schöpfen?

„Bitte, Baby, erzähl mir, was dich bedrückt!“ flehte er.

Da nahm sie sein Gesicht in beide Hände und strich darüber, ertastete die einzelnen Züge wie eine Blinde, die einen Menschen auf *ihre* Art zu sehen versuchte. Energisch sagte sie sich, diesen Mann würde sie kennen, er wäre unfähig, jemals zu tun, was ihr der Traum vorgegaukelt hatte. Und andererseits … Ihre Gedanken überschlugen sich. Falls sie tatsächlich in die Zukunft geblickt hatte – wie sollte sie das Unvermeidliche verhindern?

Als er seinen Kopf zur Seite drehte und ihre Handfläche küsste, siegte ihr Herz.

Nein, sie irrte sich. *O Gott, ich muss mich irren …*

„Liebe mich“, wisperte sie.

In seinen Augen erschien ein dunkler Glanz. Behutsam legte er sie auf den Rücken und bedeckte sie mit seinem starken Körper. „Das wird mir unendliche Freude bereiten."

Für eine Weile blieb die Zeit stehen. Außer diesem Mann und den Gefühlen, die er in ihr erregte, gab es nichts mehr auf der Welt. Plötzlich erreichte sie den Gipfel der Lust, glaubte zu den Sternen hinaufzuschweben und ganz langsam wieder auf die Erde hinabzusinken.

Und inmitten des Entzückens – inmitten des himmlischen Liebesglücks – kehrte der gefürchtete Gedanke zurück.

In ihren Visionen täuschte sie sich niemals.

Kirby Summers saß hinter seinem Schreibtisch und starrte die Fotos an, die vor ihm lagen. Die Stirn gefurcht, versuchte er einen Zusammenhang zwischen dem neuestem Mord des Rosenkavaliers und den anderen zu finden. Bella Cruz, das letzte Opfer, war eine 68-jährige Obdachlose gewesen, das erste eine 27-jährige Prostituierte, die in einem üblem Kneipenviertel gelebt hatte. Zwischen den beiden gab es eine gewisse Übereinstimmung, denn sie hatten zu den Außenseiterinnen der Gesellschaft gehört. Aber der Altersunterschied war beträchtlich.

Und das zweite Opfer? Theodore Russell passte in keine Kategorie – ein Buchhalter in mittleren Jahren, der den verschwundenen Hund seiner Frau gesucht hatte und mit einer Hundepfeife in der Kehle gestorben war. Auf Sadie Hussers Veranda hatte das dritte Opfer gelegen, ihr schwuler Butler, an der Seite ihres ebenfalls getöteten Schoßhündchens.

Soweit Kirby das feststellen konnte, zogen sich die verdammten Rosen, die der Killer bei den Leichen zurückließ, als einziger roten Faden durch alle Serienmorde. Was seine Identität betraf, gab es nur wenige Hinweise – die blutigen Hautfetzen, die der Polizeiarzt unter den Fingernägeln des Butlers gefunden hatte. Und die würden nichts nützen, solange kein Verdächtiger auftauchte. Nichts ergab einen Sinn. Warum waren diese Menschen umgebracht worden? Was törnte den Mörder an?

Schließlich warf Kirby seinen Kugelschreiber auf die Tischplatte, klappte die Akte mit den Fotos zu und legte sie zu den anderen. In diesem Fall brauchte die Polizei einen Durchbruch, und zwar unverzüglich. Vier Morde in knapp zwei Wochen, vier willkürliche Gewalttaten, drei Rosen zum Zeichen der Zerknirschung, eine ohne Blütenblätter neben dem Schwulen, vielleicht ein Ausdruck von Zorn und Verachtung … In seinem Sessel zurückgelehnt, schloss er die Augen. Rosen ohne Dornen. Was zum Teufel sollte das bedeuten?

Mike Travers läutete an der Tür und wartete, bis Matty ihn einlassen würde. An diesem Morgen hatte er einen kurzen, aber aufschlussreichen Anruf von Laura erhalten.

Den Medien zufolge hatte der Rosenkavalier eine weitere Bluttat begangen. Die konnte man Gabriel nicht anlasten. Das wusste Laura, denn sie hatte die ganze Nacht mit ihm verbracht.

Nähere Erklärungen hatte sie nicht abgegeben, und Mike

wollte auch nicht danach fragen. Nur eins war wichtig – mit vereinten Kräften mussten sie den Jungen aus einer Hölle befreien.

Und wenn Mike im Lauf dieser Aktivitäten eine Nichte bekam – umso besser.

8. KAPITEL

Die Erleichterung, die Gabriel dank seiner erwiesenen Unschuld an dem letzten Mord empfand, interessierte ihn nicht so sehr wie die Erkenntnis seiner Liebe zu Laura. Nach seiner Ansicht war diese tiefe Leidenschaft völlig sinnlos …

Erst vor knapp zwei Wochen hatte er sie kennen gelernt.

Jedes Mal, wenn sie ihn berührte, wurde er von süßer Schwäche befallen.

Ihre Behauptung, sie besitze übernatürliche Kräfte, nahm er noch immer nicht ernst.

Mit ihren Küssen half sie ihm, alle Qualen zu vergessen – wenigstens kurzfristig.

Sie lebte in New Mexico.

Und ihr Gelächter wirkte wie Balsam auf sein wundes Herz.

Seine Heimat war Oklahoma.

Letzte Nacht hatte er in ihren Armen den Verstand verloren. So vollends, wie er es nie für möglich gehalten hätte … Auf einer Ebene jenseits der Begierde mit Laura vereint, war er erst nach ihrem Höhepunkt wieder zur Vernunft gekommen. Wenn er das auch beängstigend fand – nie zuvor hatte er sich mit einer Frau so eng, so überwältigend verbunden gefühlt.

Zumindest *einen* Vorteil brachte ihm sein Inferno ein. Er hatte Laura Dane gefunden – oder sie ihn. Wie auch immer, er war nicht mehr allein.

Was die gespenstische Stimme anging, so lernte er allmählich, sie abzuwehren. Er musste sie einfach nur ausschalten. Aber wie sollte er die Träume verscheuchen? Einen Mord zu beobachten – dieses entsetzliche Erlebnis wünschte er niemandem. Und wenn er tatsächlich mit übersinnlichen Phänomenen konfrontiert wurde, woran Laura und Onkel Mike glaubten, würde er sich verpflichtet fühlen, die Polizei zu informieren. Wie oder ob das den Beamten bei ihren Ermittlungen helfen könnte, wusste er nicht. Jedenfalls würde es *ihm* nützen und das beklemmenden Schuldbewusstsein abschwächen, das ihn bei dem Gedanken peinigte, er wäre ein Voyeur des Todes.

An diesem Abend würden sie alle zusammen ein Restaurant besuchen. Dabei wollte er noch einmal erwähnen, er halte es für dringend nötig, Verbindung mit der Polizei aufzunehmen. Aber jetzt musste er sich beeilen. Sonst würde er einen neuen Kunden warten lassen. Zu diesem Termin würde Laura ihn begleiten.

„Letzte Woche wurde ich ausgeraubt. Zum zweiten Mal in drei Monaten. Die Fenster sind alt, die Wände dünn. Nun brauche ich ein erstklassiges Sicherheitssystem. Mit einer diskreten Alarmanlage und allem Drum und Dran. Würden Sie das übernehmen, Mr. Donner?“

Aufmerksam hörte Gabriel dem kleinen Chinesen zu, der hinter der Theke seines Restaurants Wok on Inn umherwanderte. Natürlich verstand er die Sorgen des Besitzers. Doch das Problem lag nicht in der Architektur des Gebäudes, sondern in der Umgebung. „Ich werde mein Bestes tun, Mr. Loo. Allerdings muss ich Sie darauf hinweisen, dass die Lage Ihres Lokals einige Schwierigkeiten bereitet."

„Das weiß ich. In absehbarer Zeit erwarte ich einen größeren Geldsegen, und dann werde ich umziehen. Helfen Sie mir bis dahin?"

„Gewiss."

„Sehr gut. Gehen wir nach hinten in mein Büro, da können wir in Ruhe reden und alles Weitere vereinbaren."

Gabriel drehte sich zu Laura um, die seit der Ankunft im Restaurant schwieg. „Kommst du?"

„Was?" fragte sie und blinzelte sichtlich verwirrt.

„Wir gehen nach hinten ins Büro, um den Vertrag zu unterschreibt." Besorgt strich er über ihre Wange. „Bist du okay?"

„O ja", log sie hastig. Von der Minute an, wo sie das Wok on Inn betreten hatte, spürte sie eine drohende Gefahr.

„Es wird nicht lange dauern", versprach Gabriel.

„Darf ich Ihnen eine Tasse Tee servieren, Ma'am?" fragte Henry Loo. „Oder möchten Sie vielleicht eine Eierblumensuppe? Die werde ich sofort bestellen. Selbstverständlich auf Kosten des Hauses."

Als er zur Küche eilte, folgte sie ihm, berührte seinen Arm und hielt ihn zurück. „Nein, vielen Dank …"

Ihre Finger lagen immer noch auf seinem Handgelenk, und sein Lächeln begann vor ihren Augen zu verschwimmen. Ohne zu merken, dass ihr Blick ausdruckslos wurde oder dass sie seinen Unterarm mit jeder Sekunde fester umklammerte, spähte sie an ihm vorbei und beobachtete die Szene in ihrer Vision.

Schrille Schreie ... Nein, kein Geschrei – das regelmäßige Tuten einer Autoalarmanlage.

Aus den Schatten huschte eine dunkle Gestalt, und das Licht einer Straßenlampe streifte ein Gesicht – ein geliebtes, vertrautes Gesicht ...

Laura erstarrte. Was Gabriel zu ihr sagte, hörte sie nicht. Und sie spürte auch nicht, wie er versuchte, ihre Hand von Mr. Loos Arm zu lösen.

Jetzt erschien ein anderer Mann – ein kleiner Chinese, der sich dem unentwegt hupenden Wagen näherte. Henry Loo.

„Nein, Gabriel, nein!" klagte Laura. Dann verlor sie die Besinnung und sank zu Boden.

Schweigend fuhren sie nach Hause. Gabriel hatte es geschafft, den Restaurantbesitzer zu beruhigen und Laura ohne allzu großes Aufhebens aus ihrer Ohnmacht zu wecken. Seit jenem Moment wusste er Bescheid – irgendetwas hatte sie zu Tode erschreckt. Nun saß sie bleich und zitternd neben ihm im Auto und weigerte sich, ihn anzuschauen. Da sie seinen Namen gerufen hatte, bevor ihr die Sinne geschwunden waren, ahnte er, dass sie nichts Angenehmes erzählen würde – falls sie überhaupt davon sprechen wollte.

Er wartete geduldig, aber sie sagte kein Wort. Und jedes Mal, wenn er sie anfasste, zuckte sie zusammen. Allmählich jagte sie ihm Angst ein. In ihren rot umrandeten Augen glänzten Tränen, ihr Kinn bebte, und sie biss immer wieder auf ihre Unterlippe – offensichtlich, um ein Schluchzen zu unterdrücken.

„Verdammt, Laura, erklär mir endlich, was passiert ist!"

Nur zögernd wandte sie sich zu ihm. „Ich sah Henry Loo sterben."

„*Was?*" Mit einer solchen Enthüllung hatte er zu allerletzt gerechnet. Er warf ihr einen kurzen Blick zu und versuchte, ihren Geisteszustand zu beurteilen, ohne Erfolg. Zum Teufel, was genau hatte sie gesehen? Sein Magen rebellierte, und er musste sich zwingen, seine Aufmerksamkeit auf den Verkehr zu richten.

Und dann, in einer scharfen Kurve, erinnerte er sich plötzlich wieder.

„Wenn Mr. Loo in deiner Vision gestorben ist – warum hast du dann meinen Namen gerufen?"

Jetzt rannen die Tränen unaufhaltsam über ihre Wangen, und sie wünschte inständig, sie hätte niemals einen Fuß nach Oklahoma gesetzt oder mit diesem Mann geschlafen. Denn er würde ihr das Herz brechen …

„Weil *du* sein Mörder warst, Gabriel …" Sie verbarg ihr Gesicht in den Händen und begann zu schluchzen. „Das habe ich gesehen."

O Jesus …

Rings um ihn schien alles zu verschwinden außer seinen Händen, die das Lenkrad umklammerten. Der Geruch seiner eigenen Angst stieg ihm stechend in die Nase. In seinen Ohren rauschte das Blut, die Herzschläge hämmerten schmerzhaft. Immer wieder glaubte er, Sadie Hussers verdammten Hund bellen zu hören. *Kläff! Kläff! Kläff!* Und er sah den Butler, der ihm die Haustür geöffnet hatte. *Gabriel.* So hatte ihn der Mann genannt.

Irgendwie gelang es ihm, den Wagen an den Straßenrand zu steuern, den Gang herauszunehmen und den Motor abzuschalten. Dann stieg er aus. Seine Beine zitterten, und er musste eine heftige Übelkeit bekämpfen. Qualvoll würgte er. Nach einem mühsamen Atemzug ging er langsam davon, sog die frische Luft tief in seine Lungen und versuchte, das Grauen zu bewältigen, das Laura soeben in Worte gefasst hatte.

Nein – unmöglich ... Letzte Nacht war eine Frau getötet worden, nachdem Laura ihn in seinem Zimmer eingesperrt hatte.

Ein unwiderlegbarer Beweis für seine Unschuld, nicht wahr? Und wenn man davon ausging – was zum Teufel bedeutete Lauras Vision? Wen hielt er zum Narren? Sich selbst – oder sie?

Sobald das Auto hielt, erkannte Laura, dass es falsch gewesen war, mit der Wahrheit herauszuplatzen. Und als Gabriel ausstieg, geriet sie beinahe in Panik. Wie ihr sein Gesicht verriet, hatte er einen Schock erlitten. Es dauerte eine Weile, bis sie mit ihren heftig zitternden Händen den Sicherheitsgurt lösen konnte. Inzwischen hatte sich Gabriel einen halben Häuserblock weit entfernt. Da er mit langen Schritten davoneilte, würde sie laufen müssen, um ihn einzuholen.

„Warte, Gabriel!“ rief sie und rannte hinterher.

Er drehte sich nicht einmal um.

„Bitte, Gabriel!“ flehte sie noch lauter.

Wahrscheinlich hörte er ihre Stimme gar nicht. Er bewegte sich wie in Trance.

Nun hatte er die Straßenecke fast erreicht. Dicht und rasend schnell brauste der Verkehr vorbei. Würde er stehen bleiben? Wenn sie ihn nicht rechtzeitig aufhielt …

Wachsende Furcht plagte ihr Gewissen. Immer wieder schrie sie seinen Namen, während sie ihm nachstürmte.

Und dann zerriss eine gellende Hupe den Schleier, der Gabriels Sinne einhüllte. Durch seinen Körper fuhr ein harter Ruck, abrupt hielt er inne. Im selben Moment packte Laura seinen Arm und zerrte ihn zurück. Dabei gerieten beide aus dem Gleichgewicht und taumelten.

Zum zweiten Mal landete sie flach auf dem Rücken, unter Gabriels schwerem Körper. Da sie immer noch um sein Leben bangte, schlang sie beide Arme um ihn. „Gabriel – Gabriel …“ Unentwegt wiederholte sie seinen Namen. „O Gott, du hast mir eine Heidenangst eingejagt!“

Als sie spürte, wie die Spannung in seinem Körper nachließ, wagte sie die Umarmung zu lockern. Kurz danach erhob er sich und half ihr auf die Beine. Seine Augen glitzerten, in seinem Kinn zuckte ein winziger Muskel.

Die Lippen zusammengepresst, schien er unerwünschte Gefühle zu bekämpfen. „Alles in Ordnung?“ fragte er leise.

Laura wischte über einen Fleck am Ellbogen seines Jacketts, weil sie die Berührung brauchte. Energisch verbot sie sich zu weinen. „Das müsste ich *dich* fragen."

„Ob mit *mir* alles in Ordnung ist?" Seine Augen verengten sich, und dann starrte er an ihr vorbei in die Ferne. „Keine Ahnung ..."

Mit seiner emotionslosen Stimme bereitete er Laura neue Sorgen. „Bitte, Gabriel ..."

„Ja?"

„Tut mir Leid. Was ich sah – damit hätte ich nicht so herausplatzen dürfen ..."

Gleichmütig zuckte er die Achseln. „Wenn es die Wahrheit ist, spielt es keine Rolle, *wie* du mich informiert hast."

Laura war völlig verunsichert. Nie zuvor in ihrem Leben hatte sie an sich selbst gezweifelt. Das alles ergab keinen Sinn. Diesen Mann kannte sie. Zumindest glaubte sie das. Sie hatte beobachtet, wie freundlich und liebevoll er mit Matty oder Mike Travers umging – und wie sehr er immer noch unter dem Verlust seiner Eltern litt.

Von Anfang an hatte sie gewusst, eines Tages würden sie miteinander schlafen. Aber wie viel er ihr bedeutete, erkannte sie erst jetzt.

Konnte sie einen Mörder lieben?

Ganz sicher nicht.

„Vielleicht habe ich mich geirrt", seufzte sie, „und missverstanden, was ich sah."

„Und vielleicht sind wir beide einfach nur verrückt!" fauchte Gabriel. „Jedenfalls gibt es zum ersten Mal eine Vorwarnung – einen Hinweis auf das nächste Opfer. Und deshalb gehe ich sofort zur Polizei."

Ohne eine Antwort abzuwarten, trat er den Rückweg zum Auto an, und sie schaute ihm schweren Herzens nach. Nach ein paar Schritten blieb er stehen und drehte sich um. „Komm!" befahl er in scharfem Ton. „Du wirst mich begleiten und den Polizisten in allen Einzelheiten erzählen, was in deiner Vision geschehen ist. Dann müssen sie Henry Loo verständigen und veranlassen, einen Leibwächter zu engagieren. Wir müssen verhindern, dass er stirbt."

Schlitternd bog Kirby Summers' Auto auf den Parkplatz der Oklahoma-City-Mordkommission. Er stieg aus, rannte ins Gebäude und hoffte inständig, der Anruf, den er soeben von Ray Bush erhalten hatte, würde den ersehnten Durchbruch bringen. Wie der Detective erklärt hatte, saß jemand in einem Büro des Polizeipräsidiums und behauptete, er habe Informationen über die Morde des Rosenkavaliers. Lieber Gott, lass bloß nicht zu, dass uns ein verdammter Wichtigtuer nervt, betete Kirby stumm.

Während Lauras Stimmung zwischen Angst und dem Gefühl einer schicksalhaften Unausweichlichkeit wechselte, schien Gabriel zu resignieren. Je länger sie warteten, desto ruhiger wirkte er.

Was er empfand, verstand sie nicht – unendliche Erleichterung. Indem er der Polizei seine Geschichte erzählte, würde er die Verantwortung für die Verbrechen des Rosenkavaliers jemand anderem aufbürden.

Bei der Ankunft im Präsidium war der Detective, zu dem man Laura und Gabriel geführt hatte, offensichtlich beschäftigt gewesen. Doch sie hatten nicht lange gebraucht, um Ray Bushs ungeteilte Aufmerksamkeit zu erregen. Dafür genügten zwei Worte – „die Rosenkavalier-Morde". Gespannt hörte er zu – bis Laura „übernatürliche Kräfte" erwähnte und Gabriel von seinen Träumen sprach. Der Enthusiasmus des Detectives ließ zusehends nach. Schließlich hatte er sie gebeten zu warten und verkündet, ein Agent von der Oklahoma-State-Mordkommission namens Kirby Summers sei mit dem Fall betraut und sie würden ihre Aussagen vor ihm persönlich machen müssen.

Gabriel schaute Laura an, die neben ihm saß, und versuchte, ihre Gedanken zu lesen – was ihm in diesem Moment nicht schwer fiel. Offenbar sorgte sie sich um ihn, im Gegensatz zu ihm selbst. Kühl und gelassen blickte er den nächsten Ereignissen entgegen. Was immer geschehen mochte – es war richtig gewesen, die Polizei aufzusuchen.

Deutlich genug hatte er die Skepsis des Detectives gespürt. Aber es interessierte ihn nicht, ob der Mann ihm glaubte oder nicht. Er musste einfach nur berichten, was er wusste. Danach würde alles Weitere in den Händen der Polizei liegen.

Und Laura? Der Zeitpunkt, wo sie in sein Leben getreten war, gab ihm zu denken. Als versuchte das Schicksal ihn endgültig zu vernichten, indem es ihm eine neue Art der Liebe zeigte und dieses Glück sofort wieder entriss ... Er hatte einen schrecklichen Autounfall und den Verlust seiner Eltern überlebt – wenn er an manchen Tagen auch wünschte, er wäre ebenfalls gestorben. Aber er hatte seine schweren Verletzungen überstanden und seine Einsamkeit bekämpft, die ihm zuvor unbekannt gewesen war.

In dieser Phase hatte sich Laura Dane eingemischt und ihn gedrängt, ihre übersinnlichen Fähigkeiten ebenso zu akzeptieren wie ihre Person. Als er sich entsann, wie widerwillig er ihren Besuch in seinem Haus hingenommen hatte, lachte er beinahe. Jetzt konnte er sich ein Leben ohne sie nicht mehr vorstellen. Was die Zukunft für ihn bereithielt, wusste er nicht. Aber er würde es niemals bereuen, Laura zu lieben. Allein schon ihre Anwesenheit hatte seine seelischen Wunden besser kuriert, als es irgendwelche Therapien vermocht hätten.

Auf einem der Schreibtische läutete ein Telefon. Gabriel beobachtete, wie Ray Bush zum Tisch hinüberging und den Hörer abnahm.

Sobald der Mann außer Reichweite war, wandte sich Gabriel wieder zu Laura und ergriff ihre Hand. Sie zitterte, und ihre Haut war kalt – eiskalt. „Schau mich an, Laura."

Unter diesen Umständen fand sie es richtig zu gehorchen. Doch sie hatte Angst um Gabriel – so große Angst, dass sie kaum denken konnte.

„Alles wird gut", beteuerte er. „Entweder glauben sie mir – oder nicht."

„Ja, ich weiß. Und wir mussten hierher kommen, weil uns

gar nichts anderes übrig blieb. Immerhin steht Henry Loos Leben auf dem Spiel."

Seufzend schnitt Gabriel eine Grimasse. „Erinnerst du dich, wie der Detective auf deine Story reagiert hat? Der wusste nicht, ober er uns auslachen oder rauswerfen sollte."

Bedrückt biss sie auf ihre Unterlippe und ließ die Schultern hängen. „So etwas habe ich noch nie erlebt."

„He!" wisperte er und berührte ihren Mund mit einer Fingerspitze. „Wenn da jemand reinbeißen soll, wart auf mich."

Da begegnete sie seinem Blick, erinnerte sich an die letzte Nacht, an die heiße Leidenschaft. „Gabriel?"

„Ja?"

„Das alles passiert so schnell."

Nachdenklich kniff er die Augen zusammen. „Meinst du, was zwischen uns beiden geschehen ist – oder was wir hier machen?"

„Das weiß ich nicht." Laura senkte die Wimpern und hob die Schultern. „Vielleicht beides."

„Tut's dir Leid?" fragte er und wartete vergeblich auf eine Antwort. „Schau mich an, Laura."

Nur widerstrebend erfüllte sie seinen Wunsch.

„Tut's dir Leid?" wiederholte er.

Vom Versprechen neuer Sinnenlust, das sie in seinen Augen las, ließ sie ihren Blick zu seinem Mund wandern. So sanft hatten sich seine Lippen auf ihrer Haut angefühlt – und dann so fordernd, um ihre hemmungslose Hingabe zu entlocken … Dass sie dazu fähig wäre, hätte sie niemals angenommen.

Sie strich über seine Schulter, seinen Arm, dachte an seine Kraft und Zärtlichkeit während des Liebesakts. Und dann schaute sie ihm eindringlich in die Augen. „Nein. Niemals werde ich bereuen, was letzte Nacht geschah. Aber – o Gott, ich wünschte, ich hätte nicht gesehen …“

„Hör sofort auf“, unterbrach er sie mit leiser, rauer Stimme, in einem gebieterischen Ton, den sie zum ersten Mal hörte. „Du darfst nicht bedauern, wer du bist, welche Gabe du besitzt – oder dass wir zur Polizei gegangen sind, um ein Menschenleben zu retten.“

Erzähl nichts. Verrate nichts.

Bestürzt zuckte Gabriel zusammen. Die verdammte Stimme. Warum jetzt? Und warum die Warnung?

„Hast du's gehört, Laura?“

Als er sich zu ihr wandte, umklammerte sie seinen Arm noch fester.

Sie nickte. „Was bedeutet das?“

„Erklär's mir“, mummelte er und verdrehte die Augen. „*Du* bist die Hellseherin.“

Plötzlich stand Ray Bush vor ihnen, und Laura blickte auf. „Da kommt Agent Summers“, sagte er.

Beide blickten einer hageren Karikatur entgegen, einer Kreuzung zwischen dem legendären Komiker Don Knotts und Detective Columbo. An den schmalen Schultern des Mannes hing ein zerknitterte beiger Trenchcoat, der Storchenbeine umflatterte.

„Entschuldigen Sie die Verspätung, ich wurde aufgehalten.“ Summers blieb neben Bushs Schreibtisch stehen. „Gerade fängt’s zu regnen an.“

Dann musterte er das Paar, das vor dem Tisch saß. Immerhin sahen der Mann und die Frau respektabel aus. Erleichtert atmete er auf. Ja, das musste der erhoffte Durchbruch sein. Er *spürte* es geradezu.

Ray ging hinter seinen Schreibtisch. „Darf ich Ihnen Gabriel Donner und Laura Dane vorstellen, Agent Summers? Die beiden haben Ihnen was zu erzählen.“

In seiner Stimme schwang ein Unterton mit, der Kirby missfiel. Mit schmalen Augen starrte er den Detective an, und als Ray mit den Augen rollte, begrub der Agent seine Hoffnungen. Verdammt. Verdammt. Verdammt.

Aber er ließ sich nichts anmerken und streckte seine Hand. „Mr. Donner, Miss Dane, ich bin Kirby Summers von der Oklahoma-State-Mordkommission. Wie ich höre, haben Sie Informationen über die Rosenkavalier-Morde?“

„Ja, das haben wir.“ Gabriel schüttelte Summers’ Hand, und Laura nickte nur.

Zögernd schaute sich Kirby um. „Wird das Vernehmungszimmer gerade benutzt, Ray?“ Als er sah, wie Laura sich versteifte, fügte er lächelnd hinzu: „Da sind wir ungestört – Sie verstehen?“

Aber sie war keineswegs besänftigt.

Die beiden Polizisten wussten nicht, wie oft sie die Tortur eines solchen Verhörs schon ertragen hatte. Entweder hielt man sie für eine glaubwürdige Seherin oder für einen Scharlatan, je nachdem, wer sie um Hilfe gebeten hatte. wie war es dieses Mal?

Ein paar Minuten später saßen sie in einem kleinen fensterlosen Raum um einen Tisch herum. Gabriel betrachtete einen Spiegel an der gegenüberliegenden Wand. Offenbar ein Spionspiegel, durch den man aus dem Nebenzimmer herüberschauen konnte ... Doch das störte ihn nicht – je mehr Leute seine Aussage hörten, desto besser.

„Dieses Gespräch werde ich aufzeichnen." Kirby blickte von Gabriel zu Laura und wieder zurück. „Sind Sie damit einverstanden?"

Beide nickten.

„Wenn's Ihnen nichts ausmacht, würden Sie's aussprechen?" bat er.

„Ja", sagten sie wie aus einem Mund.

„Sehr gut. Und jetzt erzählen Sie mir bitte – wer hat was beobachtet?"

Gabriel wandte sich an Laura. „Wo sollen wir beginnen, was meinst du?"

„Wie wär's mit dem Anfang?" antwortete Kirby an ihrer Stelle.

„Okay." Gabriel zuckte die Achseln. „Vor einigen Monaten wurde ich in einen Autounfall verwickelt. Meine Eltern starben. Wochenlang lag ich im Koma. Als ich erwachte, war ich derselbe, aber einiges hatte sich verändert. Plötzlich geschahen Dinge, die ich mir nicht erklären konnte."

Kirby beugte sich vor. „Tut mir Leid, dass Sie Ihre Eltern

verloren haben. Aber was hat das mit den Rosenkavalier-Morden zu tun?“

„Nun – ich habe jeden einzelnen mit angesehen.“

Mühsam unterdrückte Laura ein Stöhnen. Nur zu gut wusste sie, wie die Polizei diese Aussage deuten würde – als Geständnis. Sie wollte Gabriels Hand packen und davonlaufen. Doch sie saß reglos da, wartete und hoffte, es würde ihr später gelingen, die Ereignisse ins rechte Licht zu rücken.

Abrupt erhob sich Kirby. Sein Stuhl fiel krachend um, und er stellte ihn wieder auf die Beine, ohne Gabriel aus den Augen zu lassen. „Wo waren Sie, während die Morde verübt wurden? Legen Sie ein Geständnis ab? Sind Sie ein Komplice?“ Nach einem kurzen Blick in Lauras Richtung konzentrierte er seine Aufmerksamkeit wieder auf Gabriel.

„Nein – ich glaube, mit diesen Gräueltaten habe ich nichts zu tun. Allerdings – eines der Opfer rief meinen Namen.“

Jetzt *musste* sich Laura einmischen. „Das erklärst du nicht richtig, Gabriel. Was die Art und Weise betrifft, wie du die Verbrechen des Rosenkavaliers beobachtet hast, führst du Agent Summers auf eine falsche Fährte.“

Kirby widerstand der Versuchung, die Frau mit einem wütenden Blick einzuschüchtern. „Sind Sie seine Anwältin?“

„Nein, ich bin seine ...“

„Sie ist eine Hellseherin“, fiel Gabriel ihr ins Wort. „Und sie hat Recht. In dieser Hölle lebe ich schon so lange, dass ich’s verlernt habe, mich klar auszudrücken.“

Um einen wilden Fluch hinunterzuschlucken, presste Kirby die Lippen zusammen. *Eine Hellseherin! Großartig! Also deshalb hat Ray die Augen verdreht.*

Die Hände auf die Tischplatte gestützt, zwang er sich zur Ruhe. „Dann schlage ich Ihnen vor, Ihre Aussage unmissverständlich zu formulieren. Es war ein langer Tag. Und er ist noch lange nicht vorbei."

„Tut mir Leid", versicherte Gabriel. „Zunächst will ich Ihre Frage beantworten, wo ich war, während die Morde begangen wurden. Zu Hause. Und – nein, ich bin weder der Mörder noch sein Komplice. Der Mann agiert ganz allein."

„Wieso wissen Sie das?" stieß Kirby hervor.

Ohne mit der Wimper zu zucken, erwiderte Gabriel seinen Blick. „Weil ich die Morde in meinen Träumen sah, jeden einzelnen. Von der Prostituierten in der Reno bis zu der Obdachlosen in einer Seitengasse."

Kirby überlegte, ob er die beiden achtkantig rausschmeißen oder das Tonband weiterlaufen lassen sollte, um sich später mit den Kollegen darüber zu amüsieren. „Bis jetzt haben Sie mir nichts Neues erzählt – das stand alles schon in der Zeitung. Und ehrlich gesagt – vor Gericht zählen Träume und Visionen gar nichts."

„Ja, ich weiß. Aber ich habe auch Dinge gesehen, die in den Medien *nicht* erwähnt wurden. Falls ich mich irre, wäre ich nur zu glücklich."

„Und was genau haben Sie gesehen?" Kirby beobachtete Laura, die warnend eine Hand auf Gabriels Arm legte. Doch der Mann ließ sich nicht beirren.

„Die Beweggründe des Mörders kenne ich nicht", erklärte Gabriel. „Ich sehe nur, *was* er tut."

„Was denn?"

Die Lider gesenkt, kehrte Gabriel in die Erinnerungen zurück, die er am liebsten vergessen hätte. Dann holte er tief Luft.

Kirby Summers wartete immer noch. „Nun, Mr. Donner?"

„Seine Fäuste – er benutzt seine Fäuste. Und er tötet immer mit einem einzigen Schlag."

Zunächst wuchs Kirbys Spannung. Diese Aussage stimmte mit dem Verdacht der Mordkommission überein. Dann seufzte er. In den Zeitungen hatte gestanden, die Opfer des Rosenkavaliers seien an Genickbrüchen gestorben. Also könnte der vermeintliche Zeuge einfach nur die richtigen Schlüsse gezogen haben. „Reden Sie weiter."

„Jedes Mal, wenn es vorbei ist, spürte ich die tiefe Trauer des Killers. Wahrscheinlich hinterlegt er deshalb Rosen bei den Leichen. Ich glaube, er bereut seine Taten."

Nachdenklich runzelte Kirby die Stirn. Auch das entsprach den Vermutungen des Profilers. „Hören Sie, Mr. Donner, jeder intelligente Mensch würde so etwas annehmen, wenn er die Zeitungen gelesen hat."

„Gewiss, da haben Sie Recht. Aber es gibt noch etwas, das ich gesehen habe, und das nirgendwo veröffentlicht wurde. Ob es auf Tatsachen beruht oder ob meine persönlichen Erfahrungen in diesen Visionen eine Rolle gespielt haben, kann ich nicht sagen."

Kirby schaute auf seine Uhr. Vielleicht war es an der Zeit, die Unterhaltung zu beenden. „Spucken Sie's schon aus."

„Von den Rosen, die der Mörder bei den Toten zurückließ, wurden alle Dornen entfernt."

Jetzt stockte Kirbys Atem. *Heiliger Jesus* ... Er starrte Gabriel Donner an, bis seine Augen brannten, und dann spähte er an ihm vorbei zum Spiegel, hinter dem Ray Bush die Befragung verfolgte. „Wie zum Teufel wissen Sie das?" fragte er leise.

„Das habe ich bereits erzählt", erwiderte Gabriel und neigte sich vor. „Ich sah es in meinen Träumen."

Zwei Stunden später, nachdem Agent Summers drei Detectives hinzugezogen hatte, bewahrheitete sich Lauras Befürchtung. Das Gespräch verwandelte sich in ein unbarmherziges Verhör.

Als Kirby Summers wiederholte, wonach er sich bereits vor über einer Stunde erkundigt hatte, fauchte sie: „Hören Sie, Gentlemen, wenn Sie keine neuen Fragen stellen, werden Sie keine neuen Antworten erhalten. So ist das nun mal mit der Wahrheit."

Vor einer ganzen Weile hatte Ray Bush seinen Posten hinter dem Spionspiegel verlassen und den Vernehmungsraum betreten. Eins musste er dieser Frau zugestehen – wenn sie eine Betrügerin war, so verstand sie ihr Geschäft. „Beruhigen Sie sich, Lady", mahnte er, „Agent Summers macht nur seine Arbeit."

So leicht gab sie sich nicht geschlagen. Wie sie einigen gezielten Fragen entnahm, erwogen die Polizisten, Gabriel zu verhaften. Sie wühlte in ihrer Handtasche und zog ein kleines rotes Notizbuch hervor, das sie Ray Bush übergab. „Hier! Darin finden Sie fünfundvierzig Namen und Telefonnummern – die meisten von Polizeirevieren und Beamten, mit denen ich zusammengearbeitet habe. Rufen Sie die Leute an, die werden für mich bürgen. Wenn Sie mich für eine Lügnerin halten, täuschen Sie sich ganz gewaltig."

Kirby nahm das Notizbuch aus Rays Hand und begann, darin zu blättern. Zu seiner Verblüffung kannte er einige Namen. Er blickte auf. „Mit diesen Männern haben Sie Hand in Hand gearbeitet?"

„Das erwähnte ich schon vor einer Stunde", seufzte Laura. „Inzwischen haben sich die Fakten nicht geändert."

Kirby warf das Notizbuch einem der Detectives zu. „Telefonieren Sie mal!" Dann wandte er sich wieder zu Gabriel Donner, den es nicht im Geringsten zu berühren schien, was in diesem Raum geschah. Für einen Mann, der kurz vor seiner Festnahme stand, wirkte er erstaunlich gelassen. Entweder sagte er die Wahrheit, oder er war ein hervorragender Schwindler. Was der Agent nicht verstand – wenn Donner die Morde begangen hatte, warum zog er dann diese Show ab? Was hatte er zu gewinnen?

„Okay, Mr. Donner, versuchen wir's auf einem anderen Weg. Falls alles, was Sie erzählt haben, wirklich der Realität entspricht – wieso sind Sie erst jetzt zu uns gekommen?"

Gabriel zuckte die Achseln. „Überlegen Sie doch mal. Sie behandeln mich – uns –, als wären wir völlig durchgeknallt.

Und glauben Sie mir, allmählich fühle ich mich wirklich wie ein Irrer. So ein Verhör geht an niemandem spurlos vorbei."

Immerhin besaß Kirby genug Anstand, um zu erröten.

„Jedenfalls", fuhr Gabriel fort, „hat sich die Situation geändert, sobald Laura in Henry Loo das nächste Opfer des Serienkillers erblickte. Ich selbst konnte die Morde nur beobachten, während sie geschahen. Nun wird Lauras Vorhersage vielleicht ein Menschenleben retten."

Kirbys Magen knurrte und erinnerte ihn daran, dass er seit Stunden nichts gegessen hatte. Aber eine Mahlzeit war das Letzte, womit er sich jetzt befassen wollte. Mochte er auch ein weiteres Pfund abnehmen, ob er es sich's leisten konnte oder nicht – er fand es im Moment viel wichtiger, einen gefährlichen Killer hinter Schloss und Riegel zu bringen. „Also gut, das verstehe ich. Um Ihren Wunsch zu erfüllen, haben wir bereist jemanden zu Mr. Loo geschickt. Bedauerlicherweise nahm er die Warnung auf die leichte Schulter und behauptete, das Schicksal sei unabänderlich."

„O nein!" stöhnte Laura und sprang auf.

Gabriel griff nach ihrer Hand. „Mach dir keine Sorgen", bat er leise. „Agent Summers – würden Sie mir einen Gefallen tun?"

Mit dieser unerwarteten Bitte entlockte er Kirby beinahe ein Grinsen. Zweifellos war dieser Mann etwas ganz Besonderes. Verdammt cool auf jeden Fall. Offenbar verlor er niemals die Kontrolle.

„Was wollen Sie?" fragte der Agent neugierig. Welche Gefälligkeit könnte er jemandem erweisen, der in Gabriel Donners Schuhen steckte?

„Lassen Sie mein Foto durch Ihr Computersystem laufen und stellen Sie fest, ob es einen aktenkundigen Verbrecher gibt, der mir ähnlich sieht. Und dann sperren Sie mich für eine Nacht ein."

„Warum zum Teufel sollte ich so was tun?"

Lauras Atem stockte, und Gabriel drückte ihre Hand. „Weil Laura den Mörder des chinesischen Restaurantbesitzers gesehen hat."

„Endlich eine Neuigkeit!" spottete Kirby. Mit schmalen Augen musterte er die Frau an Gabriel Donners Seite. „Und wie würden Sie den Kerl beschreiben, Ma'am?"

Alles Blut wich aus Lauras Wangen. Aber ihre Stimme zitterte nicht. „In meiner Vision war es Gabriel, der Henry Loo getötet hat."

Mike Travers war außer sich. Vom Friseur nach Hause zurückgekehrt, fand er auf seinem Anrufbeantworter die Nachricht vor, Gabriel würde im Gefängnis sitzen. Bei einem Telefonat mit Laura ließ sein Entsetzen ein wenig nach. Dass man den Jungen nicht verhaftet hatte, sondern dass er die Nacht auf eigenen Wunsch in einer Zelle verbringen würde, war immerhin eine erfreuliche Neuigkeit.

Trotzdem sorgte er sich. Auf welche Gedanken würden die Ermittler kommen? Wenn jemand ins Polizeipräsidium spazierte und verkündete, er habe die Morde im Traum gesehen, verübte er gewissermaßen Selbstmord.

Henry Loo regte sich viel zu sehr über den zweiten Raubüberfall und den damit verbundenen Verlust auf, um die Warnung des Polizisten ernst zu nehmen, der vor ein paar Stunden zu ihm gekommen war. Eine Hellseherin hatte prophezeit, er würde in dieser Nacht sterben? Beinahe wäre er in schallendes Gelächter ausgebrochen.

Da hatte er ganz andere Probleme. Er musste lange genug im Geschäft bleiben, bis er endlich aus dieser miesen Gegend wegziehen konnte. Sicher würde er's schaffen. Er servierte ein ausgezeichnetes Essen. Und der Service war noch besser. Um Gäste anzulocken, hatte er die Preise gewaltig herabgesetzt. Langsam machte es sich bezahlt. Nur noch ein paar Monate – ohne weitere Raubüberfälle –, und sein Kapital würde für ein neues Restaurant in einem respektablen Stadtteil reichen. Voller Vorfreude blickte er in die Zukunft. An der Nordwestseite von Oklahoma City gab es eine erstklassige Immobilie, genug Parkplätze, ringsum mehrere Läden, die seinem Lokal Gäste zuführen würde, statt sie davon abzulenken ... Die schäbige Gegend, wo er sich derzeit abrackerte, hatte im Umkreis von vier Häuserblocks – außer seinem Restaurant – nur ein einziges Geschäft aufzuweisen, eine Blumenhandlung, von einer einzigen Frau betrieben.

Während er die Tageseinnahmen zählte, schaute er auf seine Uhr. Fünf Minuten vor elf. Er hatte seiner Frau versprochen, an diesem Abend würde er versuchen, früher nach Hause zu kommen, weil ihnen die Enkelkinder gerade einen Besuch abstatteten. Die sah er viel zu selten. Das Schild mit der Aufschrift „Geschlossen" hing bereits an der Tür. Vor einer Viertelstunde war sein letzter Gast gegangen.

Zehn. Zwanzig. Dreißig.

Er legte einen Stapel Ein-Dollar-Scheine zu dem Geld, das er am nächsten Tag in der Kasse brauchen würde. Dann zog er den Reissverschluss des Beutels zu, den er auf dem Heimweg zur Bank bringen und durch den Schlitz des Nachttresors werfen wollte.

Nach einem letzten Blick ins leere Lokal löschte er das Licht und eilte zum Hinterausgang. Der führte zur Gasse, wo er ebenso wie seine Angestellten parkte. Als er nach der Klinke griff, hörte er ein lautes, klirrendes Geräusch auf der anderen Seite der Tür. Nur sekundenlang dachte er an die Warnung des Polizisten, bevor er verächtlich seufzte und die Brusttasche seines Jacketts tätschelte. Darunter spürte er die tröstlichen Umrisse seines Revolvers. Nicht nur diese niederträchtigen Räuber waren auf alles gefasst. Falls sie sich wieder da draußen herumtrieben – *diesmal* würde er ihnen eine ziemlich unangenehme Überraschung bereiten.

In Gedanken bei seiner Frau und den Enkeln, öffnete er die Tür und trat ins Freie. Vorsichtig schaute er sich um, ehe er die Tür hinter sich versperrte. Auf dem Weg zu seinem Auto merkte er, dass die Sicherheitslampe, unter dem es parkte, nicht brannte. Beunruhigt tastete er nach dem Revolver. Diese verdammten Kids. Dauernd machten sie irgendwas kaputt. Nach Henrys Ansicht hatten die Kinder heutzutage überhaupt keinen Respekt mehr, von seinen Enkeln abgesehen. Die wurden in der alten Tradition erzogen, und die hielt er für die allerbeste.

Durch die schmale Gasse hallte ein neuerliches Klirren. Metall stieß gegen Metall.

Den Geldbeutel an die Brust gepresst, fuhr er herum und starrte ins Dunkel. „Wer ist da?“ schrie er. „Wagen Sie sich bloß nicht näher, ich bin bewaffnet!“

Obwohl er niemanden sah, stolperte er im Rückwärtsgang zu seinem Auto. Ein bisschen nervös, aber immer noch überzeugt, er würde sein Ziel unbeschadet erreichen, holte er den High-Tech-Schlüssel hervor, der zu seinem neuen Auto gehörte. Ein Druck auf den richtigen Knopf, und die Tür würde sich entriegeln. Dann musste er nur noch auf den Fahrersitz springen und davonbrausen. Keinesfalls würden die Gauner rechtzeitig an ihn herankommen. Um die Entfernung abzuschätzen, die er noch zurücklegen musste, spähte er über die Schulter. Dabei sah er aus den Augenwinkeln eine Bewegung im Schatten und geriet in Panik. Als er zu laufen begann, beging er seinen ersten Fehler. Und der zweite war die Berührung des falschen Knopfs auf seinem Schlüssel. Statt die Türen zu entriegeln, hatte er den Alarm ausgelöst, und in der nächsten Sekunde fing die Hupe an zu tuten.

Gellend.

Unablässig.

Wie ein verrücktes Echo füllte der Lärm die enge Gasse.

Obwohl Henry sofort erkannte, was er falsch gemacht hatte, überraschte ihn das ohrenbetäubende Gehupe.

Plötzlich ertönte ein Schrei hinter ihm – teils schmerzlich, teils wütend. Vor Angst halb wahnsinnig, drehte er sich um, ließ den Schlüssel fallen, der ihn gerettet hätte und hörte ihn ratternd auf dem Asphalt landen.

Verzweifelt stöhnte er. Würde er jemals wieder in sein Auto steigen? Jetzt kam der Mann auf ihn zu, schwenkte beide Arme und kreischte wie ein Höllendämon. Der Revolver – Henry hatte immer noch seinen Revolver. Blitzschnell zog er die Waffe aus seiner Brusttasche. Als er auf den Angreifer zielte, zitterten seine Hände ebenso heftig, wie sein Herz pochte. An der Innenseite seines Schenkels rann etwas Warmes hinab. Wie beschämend, dass er sich in die Hose machte, während der erste Schuss knallte …

Noch bevor die Kugel von der gegenüberliegenden Wand abprallte, erkannte er die bittere Wahrheit – er hatte danebengeschossen. Hastig drückte er noch einmal ab, wieder und wieder, verbrauchte die ganze Munition, ohne seinen Widersacher auch nur ein einziges Mal richtig ins Visier zu nehmen.

„Nein! Nein!“ brüllte er und warf ihm den Beutel zu. „Nehmen Sie das Geld! Das will ich gar nicht mehr haben! Nehmen Sie's und verschwinden sie!“

Zu seinem Entsetzen schwang der Mann eine Faust, und der Beutel flog an seinem Kopf vorbei. Da erinnerte sich Henry an die Warnung und blickte dem Tod ins Auge.

Gabriel lag auf dem Feldbett, starrte zur Decke der Gefängniszelle hinauf und fragte sich, ob er den größten Fehler seines Lebens begangen hatte. Nun musste er Laura Recht geben – die Polizei glaubte nicht an hellseherischen Fähigkeiten. Wahrscheinlich würden die Beamten versuchen, ihm die Morde anzulasten. Gewiss, sie hatten seinen Wunsch erfüllt und ihn für diese Nacht eingesperrt, aber auch um Blut- und Gewebeproben für einen DNA-Test gebeten. Dazu war er bereit gewesen, weil sie eine Weigerung mit einem Schuldgeständnis gleichgesetzt hätten. Außerdem gab es keinen Grund zur Sorge. Bevor seine Eltern bei dem tragischen Autounfall das Leben verloren hatten, war er *kein* verrückter Killer gewesen. Und die Kopfverletzung konnte seine Persönlichkeit nicht so drastisch verändert haben, dass er jetzt wildfremde Menschen umbrachte.

Und doch … Vor seinem geistigen Auge tauchte immer wieder des Gestalt des Butlers auf, der Sadies Haustür geöffnet – und seinen Mörder erkannt hatte.

Unglücklich strich Gabriel über seine Stirn – ein erfolgloser Versuch, die Erinnerung zu verbannen.

Wieso nannte er mich Gabriel? Ich war gar nicht dort. Warum sollte ich mitten in der Nacht zu Sadie Hussers Haus gehen, das über eine Meile von meinem Wohnsitz entfernt liegt?

Dann entsann er sich, wie er erwacht war – mit einem blutigen Kratzer am Hals.

Damals ging ich durch den Garten. Vermutlich hat mich ein Rosenbusch verletzt.

In seiner Phantasie erschien Lauras Gesicht, und er drehte sich beruhigt auf die Seite. Geistesabwesend beobachtete er eine Küchenschabe, bis sie in einer Mauerritze verschwand. Er schloss die Augen, stellte sich Lauras Lächeln vor, die Art, wie ihre Augen glänzten, wenn ihr irgendetwas Freude bereitete.

Erst knapp zwei Wochen kannte er sie. Und sie beherrschte sein Herz, wie er es niemals für möglich gehalten hätte. Selbst wenn er die unglaubliche Nacht, die er mit ihr verbracht hatte, unentwegt wiederholen könnte – es würde niemals genügen.

Was zum Teufel werde ich tun, wenn sich dieses grauenvolle Problem nicht lösen lässt? Wie ich ohne meine Eltern weiterleben soll, ist mir immer noch ein Rätsel. Würde ich's jemals schaffen, ohne Laura zu leben?

Die Lippen wütend zusammengepresst, drehte er sich wieder auf den Rücken.

Um es klarer zu formulieren – eine Zukunft ohne Laura kommt gar nicht in Frage. Weil ich's satt habe, die Menschen zu verlieren, die ich liebe.

In seinen Augen brannten Tränen. Aber er weigerte sich, seiner Schwäche nachzugeben und zu weinen.

Oh, ich bin's so verdammt leid, und ich könnte …

Noch bevor er den Gedanken vollendete, rann ein eisiger Schauer durch seinen Körper. Welche schreckliche Drohung war ihm durch den Sinn gegangen, die ihm Gewissen im letzten Moment verboten hatte? Eine Zeit lang lag er atemlos da, bis er es wagte, den Gedanken fortzusetzen.

Was könnte er tun?

Töten?

War es *das?*

Fühlte er sich schuldig, weil er nach dem Tod seiner Eltern weiterlebte? So furchtbar schuldig, dass er zu sterben und möglichst viele Menschen ins Jenseits mitzunehmen versuchte? Erbost schüttelte er den Kopf. Nein. Völlig ausgeschlossen. Solche wahnwitzigen Spekulationen würde er seinem Gehirn nicht mehr gestatten. Ein paar Minuten später schlief er ein.

Splitternackt stand Laura im Lampenlicht, die Hände erhoben. Ihr Körper bebte vor Begierde. „Liebe mich, Gabriel, führ mich dorthin, wo wir letzte Nacht waren."

Gabriel breitete die Arme aus, und als sie an seine Brust sank, hob er sie hoch und trug sie zu seinem Bett.

Später schmiegte sie sich an ihn und wisperte Worte, die er nicht verstand – und plötzlich flehte sie … Worum?

„Stimmt was nicht?" fragte er immer wieder. „Stimmt was nicht?"

Weil sie nicht erklären konnte, was sie ihm sagen wollte, streckte sie schließlich ihren Zeigefinger aus, und er starrte in einen Spiegel.

Da lächelte er. Im Spiegel sah er Laura und sich selbst.

Und dann runzelte er die Stirn. Irgendetwas beunruhigte ihn. Ja. Laura und er selbst – doch sie lagen nicht im Bett. Das ergab keinen Sinn. Obwohl sie einander in seinem Bett umschlungen hielten, zeigte das Spiegelbild eine ganz andere Szene.

Als er sich zu Laura hinabneigte, erschrak er, denn sie hatte zu weinen begonnen.

In wachsender Angst betrachtete er wieder das Spiegelbild, das allmählich verblasste. Aber er sah es immer noch deutlich genug, um zu erkennen, was er tat. Er griff nach ihrem Hals – und zuckte sofort zurück. Auf ihren Wangen glänzten immer noch Tränen.

Gabriel versuchte zu erwachen. Doch das Grauen des Traums verflog nicht. Plötzlich lag er nicht mehr neben Laura im Bett. Stattdessen stand er in einer düsteren Gasse neben einer Mülltonne und roch starken Blumenduft. Er schaute zu Boden.

Überall lagen Blumen. Verwelkt. Mit abgerissenen Stielen. Zerquetscht.

Wo waren die Rosen? Er begann hastig im Müllkanister zu wühlen.

Kurz danach stöhnte er und sprang vom Feldbett, auf dem er geschlafen hatte. Schreiend schwenkte er die Arme, als würden ihn grässliche Schmerzen peinigen. Sekunden später stürmte der Gefängniswärter durch eine Tür. Seine Waffe in der Hand, rannte durch den Korridor zu Gabriels Zelle und rief um Hilfe.

Neben Kirbys Bett läutete das Telefon. Seit Jahren an nächtliche Anrufe gewöhnt, meldete er sich im Halbschlaf.

Aber sobald der Mann am anderen Ende der Leitung zu sprechen begann, war der Agent hellwach. „Unmöglich", murmelte er und tastete nach dem Schalter der Nachttischlampe.

„Sollte man meinen ...", seufzte Ray Bush. „Jedenfalls hat der Kerl beinahe die Zelle auseinander genommen, bevor er überwältigt wurde. Auch wenn's Ihnen nicht gefallen wird – er hatte wieder einen dieser Träume."

Mühsam schluckte Kirby und strich durch sein schütteres Haar. „In diesen ganzen vermaledeiten Mordfällen gibt's allmählich nichts, was ich bezweifeln würde. Also sagen Sie's schon."

„Erinnern Sie sich an Henry Loo, den Chinesen, dessen Ermordung die Frau prophezeit hat?"

Kirby schloss die Augen. In Gedanken stimmte er dem Detective zu – das würde ihm kein bisschen gefallen. „Ja. Was ist mit ihm?“

„Vor etwa einer halben Stunde wurde hinter Loos Restaurant seine Leiche gefunden.“

„Oh, verdammt.“

„Genau“, bestätigte Ray. „Und – Kirby …“

„Noch was?“ ächzte der Agent.

„Rings um den Toten sind Rosen verstreut. Allem Anschein nach hat der Killer eine Mülltonne hinter einer nahe gelegenen Blumenhandlung geplündert. Von diesem Laden führt eine Spur aus Blütenblättern bis zu Henry Loo.“

Nun muss ich mich anziehen, dachte Kirby. Aber er hatte keine Kraft in den Beinen, weil er das Gefühl nicht los wurde, dass er die Schuld an diesem letzten Mord trug. Die Polizei war gewarnt worden. Und dann schüttelte er ungläubig den Kopf. Gewarnt – von einer Hellseherin, um Himmels willen … Wer würde so was berücksichtigen? „Fehlen die Dornen an den Rosen?“

„Nur an einigen. Offenbar hat Henry den Kerl überrascht, und der konnte den Job nicht beenden.“

„Okay, ich komme.“

„Haben Sie die Adresse?“ fragte Ray.

„Ja, irgendwo …“, erwiderte Kirby. „Die müssten Sie mir nochmal geben, nur zur Sicherheit.“

Ray diktierte ihm die Adresse, legte auf und ließ Kirby mit einer schrecklichen Gewissheit allein. Hätte er Laura Dane so ernst genommen, wie sie es verdiente, würde der kleine Chinese, der auf dem Heimweg zu seiner Familie gewesen war, noch leben.

Als Kirby am Tatort erschien, beendete Sam Whitehall gerade seine Untersuchung.

Der Agent hatte aus seiner Thermoskanne Kaffee in einen Becher gegossen. Nun nippte er daran und nickte einem Officer zu, den er wiedererkannte. „Hallo, Sam, was glauben Sie?“ fragte er den Polizeiarzt.

Seufzend blickte Whitehall von der Leiche auf, neben der er kauerte. „Dass er besser den Kopf eingezogen hätte.“

Kirbys Gesicht verzog sich zu einem gequälten Grinsen. „Für einen Mann, der mitten in der Nacht aus dem Bett geholt wurde, sind Sie wahnsinnig witzig.“

Langsam erhob sich Sam. Durch sein steifes Knie schoss ein heftiger Schmerz, und er unterdrückte ein Stöhnen. Verdammt, er hasste es, alt zu werden. „Verzeihen Sie mir. Manchmal mache ich solche Scherze, damit ich nicht weinen muss.“

Kirbys Lächeln erlosch. „Ja, ich weiß, was Sie meinen. War's wieder derselbe Killer?“

„Lässt sich nicht mit absoluter Sicherheit sagen.“ Der Arzt zuckte die Achseln. „Jedenfalls sieht's so aus.“

Kirby betrachtete die verstreuten Rosen. Dann beobachtete er, wie der tote Chinese auf einer Bahre zum Leichenwagen transportiert wurde. „Was zum Geier ist mit dem Auto da drüben passiert?“

„Wie soll ich das wissen?“ entgegnete Whitehall. „Ich kümmere mich nur um Tote, nicht um Autowracks. Fragen Sie *ihn.*“

Der Agent drehte sich zu Ray Bush um, der auf ihn zukam und sich entschuldigte: „Tut mir Leid, dass ich Sie um Ihre Nachtruhe gebracht habe.“

„Schon gut.“ Kirby zeigte auf ein Auto, das im Schatten stand, unter einer offenbar ruinierten Straßenlampe. „Was ist denn mit dieser Karre los? Ziemlich übel zugerichtet ...“

„Vielleicht irgendwelche Kids. Wer weiß?“

„Hm ...“ Kirby musterte die demolierte Motorhaube. Über die ganze Fläche zogen sich tiefe Dellen. Irgendwas an der Sache gab ihm zu denken. „Kids? Das glaube ich nicht.“

„Warum nicht? In dieser Gegend treiben sich viele Jungs herum, die völlig grundlos noch was Schlimmeres anrichten würden.“

„Klar, aber das bezweifle ich. Wollen Sie mir einreden, hier seien zwei Straftaten verübt worden, die nicht miteinander zusammenhängen. Erst schlagen irgendwelche Vandalen ein Auto zusammen, dann wird Henry Loo ermordet. Oder umgekehrt – was immer zuerst passiert ist.“

Ray blätterte in seinen Notizen. „Einigen Zeugenaussagen zufolge hat ein Auto gehupt.“

„Meinen Sie, jemand hat auf seine Hupe gedrückt?“

„Nein, das war anders ...“ Ray nahm einen Schlüssel aus seiner Hosentasche, richtete ihn auf seinen Wagen und berührte einen Knopf. Eine Sekunde später ertönte ein gellendes rhythmisches Tuten, das sofort verstummte, als er auf eine andere Taste drückte. Kirby wandte sich wieder zu dem Auto unter der dunklen Straßenlampe, runzelte die Stirn, und der Detective fuhr fort: „Vielleicht hat Henry Loo den Alarm seines Autos ausgelöst, in der Hoffnung, jemand würde ihn vor dem Killer retten. Offensichtlich hat's nichts genützt."

Die Stirnfalten des Agents vertieften sich. „Oder der Mörder hämmerte auf den Wagen ein, bis er den Alarm zum Schweigen brachte."

„Fragen Sie doch diese Lady." Ray zeigte auf eine Frau, die in einer kleinen Schar Schaulustiger stand. „Was hier passiert ist, hat sie vorausgesagt. Vielleicht wird Sie Ihnen auch erzählen, wie und warum."

Kirby spähte über seine Schulter und brauchte nicht lange, um Laura Dane zu entdecken. „Was zum Teufel macht sie hier, vier Minuten vor drei Uhr morgens?"

„Keine Ahnung. Etwa eine Viertelstunde nach mir kam sie an, zusammen mit dem alten Knaben an ihrer Seite."

„Wer hat sie verständigt?"

„Soviel ich weiß, niemand. Verdammt, Kirby, diese Frau verfügt über Informationsquellen, die ich nicht begreife. Womöglich ist sie mit einer Geister-Hotline verbunden. Oh, übrigens – wir haben einiges über sie herausgefunden, das Sie interessieren wird. Gestern sollten wir doch einige Nummern in Laura Danes Notizbuch anrufen. Erinnern Sie sich?"

„Ja. Und?"

„Sie ist nicht nur über jeden Verdacht erhaben, sondern

auch noch steinreich. Wie mir ein Kollege erzählt hat, telefonierte er mit mehreren Bullen, und alle schworen Stein und Bein, sie sei tatsächlich eine Hellseherin. Anscheinend half sie ihnen, einige Fälle aufzuklären, die in eine Sackgasse geraten waren.“

Kirby starrte sie eine Zeit lang an. Dann seufzte er tief auf, als hätte er soeben einen schmerzlichen Entschluss gefasst, und ging zielstrebig zu ihr. „Miss Dane ...“

„Warum haben Sie das zugelassen?“ Ihre Wangen waren wachsbleich. Während sie Sam Whitehalls Wagen nachschaute, der mit Henry Loos sterblichen Überresten davonfuhr, biss sie auf ihre Unterlippe und schien ein Schluchzen zu unterdrücken. In ihren Augen lag unverhohlenes Entsetzen. „Ich habe Sie gewarnt, Mr. Summers. Auch die anderen Beamten ...“ Mike Travers legte einen Arm um ihre Schultern. Erschöpft von zu intensiven Emotionen, lehnte sie sich an ihn und schlug die Hände vors Gesicht. „Warum wollten Sie mir nicht glauben?“

„Gehen wir, meine liebe Laura“, schlug Mike leise vor. „Nun haben Sie genug gesehen.“ Mit sanfter Gewalt versuchte er, sie in die Richtung seines Autos zu drängen.

„Wer sind Sie?“ Kirby musterte ihn aufmerksam. Dabei stellte er sich vor, der alte Mann würde mit einem einzigen Fausthieb Hälse brechen. Doch so sehr er sich auch bemühte – es gelang ihm nicht, dieses Bild heraufzubeschwören. Vielmehr erweckte die schmächtige Gestalt den Eindruck, ein heftiger Windstoß könnte sie zu Fall bringen.

„Dr. Michael Travers. Gabriel Donner bedeutet mir so viel wie ein Sohn. Und ich war es auch, der Miss Dane gebeten hat, ihm zu helfen und seine schwierigen Probleme zu lösen. In gewisser Weise ist sie meine Kollegin."

„Also sind Sie ein Hellseher?"

Travers schüttelte den Kopf. „Nur ein Psychiater."

Nach Kirbys Meinung lief das aufs Gleiche hinaus. „Warum sind Sie beide zu nachtschlafender Zeit in diese miese Gegend gekommen?"

Mike warf Laura einen kurzen Blick zu. „Weil Miss Dane mich angerufen und gebeten hat, mit ihr hierher zu fahren."

„Wieso, Ma'am?" fragte der Agent. „Wurden Sie von irgendjemandem über den Mord informiert?"

„Schon vor Stunden habe ich Ihnen mitgeteilt, was geschehen würde. Deshalb musste mich niemand verständigen!" Aus Lauras Stimme war ihr Zorn gegen die Polizei deutlich herauszuhören. Am liebsten hätte sie Summers angeschrien. Und dann erschauerte sie. „Um zehn Uhr herum ging ich schlafen. Als ich erwachte, erkannte ich, dass es vorbei war, und da musste ich das alles mit eigenen Augen sehen."

„Aber warum ...", beharrte Kirby.

Immer noch wütend, fiel sie ihm ins Wort. „Fragen Sie mich nicht! Was ich weiß, habe ich Ihnen bereits erzählt, und die Polizei zog es vor, meine Aussage zu ignorieren. Jetzt kann ich Ihnen nichts mehr sagen, was für Sie von Interesse wäre."

Mit schmalen Augen starrte er sie an und erinnerte sich an

Rays Bericht über die Polizisten, die mit Miss Dane zusammenarbeiteten. Plötzlich überlegte er, wie es wohl wäre, bei der Aufklärung eines Mordfalls übersinnliche Kräfte zu nutzen. „Hören Sie, Ma'am, Sie müssen verstehen – in meinem Job befasse ich mich mit Fakten und …“

„Eins steht jedenfalls fest“, unterbrach sie ihn erneut. „Henry Loo ist tot. Und Gabriel sitzt leider immer noch hinter Gittern.“

„Was hat denn das eine mit dem anderen zu tun?“

Die Arme vor der Brust verschränkt, versuchte sie ihre Nerven zu beruhigen. „Offensichtlich nichts“, erwiderte sie kurz angebunden. Dann schaute sie wieder zum Tatort hinüber. „Wem gehört dieses Autowrack?“

„Dem Opfer. Warum?“

Laura biss wieder auf ihren Unterlippe. „Darf ich es bitte berühren?“

„Was?“ fragte er verblüfft. „Das Auto?“

Sie nickte.

„Wieso, um alles in der Welt?“

Beinahe lächelte sie. „Wenn ich's Ihnen verrate, würden Sie's nicht glauben. Erlauben Sie's?“

„Meinetwegen.“ Achselzuckend hob er das gelbe Band der polizeilichen Absperrung hoch und ließ sie darunter hindurchschlüpfen. „Kommen Sie. Mal sehen, ob die Spurensicherung schon fertig ist.“

Sie folgte ihm, und Mike blieb ihr auf den Fersen.

Ein paar Minuten später stand sie vor dem demolierten

Auto, und in ihre Seele drang der Rest eines wilden Zorns, den sie nicht verstand.

Den Kopf schief gelegt, flüsterte Ray Bush in Kirbys Ohr: „Was macht sie?"

„Wenn ich das wüsste ...", seufzte der Agent und kratzte die kahle Stelle an seinem Kopf. „Sie hat gesagt, sie will das Auto anfassen. Von mir aus soll sie sich einbilden, sie wäre die verdammte Kühlerfigur, wenn sie uns danach in Ruhe lässt."

Laura sog die Nachtluft tief in ihre Lungen. Dann legte sie ihre Hände flach auf das verbeulte Blech und schloss die Augen. Ringsum verhallten alle Geräusche in der Ferne, während ihr Geist zu einem anderen Ort wanderte. Lange, stille Minuten verstrichen. Aber die Zeit war unwichtig.

Ungeduldig trat Kirby von einem Fuß auf den anderen und wünschte, er hätte sie weggeschickt, statt bei diesem albernen Spiel mitzumachen. Ray beobachtete sie neugierig und fragte sich, was in einer so genannten Hellseherin vorgehen mochte. Und Mike Travers spürte wieder einmal alle seine siebenundsechzig Jahre und sehnte sich nach jenen glücklicheren Tagen zurück, wo Angela und Brent noch am Leben gewesen waren – wo Gabriel nicht bei jedem Atemzug an seinem Verstand gezweifelt hatte ...

Eine Minute reihte sich an die andere. Plötzlich begann Laura zu sprechen und verwirrte ihr Publikum. „Das hat er mit seinen Fäusten getan", sagte sie leise.

Alle drei Männer betrachteten Henry Loos Auto und überlegten, wie viel Kraft man aufbieten müsste, Dellen in das Blech zu schlagen, so groß wie Grapefruits.

„Wer, Miss Dane?“ Mit dieser Frage überraschte Ray sich selbst.

„Der Mörder – der Mann, der wie Gabriel aussieht.“

„Warum, Laura?“ Mike Travers trat einen Schritt vor und legte eine Hand auf ihre Schulter. Unter seinen Fingern zuckte ein Muskel, als sie die Berührung wahrnahm. „Warum hat er das getan?“

Ihr Kinn sank auf die Brust, als wäre sie eingeschlafen. „Damit der Lärm aufhört …“

„Natürlich!“ rief Ray und schnippte mit den Fingern. „Henry Loo hat den Alarm eingeschaltet! Bei Gott, das Gehupe fiel dem Killer auf die Nerven, und er geriet dadurch in helle Wut!“

„Aber das ergibt keinen Sinn“, wandte Kirby ein. „Wenn man jemanden umgebracht hat, schlägt man kein Auto kurz und klein, da läuft man weg.“

In Lauras Stimme klang ein klagender Unterton mit. „Nein, er war nicht wütend, er hatte Schmerzen. Sobald irgendein Lärm in seiner Nähe losbricht, steht er Höllenqualen aus.“ Sie begann zu schwanken. Hätte Mike sie nicht festgehalten, wäre sie zusammengebrochen.

Verächtlich wollte Kirby widersprechen. Aber der Ausdruck in Lauras Augen hinderte ihn daran. Verdammt – fing er allmählich an, ihr zu glauben? „Kann ich Sie um einen Gefallen bitten, Miss Dane?“

Mit einer bebenden Hand strich sie über ihre Stirn. „Ja?“

„Würden Sie in mein Büro kommen und sich ein paar Fotos anschauen?“

Ihr Magen revoltierte. Was das für Fotos sein würden, wusste sie. Und bei dem Gedanken grausige Bilder von den Opfern des Rosenkavaliers zu sehen, wurde ihr übel. „Heute Nacht nicht.“

Das akzeptierte der Agent. „Okay, aber bald.“

Unsicher wandte sie sich zu Mike, der eine Grimasse schnitt, um ihr zu bedeuten, dass sei *ihre* Entscheidung.

Kirby konnte nicht fassen, wozu er sich soeben entschlossen hatte. Andererseits – in dieser Phase der Ermittlungen gab es so wenige Anhaltspunkte, dass er sich gezwungen fühlte, alle Möglichkeiten nutzen. „Morgen Nachmittag um drei habe ich in Enid zu tun. Rufen Sie mich an, wann immer Sie bereit sind.“

„Im Moment will ich nur noch eins – lassen Sie Gabriel frei.“

Fünf Minuten vor fünf Uhr morgens betrat Gabriel die Eingangshalle seines Hauses, inspizierte die Alarmanlage und runzelte die Stirn. Nicht eingeschaltet. Verdammt. Erst jetzt dachte er daran. Dank seiner grandiosen Forderung, die Nacht in einer Gefängniszelle zu verbringen, hatte Laura allein und ungeschützt unter diesem Dach geschlafen.

Manchmal jagte ihm sogar dieses Gebäude Angst ein, obwohl er hier aufgewachsen war. Wie unbehaglich musste sich

Laura gefühlt haben, mutterseelenallein in einem so großen Haus …

Plötzlich überwältigte ihn das Bedürfnis, sie zu sehen und zu berühren, sich zu vergewissern, dass es ihr gut ging. Er warf seine Schlüssel auf das Tischchen in der Halle und eilte nach oben. Bei jedem Herzschlag hallte ihr Name in seinem Gehirn wider. Stärker als die Stimme des unbekannten Eindringlings – stärker als die Furcht, seine ständige Begleiterin.

Laura. Laura. Laura.

10. KAPITEL

Im Morgengrauen stand Laura unter der Dusche. Vom Tatort zurückgekehrt, hatte sie nur einen einzigen Gedanken gekannt – den Gestank der Gasse wegzuwaschen, in der Henry Loo gestorben war. Nachdem Mike Travers sie vor dem Donner-Anwesen abgesetzt hatte, war sie ins Haus gelaufen. Hastig versperrte sie die Tür hinter sich. Schon auf halber Höhe der Treppe öffnete sie die Knöpfe ihres Kleids. Als sie ihr Zimmer erreichte, trug sie ihre Schuhe in der Hand. Sie zog sich aus und ließ die Sachen einfach fallen. Die wollte sie später in den Wäschekorb werfen. In diesem Moment zählte nur eins – sie musste all die grässlichen Erinnerungen wegspülen.

Eine Minute später war sie in die Duschkabine gestiegen. Ohne zu warten, bis sich das Wasser erwärmte, ließ sie die Tropfen auf ihre Haut prasseln. Unter der eisigen Brause erschauerte sie. Aber sie ertrug die Kälte, weil sie die Szenerie des Mordes möglichst schnell aus ihrem Gedächtnis verbannen wollte. Bald wurde sie von angenehmer Wärme umhüllt. Dampf beschlug die Glaswände der Kabine, Lauras Locken klebten am Kopf. Die Lider gesenkt, hob sie ihr Gesicht dem willkommenen warmen Strahl entgegen, der ihren ganzen Körper reinigte.

Wie viel Zeit verstrich, wusste sie nicht. Vor ihrem geistigen Auge zeigte sich immer noch das Bild des Chinesen, der neben seinem Auto auf dem Asphalt gelegen hatte.

Wie gut sie sich an seine Augen erinnerte … Am Vortag

hatten sie voller Fröhlichkeit gefunkelt. Und letzte Nacht waren sie blicklose Schlitze in einem alten Gesicht gewesen. Und die Lippen – an freundliches Lächeln gewöhnt, um die Gäste im Restaurant zu begrüßen – geschwollen und wund. So wie sein Lächeln hatte sich auch sein Herz verabschiedet. Und nichts zurückgelassen – außer getrocknetem Blut an seinem Kinn.

Sie drehte sich um und ließ das Wasser auf ihren Rücken rieseln. Allmählich lockerte es die verkrampften Nackenmuskeln. Aber als sie die Augen öffnete, schien der Boden unter ihren Füßen zu schwanken. Halt suchend griff sie nach den Glaswänden. Doch es nützte nichts. Ihre Beine gaben nach, und sie sank auf die Knie. Das Gesicht in den Händen vergraben, begann sie zu weinen.

So fand Gabriel die Frau, nach der er sich sehnte. Klatschnass und schluchzend kniete sie in der Duschkabine – unfähig, der Flut des Wassers oder ihrer Tränen Einhalt zu gebieten. O Gott, warum hatte er sie in seine Hölle hineingezogen? Von Schuldgefühlen überwältigt, öffnete er die gläserne Tür und drehte den Hahn zu. Dann hüllte er Laura wie ein Kind in ein Badetuch, hob sie hoch und trug sie zu ihrem Bett.

„Bitte, Baby, hör zu weinen auf. Es tut mir so Leid, dass du das alles durchmachst."

Die Arme um seinen Hals geschlungen, presste sie ihre Wange an seine Brust. Unablässig flossen die Tränen. „Warum haben sie mir nicht geglaubt? So viele Menschen hören erst auf mich, wenn es zu spät ist …"

Und Gabriel litt mit ihr, beklagte ihren Schmerz und seinen eigenen und den Tod eines Mannes namens Henry Loo.

Behutsam legte er sie aufs Bett. „Deine Schuld ist es nicht, ebenso wenig wie meine", betonte er und streckte sich neben ihr aus.

Immer noch in Tränen aufgelöst, klammerte sie sich an ihn, als wollte sie ihn nie wieder loslassen. Ihre Panik beunruhigte ihn. Offensichtlich bewohnte sie eine unsichere Welt, obwohl ihr Verhalten bisher eher das Gegenteil bekundet hatte. Er selbst musste erst seit einem knappem Monat mit seinem „Wissen" leben, und er konnte sich nicht vorstellen, diese Qualen bis ans Ende seiner Tage zu ertragen. Das alles erschien ihm so bizarr, dass er keinen klaren Gedanken zu fassen vermochte. Und was sollte er sagen, um Laura zu besänftigen? Es gab keinen Trost. Denn er sah keinen Silberstreif am Horizont. Reglos und schweigend lagen sie da, bis Lauras Herz langsamer schlug, bis die Nachwirkungen ihres Zusammenbruchs nur mehr hin und wieder zu einem schwachen Zittern führten.

Sie fühlte sich wie betäubt – außer Stande, irgendetwas zu empfinden, das über Gabriels Hände auf ihrem Rücken und seinem Atem an ihrer Schläfe hinausging. Nach einer Weile schloss sie die Augen. Und da erinnerte sie sich, wie es gewesen war, in seinen Armen das höchste Glück zu genießen.

Draußen begann ein neuer Tag. Für Laura würde das Gestern niemals ein Ende nehmen. Sie schmiegte sich noch fester an Gabriel, das Gesicht an seiner Brust. Wenigstens für kurze

Stunden wollte sie *das Leben* spüren und vergessen, wie der Tod aussah.

Stark und gleichmäßig pochte sein Herz an ihrer Wange – so stark wie seine Arme, die sie umfingen. Wie sehr sie diesen Mann liebte … Aber so, wie die Dinge lagen, würden sie vielleicht nicht lange genug am Leben bleiben, um das Wesen dieser Liebe zu erforschen.

Sie hatte sich in einem Traum sterben sehen, von seinen Händen erdrosselt. Genauso hatte sie seinen Mord an Henry Loo beobachtet. Und das war nicht geschehen. Nie zuvor hatte sie sich so gründlich getäuscht. Doch sie würde ihre Fehlbarkeit akzeptieren. Diesmal *wollte* sie sich irren. Und so hob sie die Lider und ignorierte den letzten Schauer, der durch ihren Körper rann. Auf einen Ellbogen gestützt, schaute sie in die Augen des geliebten Mannes. „Gabriel?"

Voller Bewunderung erwiderte er ihren Blick. Ihre Schönheit beschleunigte seinen Puls. Mit einer Fingerspitze zeichnete er eine winzige blaue Ader an ihrem Hals nach, dann umfasste er ihr Kinn. Seine Stimme wirkte ebenso sanft wie seine Berührung. „Ja, Baby?"

„Ich habe Angst."

„Das weiß ich. Auch ich fürchte mich viel zu oft."

Er zog sie wieder an sich und strich durch ihre kurzen, von der Dusche noch feuchten Locken. Wie seidig sie sich zwischen seinen Fingern anfühlten …

Jetzt begann sie wieder zu beben, und er dachte plötzlich an etwas, das sie gesagt hatte – etwas Böses, etwas Hässliches.

Ihre Vision, in der er den Chinesen umgebracht hatte … Und dann kehrte eine noch grausigere Erinnerung zurück – der Traum, in dem er seine Hände um ihren Hals gelegt hatte … „Laura?"

Die Lippen an seiner Schulter, fragte sie mit gedämpfter Stimme: „Ja?"

„Ich weiß, du hast Angst. Aber ich bitte dich – um Himmels willen, du musst sofort versichern, du würdest dich nicht vor *mir* fürchten!"

Obwohl sie nur ein paar Sekunden lang zögerte – es genügte, um seiner Seele eine unerträglich schwere Last aufzubürden. Er ließ Laura los und wollte aus dem Bett steigen. Aber sie hielt seinen Arm fest. „Geh nicht!" Ihr flehender Ruf bewog ihn, innezuhalten. „Bleib bei mir! O Gott, es kommt mir so vor, als würde ich innerlich sterben …" Ein Schluchzen erstickte ihre Worte, neue Tränen verschleierten ihre Augen. „Liebe mich, Gabriel! Ich habe den Tod so satt … Erinnere mich daran, wie es ist, wenn man *lebt!*"

Leise fluchte er und widerstand der Versuchung, sie zu schütteln. Stattdessen warf er sich auf sie, fesselte sie mit dem Gewicht seines Körpers und einem harten, durchdringenden Blick. „Warum, Laura? Warum *ich?*"

Da legte sie beide Arme um seinen Hals. „Weil ich dich liebe, Gabriel. Dagegen bin ich machtlos. Wenn du meine Gefühle nicht erwiderst, belüg mich – denn in diesem Moment würde ich eine so bittere Wahrheit nicht verkraften."

Sein Gesichtsausdruck spielte ihren wider – qualvolle Unsicherheit, Trauer um die Mordopfer, die sie nicht hatten retten können, das Grauen, vor dem es kein Entrinnen gab.

„Wahrscheinlich ist es in dieser schrecklichen Situation, in der wir uns befinden, der allerschlimmste Fehler, dich zu lieben", stieß er heiser hervor. „Aber verdammt nochmal, es wäre keine Lüge. Du bist in meinem Blut, dein Duft betört mich, und ich möchte mich ganz und gar mit dir vereinen ..."

Laura zerrte das feuchte Badetuch zwischen seinem und ihrem Körper hervor. Ungeduldig warf sie es zu Boden. „Dann tu es! Liebe mich, Gabriel! Mach mich verrückt vor Liebe!"

Ohne Zaudern gehorchte er und entführte sie in eine magische Welt, in der sie drei Tage lang blieben.

Ein warmer Sonnenstrahl bahnte sich einen Weg durch tief hängende Wolken, das Laub des Baums, unter dem er schlief, und beleuchtete sein attraktives Gesicht. An seiner Wange verheilte eine Schnittwunde. Nicht einmal der Schlummer milderte die Erschöpfung, die seine Züge widerspiegelten. Seine Kleider waren zerschlissen, die Schuhe immer noch feucht vom letzten Schlupfwinkel, wo er sich versteckt hatte. In der Nähe lag seine Tasche, der Inhalt verstreut. Als er entkräftet zu Boden gesunken war, hatte er sie einfach fallen lassen. Dabei mussten die Sachen herausgerutscht sein.

Abgesehen von schmutzigen Kleidungsstücken trug er nichts Bedeutsames bei sich – ein paar benutzte Wegwerf-Rasierklingen, in einer Mülltonne gefunden, und einen Kamm, den er von der Straße aufgehoben hatte. Neben seiner Schläfe lag eine einzelne Rose, und ihr Aroma hüllte ihn ein, während er schlief. Vor knapp zwei Stunden hatte er die Blume von einem Busch gepflückt, ehe er hierher getaumelt und zusammengebrochen war, fast blind dank seines Schlafmangels. Und jetzt bestimmte der süße Duft, was er träumte.

Es war ein schlichter Traum, der seine Nächte schon oft begleitet hatte, aber noch nie so wichtig gewesen war wie jetzt. An der Seite seiner Mutter ging er durch ihren Garten. Überall wucherten Rosen, an Spalieren und Büschen, in fast so vielen Farben wie ein Regenbogen. Und dann änderte sich der Traum. Er schlenderte immer noch im Garten umher. Aber seine Mutter war verschwunden. Da begann er zu laufen, von einem Weg zum anderen, und rief ihren Namen.

Rastlos bewegte er den Kopf in seinem Schlummer. Er hatte sich verlaufen. Sogar in seinen Träumen verirrte er sich. Nun musste er endlich sein Zuhause aufspüren. Dort würde er seine Mutter antreffen. Und sie würde wissen, was zu tun war. Mutter konnte alles in Ordnung bringen.

In seinen Schultern zuckten alle Muskeln, und er versuchte auf seinem kleinen Schlafplatz eine bequemere Lage einzunehmen.

So müde war er – so müde … Ermattet vom Laufen, ermattet vom Verstecken, ermattet von seiner Angst.

Ein paar Häuserblocks entfernt wanderten kleine Kinder Hand in Hand den Gehsteig entlang, in der Obhut zweier Kindergärtnerinnen – siebzehn winzige Geschöpfe, noch am

Anfang ihres Lebens. Als sie sich dem Park näherten, strahlten ihre Augen. Lächelnd begannen sie zu tuscheln und teilten ihre Vorfreude. An ihrem Ziel würden sie frei herumlaufen dürfen, wenigstens für eine Weile. Übermütig und jubelnd flitzten sie von den Schaukeln zu den Rutschbahnen und tobten sich aus.

Später vergnügten sie sich mit verschiedenen Spielen. Im ganze Park hörte man das fröhliche Kreischen. Die meisten Kinder waren gesellige kleine Persönlichkeiten, stets bestrebt, einander zu übertrumpfen, zu besiegen.

Nur Lelly bildete eine Ausnahme, ein hübsches Mädchen mit blauen Augen, einem süßen Babygesicht und einem kranken Fuß. Sie hinkte hinter den anderen her und spielte eifrig mit ihnen. Aber sie konnte niemals die Erste sein. Manchmal, so wie auch an diesem Tag, zog sie sich vom Trubel zurück, um ihren Frieden zu finden, auf ihre eigene besondere Art.

Billy T. hatte ihr den Ball weggenommen. In gespieltem Entsetzen war er schreiend davongestürmt. Jetzt blieb ihr nichts weiter übrig, als im Gras zu sitzen und zu warten, bis er wieder zu ihr kommen würde. Die Minuten verstrichen. Schließlich erkannte Lelly, dass Billy T. ihr den Ball nicht zurückgeben wollte. In ihren runden Augen schimmerten Tränen. Bedrückt stand sie auf und humpelte zum Schatten der Bäume am Rand des Parks.

Während sie auf einem Baumstumpf saß, ließ sie ihren Tränen freien Lauf. Den kleinen Kopf gesenkt, schluchzte sie verzweifelt.

Er kauerte im Gebüsch, das den Spielplatz von den Bäumen trennte. Erschrocken beobachtete er, wie das Mädchen zu weinen begann. Auf seine Weise verstand er das Elend der Kleinen. Trotz seiner Scheu vor den Menschen fühlte er sich ihr verbunden, was er niemals hätte erklären können.

Ohne die möglichen Konsequenzen zu beachten, schlüpfte er zwischen den Büschen hindurch. Nur wenige Schritte von dem Kind entfernt, sank er auf die Knie.

Von den raschelnden Geräuschen verwirrt, die hinter ihr erklangen, drehte sich Lelly um. Schweigend starrte sie den Riesen an, der im Schatten kniete. Aus einem ersten Impuls heraus wollte sie die Flucht ergreifen. Aber da er sich nicht rührte und kein Wort sagte, erwachte ihre Neugier, und die Tränen versiegten.

Seit sie denken konnte, schärfte man ihr immer wieder ein, nicht mit Fremden zu sprechen. Aber als der Mann lächelte, spürte sie aus unerfindlichen Gründen eine verwandte Seele. Irgendwie passte die Warnung nicht zu dieser Situation.

Der Mann berührte seine Wange, dann zeigte er auf ihre. Schnüffelnd wischte sie ihre Tränen weg. „Ich habe geweint", verkündete sie in sachlichem Ton.

Plötzlich füllten sich auch seine dunklen Augen mit Tränen, und er hörte aufmerksam zu.

„Weil Billy T. mir den Ball weggenommen hat", fügte Lelly hinzu.

Er schaute zu den Kindern auf dem Spielplatz hinüber.

Trotz der Entfernung zerrte das Geschrei an seinen Nerven. Aber der Kummer des kleinen Mädchens veranlasste ihn, noch eine Weile auszuharren.

Nun begann Miss Smith, die Kindergärtnerin, ihre Schützlinge zusammenzutrommeln. Seufzend stand Lelly auf. „Ich muss gehen."

Ein kaum hörbares Flüstern hielt sie zurück. „Warte."

Unsicher beobachtete sie die Kinder, die Miss Smith allmählich umringten. Einige Sekunden lang zauderte sie, bevor sie sich wieder zu dem Mann wandte. Als er seine Hand ausstreckte, vergaß sie alle Bedenken und hinkte zu ihm. „Für mich?"

Er nickte und lächelte.

Mit ihren winzigen Fingern umfasste sie den langen, von Dornen befreiten Stängel und hob die Blüte zu ihrer Nase. Ganz tief atmete sie ein, so wie man es ihr beigebracht hatte. Entzückt über den süßen Duft der frischen Rose, erwiderte sie das Lächeln des Fremden.

Die gebieterische Stimme der Kindergärtnerin drang erneut zu den Bäumen herüber, und diesmal eilte Lelly davon, die Rose an ihre Brust gedrückt.

In diesem Moment spielten ihre ungelenken Schritte keine Rolle mehr. Und es störte sie auch nicht mehr, dass Billy T. ihr den Ball weggenommen hatte. Jetzt besaß sie etwas ganz Besonderes.

Marie war im Umgang mit Kindern erfahren. Schon seit über sieben Jahren arbeitete sie im Kindergarten. Während sie die kleinen Köpfe ein zweites Mal zählte, sah sie Lelly heranhumpeln und verdrehte die Augen.

Dann seufzte sie. „Leslie Morgan Dean, wo warst du so lange? Hast du meinen Ruf nicht gehört?“

Lelly senkte die Wimpern. Wenn Miss Smith sie mit ihrem vollen Namen ansprach, gab es Ärger. Das wusste sie.

Hätte Billy T. nicht an ihrem Haar gezerrt und ihr einen Schrei entlockt, wäre der Kindergärtnerin vielleicht nicht aufgefallen, was das kleine Mädchen in der Hand hielt. Aber sie sah es und runzelte argwöhnisch die Stirn. „Wo hast du die Rose her, Lelly? Ohne Erlaubnis darfst du keine Blumen pflücken.“

„Die habe ich nicht gepflückt“, verteidigte sich Lelly. „Er hat sie mir geschenkt.“ Als sie zu den Bäumen zeigte, begann ihr Kinn zu zittern.

Er? Verwundert fuhr Marie herum. Die Augen zusammengekniffen, starrte sie zu der Stelle hinüber, auf die der kleine Finger wies. Dort war niemand.

Ihr Blick kehrte zu der Rose in Lelly Deans Hand zurück, und ein schreckliches Wort ging ihr durch den Sinn – *Kinderschänder* … Blitzartig schien irgendetwas in ihrem Gehirn zu klicken, und ihre Gedanken rasten von Kinderschändern zu Serienmördern. Heiliger Himmel! Eine Rose! Das Kennzeichen des Rosenkavaliers!

Atemlos wandte sie sich zu den Kindern. „Stellt euch paarweise hintereinander, haltet euch an den Händen und rührt euch nicht von der Stelle! Gleich bin ich wieder da!“

Sie bat ihre Mitarbeiterin, auf die Gruppe aufzupassen.

Dann rannte sie zur Telefonzelle am Eingang des Parks. Für alle Eltern ein Albtraum, dachte sie. Und für jemanden, der Kinder *vieler* Eltern betreut, fast noch schlimmer …

Wenige Minuten nach Marie Smiths Anruf wimmelte der Park von Polizisten, und Lelly Dean war noch viel wichtiger, als sie sich's wünschte.

Doch die Suche nach dem Mann, der den ganzen Aufruhr verursacht hatte, verlief erfolglos. Außer der Rose in Lellys kleiner Faust wies nichts auf seine Anwesenheit hin.

Am selben Nachmittag fuhr Dr. Harry Wallis durch das Gartentor des Reed House, außerhalb vom Oklahoma City. Während er der gewundenen Straße zum Parkplatz für die Angestellten folgte, verzog er das Gesicht. Immer wieder hatte er sich eingeredet, es sei großartig, hierher zurückzukehren. Aber jetzt begann er daran zu zweifeln.

Über zwei Monate lang hatte er das Reed House nicht gesehen und fast vergessen, wie schön es war – und wie sehr sich das Leben der Insassen vom normalen Alltag unterschied.

Keiner der Patienten im Reed House stammte aus ärmlichen Verhältnissen. Ganz im Gegenteil. Unter diesem Dach brachte die reiche Oberschicht ihre familiären „Peinlichkeiten" unter. Dieses Heim bewohnten weder alte Leute noch Menschen, deren Körper und Seelen nach Heilung strebten. Hier wurden nur Geistesgestörte aufgenommen. Harry hielt es für ein Privileg, sie zu behandeln.

Bei den seltenen Gelegenheiten, wenn einer seiner Patienten die Initiative ergriff und etwas unternahm, ohne dazu aufgefordert zu werden, genoss er seinen Triumph in vollen Zügen. Aber der Job zehrte an seinen Kräften und gefährdete manchmal seinen eigenen klaren Verstand.

Seit über zehn Jahren hatte er sich zum ersten Mal einen Urlaub gegönnt, und der war angesichts seines Gesundheitszustands vor zwei Monaten überfällig gewesen. Nun kehrte er ausgeruht und erholt von einer Kreuzfahrt zurück. Er stellte sein Auto auf dem Parkplatz ab und stieg aus. Energisch sagte er sich, die Arbeit würde ihm Freude bereiten. Und er versuchte zu vergessen, dass er am Vortag noch in der Karibik gewesen war.

„Guten Tag, Dr. Wallis." Ein Gärtner stand hinter einer Hecke, die er gerade stutzte, und winkte ihm zu.

„Ah, guten Morgen, Alfred, lange nicht gesehen."

„Ich hoffe, Sie hatten einen schönen Urlaub. Wie braun Sie geworden sind, Doc!" meinte Alfred grinsend.

„Fast so braun wie Sie!" rief Harry auf dem Weg zum Haus, und beide Männer lachten schallend.

Alfreds Haut war schokoladenbraun, was er seinen afrikanischen Ahnen verdankte. Aber Harry erlitt das Schicksal hellhäutiger Menschen mit kupferfarbenem Haar, deren Gesichter sich bestenfalls röteten.

Als er das Gebäude betrat, wehte ihm ein Geruch entgegen, den er nie zuvor wahrgenommen hatte. Trotz der perfekten Innenausstattung roch es ganz leicht nach Verfall, so wie in schönen alten Herrschaftshäusern. Er seufzte. Ganz egal, wie exquisit das Reed House eingerichtet war – das Leid sinnlosen Lebens, das an den Wänden hing, würde sich niemals übertünchen lassen.

Harry folgte einem langen Korridor und bog um eine Ecke. Zwei Türen weiter, zur Rechten, lag sein Büro. Wenn er Glück hatte, würde er die Verwalterin erst nach einer Tasse Kaffee begrüßen müssen. Nur noch ein paar Schritte, und …

„Oh, guten Morgen, Dr. Wallis! Wie ich sehe, geruhen Sie endlich wieder zu erscheinen. Wir haben uns schon ein wenig gewundert."

Verdammt. Mit einem gezwungenen Lächeln drehte er sich um. „Guten Morgen, Althea. Hoffentlich ist es Ihnen während meiner Abwesenheit gut gegangen."

Darauf gab sie keine Antwort. Stattdessen legte sie den Kopf schief und musterte ihn kritisch. „Sie haben einen Sonnenbrand", bemerkte sie kurz angebunden. „Personalbesprechung in einer halben Stunde. Bis dann."

Sein Lächeln nahm ironische Züge an. Aber er machte sich nicht die Mühe, auf ihren ätzenden Kommentar zu reagieren. Aber als er sein Büro betrat, schlug er die Tür laut genug hinter sich zu, um zu bekunden, was er von der Heimleiterin hielt. Dann spähte er in den Wandspiegel und runzelte die Stirn. *Kein* Sonnenbrand – wenigstens jetzt nicht mehr. Zum Teufel mit Althea Good und ihrer Arroganz …

Eine Stunde später neigte er sich über einen Stapel Papiere und unterdrückte ein Gähnen. Erst als Althea Good das Thema wechselte und die Liste der kürzlich entlassenen Patienten erörterte, hörte er zu. Er blätterte in seinen Unterlagen, dann fand er die betreffende Seite. Noch nie war jemand aus dem Reed House entlassen worden.

Gewiss, es gab Ausnahmen. Aber in diesen Fällen wurden die Patienten nicht „entlassen“, sondern in anderen, ähnlichen Anstalten einquartiert – zum Beispiel, wenn ihre Familien aus Oklahoma City wegzogen. Normalerweise verließen die Insassen das Reed House nur, wenn sie starben – was mit ihrem problematischen Zustand zusammenhing.

Geistesabwesend überflog Harry die Liste. Als sein Blick an einem Namen hängen blieb, sprang er auf und beugte sich über den Konferenztisch – unfähig, seinen Augen zu trauen. Die anderen Mitarbeiter blinzelten verwundert.

„Was soll das heißen, Althea?“ fragte er und zeigte auf das untere Ende der Liste.

Als sie den Namen las, den seine Fingerspitze berührte, zuckte sie unbehaglich die Achseln. „Was meinen Sie?“

„Sie haben einen meiner Patienten ohne meine Zustimmung entlassen.“

„Nun, Sie waren lange verreist ... Da kann dies oder jenes passieren.“

„Zum Beispiel?“

Natürlich hatte sie eine Antwort parat wie schon so oft in solchen Situationen. „Die Eltern dieses Mannes kamen bei einem tragischen Autounfall ums Leben. Wahrscheinlich hatten irgendwelche Familienmitglieder ihre Gründe, um ihn woanders einzuliefern.“

Harry fühlte sich elend. „Haben Sie seine Akte gelesen – und diese Leute auf seine besonderen Schwierigkeiten hingewiesen?“

„Jetzt sind *sie* für ihn verantwortlich, nicht wir“, entgegnete sie und ergriff ihren Kugelschreiber, weil sie zum nächsten Punkt der Tagesordnung übergehen wollte.

Aber mit ihrer Erklärung gab sich Harry Wallis nicht zufrieden. „Wissen Sie wozu, dieser Mann fähig ist?“

Schweigend hob sie die Schultern, und Harry stöhnte. Dann eilte er zur Tür.

„Wohin gehen Sie?“ rief sie. „Diese Besprechung ist noch nicht beendet.“

„Für mich schon. Ich muss herausfinden, was mit ihm geschehen ist.“ An der Tür drehte er sich um, ohne seine Verachtung zu verbergen, fügte er hinzu: „Wie ich annehme, haben Sie sich nicht erkundigt, ob er angemessen behandelt und betreut wird.“

In ihren grünen Augen erschien ein kalter Glanz. Aber das Blut, das ihre Wangen färbte, verriet ihre Gefühle. Sie war so wütend, wie es eine Frau nur werden konnte, ohne zu schreien. „Glauben Sie etwa, Sie wären der einzige kompetente Arzt auf Erden? Sie führen sich auf, als wäre der Mann ein unberechenbares Tier. Wo immer er auch sein mag – er befindet sich ganz sicher in guten Händen.“

Jetzt war Harry Wallis’ Gesicht fast so rot wie sein Haar. In seiner Stimme schwang kaum verhohlener Zorn mit. „Ohne die Medikamente, die er seit über zwanzig Jahren einnimmt, *ist* er ein Tier. Und wenn er irgendwas Schlimmes angerichtet hat, sind *Sie* dafür verantwortlich."

Jetzt geriet Althea Good in Panik. Diesem Unsinn musste sie ein Ende bereiten, bevor sie die Kontrolle über die Situation verlieren würde. „Moment mal, Harry – kommen Sie zurück und setzen Sie sich. Ich werde ein paar Leute anrufen. Dann gebe ich Ihnen Bescheid."

Harry schüttelte den Kopf. „Wenn hier jemand telefoniert, dann bin's *ich*", entgegnete er und öffnete die Tür.

„Wohin gehen Sie?"

„Zum Wohnsitz der Donners. Dort möchte ich mein Beileid bezeugen. Was auch mit ihrem Sohn geschehen ist – die beiden waren großartige Menschen, und es tut mir sehr Leid, dass sie gestorben sind."

Mühsam schluckte Althea und erblasste. Das ging eindeutig zu weit. „Seien Sie doch vernünftig, Harry! Diesen Weg sollten Sie sich sparen. Die Donners sind tot und ..."

Aber er hörte nicht mehr zu. Noch mehr Zeit wollte er nicht verschwenden. Bevor er sich vergewissert hatte, dass sein Patient die bestmögliche Pflege erhielt, würde er keine Ruhe finden. Im Haus der Donners würde er sicher jemanden antreffen, der seine Fragen beantworten konnte.

Die Adresse und sein Handy in der Tasche – falls er sich verfahren sollte – , stieg er hastig in sein Auto und gab Gas. Eine Stunde später erreichte er sein Ziel.

Als Harry Wallis das Tor des großen Anwesens passierte, genügte ihm ein kurzer Blick, um das enorme Vermögen der

Donners einzuschätzen. Warum sollten sie verfügt haben, ihr Sohn müsste in eine andere Anstalt gebracht werden? Reed House war das einzige Heim, das er kannte. Zweifellos war es ihr Wunsch gewesen, er möge nach ihrem Tod dort bleiben, wo er optimal betreut wurde. Das alles ergab keinen Sinn.

Soeben hatte Matty den Salat geschnitten, und nun bereitete sie das Dressing zu. Der Braten wurde im Backofen warm gehalten. Wann immer Gabriel und Laura Hunger verspürten, konnte die Haushälterin das Kartoffelgratin und die bereits gekochten jungen grünen Bohnen aufwärmen. Hoffentlich dauerte es nicht mehr allzu lange, und dann würde sie nach Hause gehen – keine Minute zu früh.

Um festzustellen, ob sie immer noch allein war, schaute sie über ihre Schulter. Seit dem Tod der Donners geschahen seltsame Dinge in diesem Haus – völlig unsinnige Dinge. Zum Beispiel wurden kleine Gegenstände von einem Raum zum anderen befördert.

In der Luft hing immer noch der Duft von Angela Donners Parfum, der längst verflogen sein müsste. Und weil neuerdings auch noch eine Hellseherin unter diesem Dach wohnte, war Matty sehr unglücklich.

Als die Türglocke läutete, zuckte sie verstört zusammen. Dann bekreuzigte sie sich und eilte in die Eingangshalle. Zu viel ereignete sich in diesem Haus – zu vieles, was sie nicht verstand.

In Gedanken immer noch mit ihren wachsenden Problemen befasst, riss sie die Tür auf und starrte den Fremden, der vor ihr stand, unfreundlich an. „Ja?"

Harry räusperte sich. Je eher er seine Fragen stellte, desto schneller würde er die ersehnte Klarheit erlangen. „Guten Abend. Ich bin Dr. Harry Wallis, der Chefarzt vom Reed House. Dürfte ich mit jemandem reden, der …"

Zu seiner Bestürzung erbleichte die Frau und begann zu weinen. Verblüfft über ihr Verhalten, trat er instinktiv einen Schritt zurück und hoffte, die etwas größere Entfernung würde sie besänftigen.

„Bitte, ich möchte Sie nicht beunruhigen und mich nur erkundigen …"

Plötzlich schwang die Tür noch weiter nach innen. Harry und Matty waren nicht mehr allein. Entgeistert musterte der Doktor den Mann, der neben der Haushälterin auf der Schwelle erschien.

Über eins neunzig groß, mit olivenfarbener Haut und schwarzem Haar, durchdringenden grünen Augen und schmalem Gesicht sah er beängstigend vertraut aus.

Irgendwie hatte Harry das unangenehme Gefühl, der Bursche würde jeden, der sich näher an ihn heranwagte, ohne Zögern niederzuschlagen.

In Gabriels Blick glitzerte ein eisiges, warnendes Licht. „Was geht hier vor?"

„Mein Gott, das – das wusste ich nicht", stammelte Harry.

„Kennen wir uns?"

„Verzeihen Sie", bat der Besucher und streckte seine Hand

aus, die nicht ergriffen wurde. „Dr. Harry Wallis, Chefarzt im Reed House."

Damit konnte Gabriel nichts anfangen. Schweigend wartete er auf weitere Erklärungen.

Matty schaute nervös von einem Mann zum anderen, dann ergriff sie die Flucht.

Seufzend hob Harry die Schultern. „Keine Ahnung, was ich gesagt habe, um sie dermaßen aufzuregen. Jedenfalls bedauere ich's zutiefst."

Statt zu antworten, nickte Gabriel nur. Ob er dem Doktor vergeben würde, wollte er sich erst später überlegen.

„Ich habe erfahren, dass Ihre Eltern gestorben sind, Mr. Donner. Nun bin ich hier, um mein Beileid auszudrücken und mich nach dem Befinden Ihres Bruders zu erkundigen."

„Was?" rief Gabriel konsterniert. „Allem Anschein nach verwechseln Sie mich mit jemandem. Ich habe keinen Bruder."

Plötzlich fühlte sich Harry wie ein Schiffbrüchiger, den man ohne Ruder in ein Rettungsboot geworfen hatte. „Ich meine – Garrett. Eine Zeit lang war ich sein Arzt. Sicher haben Ihre Eltern mich erwähnt?"

Gabriel schüttelte den Kopf. Als er Schritte in der Halle hörte, drehte er sich um und entdeckte Laura.

„Oh, tut mir Leid", entschuldigte sie sich, „ich wusste nicht, dass du Besuch hast. Bis später ..."

„Nein, bleib hier", unterbrach er sie, reichte ihr seine Hand, und sie schlang ihre Finger in seine. Als er sie an sich zog, lächelte sie.

„Dr. Harry Wallis, Chefarzt im Reed House", stellte sich Harry erneut vor, immer noch verwundert, weil sein Name in diesem Haus völlig unbekannt war.

„Guten Abend, Doktor, ich bin Laura Dane."

Müde runzelte Gabriel die Stirn. Ich kenne diesen Doktor nicht, dachte er. Das Letzte, was ich jetzt gebrauchen kann, ist eine Diskussion mit einem Fremden. Aber der Mann würde offensichtlich nicht gehen, bevor er seine überflüssige Mission erfüllt hatte. „So sehr ich Ihre Anteilnahme zu schätzen weiß, Dr. Wallis – ich fürchte wirklich, Sie verwechseln meine Familie mit einer anderen."

„Nein, gewiss nicht." Harry wurde immer wieder mit Familien konfrontiert, die ihre geisteskranken Verwandten am liebsten ignoriert hätten. Doch er war noch keiner begegnet, die es abstritt, den Arzt des Patienten zu kennen. In entschiedenem Ton fuhr er fort: „Machen Sie mir nichts vor! Sie vergessen, dass ich für das Wohl Ihres Bruders verantwortlich bin. Auch aus diesem Grund bin ich hier. Wie gesagt, ich bedauere Ihren schweren Verlust, und ich hatte großen Respekt vor Ihren Eltern. Trotzdem gilt mein vorrangiges Interesse den Lebenden. Und Ihr Bruder bedeutet mir sehr viel, so wie alle meine Patienten."

Unbewegt stand Laura neben Gabriel, im Schutz des starken Arms, der ihre Schultern umschloss.

Sobald der Doktor das Wort „Bruder" ausgesprochen hatte, war in ihrer Phantasie wieder das Bild des Engels mit den zwei Gesichtern aufgetaucht. Endlich ergaben die rätselhaften

Ereignisse einen Sinn. „Mein Gott, Gabriel – natürlich, du bist *zwei Mal* auf dieser Welt!“

Gabriel starrte sie an, als hätte sie den Verstand verloren.

Am liebsten wäre sie dem Arzt um den Hals gefallen. Noch nie in ihrem Leben hatte sie eine bessere Neuigkeit gehört. „Die beiden sind nicht nur Brüder, nicht wahr, Dr. Wallis? Sondern eineiige Zwillinge ... Deshalb sah ich immer wieder Gabriels Gesicht.“ Zu dem geliebten Mann gewandt, fragte sie verwirrt: „Warum wusstest du nichts davon?“

Über Gabriels Rücken rieselte ein frostiger Schauer, und irgendwo aus dem Hintergrund seines Bewusstseins begann sich etwas Dunkles, Hässliches vorzudrängen. „Nein ...“, flüsterte er. Hastig ließ er Laura los, kehrte ihr den Rücken, ebenso dem sichtlich erstaunten Doktor, und ging er in die Halle. Keiner der beiden durfte ihm anmerken, was er empfand – eine beklemmende Furcht, die ihn zu überwältigen drohte. Zu seinem Leidwesen folgten sie ihm.

Während Harry Wallis nach Erklärungen suchte, überschlugen sich seine Gedanken. Hatte der Mann tatsächlich nie zuvor von seinem Bruder gehört? Unglaublich ... Und wenn niemand in diesem Haus irgendetwas über Garrett wusste – was war mit ihm geschehen?

Althea hatte behauptet, er sei von seiner Familie in ein anderes Heim gebracht worden. Wie konnte seine Verwandtschaft so etwas tun, ohne ihn zu kennen?

„Hören Sie, Mr. Donner“, begann Harry, „ich kam hierher, weil ich mich um Garretts Wohl sorge. Man hat mir mitgeteilt, er sei von seinen Verwandten woanders einquartiert worden. Stimmt das?"

Verzweifelt bekämpfte Gabriel seine Panik. Ein Bruder? Ein eineiiger Zwilling? Und er erinnerte sich nicht an ihn? „Ich habe nicht die leiseste Ahnung", gestand er. Nur widerstrebend drehte er sich um.

Jetzt mischte sich Laura ein. „Gabriel wurde erst vor kurzem aus dem Krankenhaus entlassen. Bei dem Autounfall, der seine Eltern das Leben kostete, erlitt er schwere Kopfverletzungen."

„Oh, das tut mir schrecklich Leid", beteuerte Harry erschüttert. „Und da platze ich hier herein, um Ihnen das alles aufzubürden ... Trotzdem müssen Sie meine Situation verstehen. Ich *muss* wissen, ob es Garrett gut geht. Davon könnten Menschenleben abhängen."

Schmerzhaft krampfte sich Gabriels Herz zusammen. Menschenleben ... Allmächtiger ... „Wieso?" fragte er vorsichtig. „Ist er gefährlich?"

Harry nickte seufzend. „Unter gewissen Umständen." Wäre es bloß nicht so schwierig gewesen zu erklären, was in einem kranken Gehirn vorging ...

Voller Entsetzen dachte Gabriel an die Gewalttaten, die er beobachtet hatte, an die Menschen, die gestorben waren. Bis in die Tiefen seiner Seele drang das Gefühl eines unabwendbaren Verhängnisses hinab. „Wie auch immer – ich habe nichts veranlasst, was ihn betrifft."

„Aber ..." Schaudernd verstummte der Doktor.

Gabriel trat einen Schritt näher zu ihm, von der zaghaften Hoffnung erfüllt, irgendetwas zu hören, was alles in Ordnung bringen würde. „Wenn er in Ihrer Obhut war, warum wissen Sie nicht, wo er ist?"

„Weil ich erst heute aus dem Urlaub zurückkam", erwiderte Harry mit gepresster Stimme. „Die Verwalterin des Reed House erklärte mir, Garrett würde auf *Ihren* Wunsch in einem anderen Heim leben."

„Wie konnte ich ihn irgendwo hinbringen – wo ich ihn doch gar nicht kenne?" stieß Gabriel hervor.

„Das weiß ich nicht", gab Harry zu, einer Panik nahe.

„Also – mal sehen, ob ich alles richtig verstehe … Ich habe einen Bruder, der nicht richtig im Kopf ist. Und *Sie* haben ihn aus den Augen verloren. Entspricht das den Tatsachen?"

„Wie gesagt – ich war bis heute verreist."

„Wann wurde er entlassen?"

Harry zögerte. Aber eine Lüge wäre sinnlos gewesen. „Vor über einem Monat."

Gequält schloss Gabriel die Augen. Um diese Zeit hatte er zum ersten Mal die Stimme gehört.

O Gott …

Sein Bruder hatte ihn flehend um Hilfe gebeten. Und er, Gabriel, war so grausam gewesen, ihn aus seinem Geist zu verbannen.

Langsam stieg kalter Zorn in ihm auf, gegen den Allmächtigen, der so etwas geschehen ließ – gegen seine Eltern, weil sie ihm die Wahrheit verheimlicht hatten.

„Sicher gab es gute Gründe, warum sie dir nichts davon erzählen wollten“, bemerkte Laura, und Gabriel stöhnte.

Welch ein beunruhigendes Gefühl, dass die geliebte Frau seine Gedanken las ... Er ballte die Hände. Jetzt bedurfte es nur mehr eines geringen Anstoßes, und er würde explodieren.

Und dann berührte Laura seine Wange. „Schau mich an!“

Er gehorchte, und Sekunden später beherrschte ihn nur mehr ein einziges Gefühl – überwältigende Trauer. „Verirrt ... Immer wieder sagte er mir, er habe sich verirrt. Um Himmels willen – er versuchte einfach nur, nach Hause zu kommen.“

Bevor Laura oder Harry auf diese Erkenntnis reagieren konnten, hörten sie ein Schluchzen im Hintergrund der Halle. Alle drei wandten sich verblüfft zu der Haushälterin.

Erleichtert atmete Gabriel auf. Matty würde Bescheid wissen und ihnen helfen, alles zu verstehen.

„Matty?“ rief er und eilte zu ihr.

Schmerzlich verzerrte sich ihr Gesicht. Aber sie wich seinem Blick nicht aus. Und obwohl sie schwieg, sah er einer Tatsache ins Auge, an die er nicht glauben wollte.

„Um Himmels willen, Matty, sprich mit mir!“

„So schön wart ihr beide. Winzige *niños* mit dichtem schwarzen Haar und so gesundem Appetit. Und ihr seid sehr schnell gewachsen.“ An ihren Wimpern hingen neue Tränen. Doch sie sprach weiter, redete sich ein Geheimnis von der Seele, das sie fast sechsundzwanzig Jahre gehütet hatte. „Autismus – so lautete die erste Diagnose. Dann stellten die Ärzte eine andere – danach eine dritte – und schließlich fand niemand mehr einen Namen für Garrys Zustand. Sie sagten nur, daran würde sich nichts ändern."

„Warum erinnere ich mich nicht an ihn?" fragte Gabriel schweren Herzens.

„Als ihr fünf Jahre alt wart, wolltet ihr in den Garten gehen und Baseball spielen. Du bist die Treppe hinuntergefallen und hast dir den Arm gebrochen. Vor lauter Schmerzen fingst du zu schreien an, und da drehte Garrett völlig durch. Er schwang seinen Baseballschläger hoch und schlug auf dich ein, immer wieder. Beinah wärst du gestorben. Da wussten deine Eltern, dass sie sich etwas vorgemacht hatten. Garrett war schon vorher gewalttätig gewesen. Aber noch nie in diesem Ausmaß. Deine Mutter rang deinem Vater ein Versprechen ab – wenn du am Leben bleiben würdest, würde er Garrett in eine Anstalt bringen, wo er nie wieder jemanden verletzen könnte. Endlich kamst du zu dir … Kein einziges Mal hast du nach deinem Bruder gefragt – und nicht einmal seinen Namen ausgesprochen."

Gabriel trat an ein Fenster, starrte in die Abenddämmerung hinaus und versuchte sich vorzustellen, was der kleine Junge empfunden haben mochte. Ohnehin schon geistesgestört, für immer aus seinem Heim verbannt …

„Daran bist du nicht schuld", betonte Laura.

Inzwischen staunte er nicht mehr über ihre Fähigkeit, seine Gedanken zu lesen. Er drehte sich um und breitete die Arme aus.

Während sie der stummen Bitte folgte, wünschte sie inständig, sie könnte ihm seinen Seelenfrieden schenken. Aber mit diesen Enthüllungen musste er allein fertig werden. Dabei vermochte sie ihm nicht zu helfen.

„Glaub mir, Gabriel, er hasste dich nicht. Es war dein Geschrei, dass ihn zum Wahnsinn trieb, nicht seine mangelnde Liebe. Offenbar besitzt er ein ungewöhnlich scharfes Gehör. Jede Art von Lärm bereitet ihm heftige Schmerzen. Nur deshalb dreht er durch – nicht vor Zorn."

Überrascht mischte sich Harry ein. „Wie Sie das herausgefunden haben, weiß ich nicht, Miss Dane. Jedenfalls trifft es zu. Deshalb war ich so besorgt, als ich erfuhr, Garrett sei aus dem Reed House entlassen worden."

„Und seither irrt er durch die Stadt", ergänzte Gabriel in wachsender Verzweiflung."

„Dann müssen wir ihn finden", drängte Harry, „bevor er irgendeinen Schaden anrichtet ..."

„Zu spät", flüsterte Gabriel. „Haben Sie keine Zeitungen gelesen?"

Um Harrys Kehle schienen sich eisige Finger zu schließen. „Ich war verreist. Zwei Monate lang ..."

„Da drüben ..." Gabriel zeigte durch die offene Tür der Bibliothek auf ein Fenster, das zum Rosengarten hinausging. Trotz des Dämmerlichts waren die blühenden Büsche deutlich zu sehen. „Meine – unsere – Mutter liebte Rosen. Bevor sie die Sträuße in Vasen stellte, entfernte sie alle Dornen von den Stielen."

Harry hielt den Atem an, und Gabriel schaute im eindringlich ins Gesicht.

„Während der letzten zwei Wochen wurden fünf Menschen in Oklahoma City ermordet. Wie die polizeilichen Ermittlungen ergaben, wurde ihr Genick gebrochen, mit einem einzigen Faustschlag."

In Harrys Hals stieg bittere Galle auf. Er wollte davonlaufen, wollte sich verstecken. Doch seine Beine versagten ihm den Dienst.

„Der Killer – von der Presse Rosenkavalier genannt – pflegt bei jedem Opfer eine bemerkenswerte Visitenkarte zu hinterlassen."

Gepeinigt schloss Harry die Augen und versuchte, sich die Farben eines karibischen Sonnenuntergangs vorzustellen. Vergeblich ... Nichts konnte ihn vor dem Grauen retten, das Gabriel Dinner heraufbeschwor.

„Zu jedem Opfer legt er eine Rose. Und was verdammt merkwürdig ist – an den Stielen fehlen die Dornen. Das verschweigt die Polizei der Öffentlichkeit. Trotzdem weiß ich es. Um die Mordkommission darüber zu informieren, ging ich mit Laura aufs Präsidium. Dabei geriet ich in Verdacht. Die Beamten verhörten uns stundenlang."

„O Gott ..." Harrys Gesicht war aschfahl geworden. „Allmächtiger, barmherziger Gott – steh uns bei!"

11. KAPITEL

Sobald Harry Wallis wieder klar denken konnte, ohne seine Übelkeit bekämpfen zu müssen, taumelte er zum nächstbesten Sessel und sank hinein. Gabriel saß auf der Treppe, das Gesicht in den Händen verborgen. Und Laura, die neben ihm Platz genommen hatte, wusste nicht, wie sie ihn trösten sollte. In diesem Moment gab es auch nichts, was der Arzt sagen konnte, um ihnen zu helfen.

Leise schluchzend saß die Haushälterin in einem der Sessel. Während Harry das Trio betrachtete, krampfte sich sein Magen erneut zusammen. Sie standen Höllenqualen aus – hauptsächlich durch die Schuld seiner Kollegen. Was bereits geschehen war, vermochte er nicht zu ändern. Aber er wusste, wie sich weitere Tragödien verhindern ließen. „Mr. Donner, ich werde die Polizei verständigen. Bevor noch mehr Menschen sterben, muss Garrett gefunden werden. Deshalb benötigen die Beamten sein Foto. Leider bin ich mir nicht sicher, ob es in unseren Akten eine Aufnahme neueren Datums gibt."

Gabriel hob den Kopf, und sein Gesicht drückte immer noch ungläubiges Entsetzen aus. „Nach jenem Verhör wurde ich fotografiert … Könnten die Ermittler ein Bild von mir verwenden?"

Nachdenklich musterte ihn der Doktor. In den letzten fünfzehn Jahren hatte er Garrett Donner fast täglich gesehen, und er wäre unfähig, die Zwillinge zu unterscheiden. „Ja, das wäre durchaus möglich."

Obwohl er beschlossen hatte, die Polizei zu informieren, zauderte er. Vorerst brachte er es einfach nicht über sich, das Telefon zu benutzen, das er auf einem Tischchen in der Halle entdeckt hatte. Gabriel Donners Schmerz war fast spürbar.

Konzentriert beobachtete ihn der Arzt, ohne genau zu erkennen, warum. Es dauerte eine Weile, bis er merkte, was er erwartete – dass Gabriel sich wie Garrett verhalten würde. Entschlossen verbannte er diesen Gedanken. Nur weil sich zwei Menschen wie ein Ei dem anderen glichen, mussten sie nicht die gleichen Reaktionen zeigen. In Zukunft würde er sich stets darauf besinnen, *welcher* Zwilling an einer Geisteskrankheit litt.

Am liebsten hätte sich Gabriel in seinem Bett verkrochen, um nie mehr aufzustehen. Nur Lauras Nähe rettete ihn vor einem Verlust seines klaren Verstandes. Aber so dringend er sie auch brauchte – er konnte sie nicht ansehen. Jetzt noch nicht. Was mochte sie denken? Wenn sie an Bord des nächsten Flugzeugs ging und keinen einzigen Blick zurückwarf, würde er ihr das nicht verübeln.

Ebenso unmöglich erschien es ihm, in Mattys Richtung zu schauen. In gewisser Weise fühlte er sich nicht nur von seinen Eltern, sondern auch von ihr betrogen. Im Augenblick wollte er mit niemandem reden. Nur ein einziger Wunsch beherrschte ihn. Ich muss den Mann finden, dachte er, nein – meinen *Bruder* finden, verbesserte er sich, bevor noch jemand stirbt …

Abrupt stand er von den Stufen auf und ging zu einem Fenster an der Vorderfront des Hauses. Am nächsten Morgen würde er den Service anrufen, der regelmäßig den Rasen mähte … Er starrte zum Himmel hinauf. Immer dichteres Dunkel senkte sich herab. Hinter seinem Rücken hörte er die anderen sprechen, Pläne schmieden, überlegen, was der verschwundene Mann tun würde. An solchen Spekulationen wollte sich Gabriel nicht beteiligen.

Heftige Schuldgefühle plagten ihn.

Ein Bruder.

Er hatte seinen Bruder vergessen, die Erinnerung weggeworfen wie ein unwillkommenes Spielzeug. Während er aus dem Fenster starrte, begann er seine Umgebung so zu sehen, wie sie wirklich war.

Er drehte sich um, inspizierte die grandiose Treppe, das verschwenderische Dekor. Langsam wanderte sein Blick zu den Gemälden an den Wänden – eine Leidenschaft, die sein Vater und seine Mutter geteilt hatten. Zum ersten Mal in seinem Leben wurde ihm bewusst, dass er den Luxus, den Komfort dieses Heims und all seine Privilegien stets für selbstverständlich genommen hatte.

Und Garrett?

„Dr. Wallis?“

Erleichtert, weil Gabriel sein Schweigen endlich brach, hob der Doktor den Kopf. „Ja?“

„Ist das Reed House schön?“

Harry seufzte. Nun zu gut verstand er, was Gabriel Donner nicht direkt sagen wollte. „Sehr schön“, erwiderte er leise. „Garry bewohnte ein eigenes Zimmer, dass Ihre Eltern eigens für ihn eingerichtet hatten. Mindestens zwei Mal pro Monat besuchten sie ihn, meistens viel öfter."

Bei diesen Worten erlitt Gabriel einen neuen Schock. Unfähig, seine Bestürzung zu verbergen, starrte er den Arzt an. In diesem Haus war die Existenz seines Bruders nicht das einzige wohlgehütete Geheimnis gewesen. Offensichtlich hatte Gabriel seine Mutter und seinen Vater gar nicht richtig gekannt.

Umso besser kannte Matty *ihn.* Was in ihm vorging, konnte sie sich vorstellen. Obwohl sie sich nur ungern einmischte, wusste sie, dass es außer ihr keinen Menschen gab, der ihm zu helfen vermochte. Nervös rutschte sie in ihrem Sessel umher. Dann räusperte sie sich. Alle schauten sie an. Aber ihre Aufmerksamkeit galt ausschließlich Gabriel. „Einmal hörte ich sie darüber reden, ob sie dich einweihen sollten."

„Warum haben sie's nicht getan?"

Bedrückt zuckte Matty die Achseln. „Keine Ahnung ... Dein Vater wollte es, deine Mutter nicht. Jedenfalls liebten sie Garry genauso innig wie dich. Mehr weiß ich nicht."

Er runzelte die Stirn. War er vielleicht nicht der Einzige, dem der viel zu frühe Tod der Eltern so schmerzlichen Kummer bereitete? Tief betrübt dachte er an den Bruder, den er nicht kannte. Wie verwirrt und verängstigt musste Garrett gewesen sein, als der Vater und die Mutter ihn nicht mehr besucht hatten ... Und was auch immer die Leute im Reed House zu vertuschen suchten, dort musste ihm etwas Schreckliches zugestoßen sein. Das spürte Gabriel.

In seiner Phantasie tauchte das Bild eines Kindes auf, im

Körper eines erwachsenen Mannes gefangen. Und dieses Kind irrte jetzt irgendwo da draußen umher, versuchte sich auf fremden Straßen zurechtzufinden. *Warum* war Garrett verschwunden?

Das alles ertrug Gabriel nicht. Plötzlich brachen die Gefühle aus ihm heraus. „Was für ein Quatsch! Wenn Mom und Dad ihn so sehr liebten, warum haben sie keine Vorkehrungen für ihn getroffen? Ich wusste nichts von meinem Bruder. Aber unser Anwalt hätte informiert sein müssen. Zu diesen Tragödien hätte es nicht kommen dürfen."

Ohne ein weiteres Wort eilte er davon.

Harry schaute auf seine Uhr. „Inzwischen ist es spät geworden. Ich sollte die Polizei anrufen." Dann dachte er an die heiklen Aspekte dieses besonderen Falls und besann sich anders. „Nein, es ist wohl besser, wenn ich aufs Präsidium gehe. Es wäre zu schwierig, die komplizierten Zusammenhänge am Telefon zu erklären."

Aus einem ersten Impuls heraus wollte Laura dem geliebten Mann folgen. Aber sie fand es noch wichtiger, dass Dr. Wallis' Informationen möglichst schnell die richtige Stelle erreichten. „Warten Sie!" bat sie und berührte den Arm des Arztes. „Bevor Sie zur Polizei fahren, möchte ich Ihnen den Namen des Beamten notieren, der den Fall untersucht."

Während Gabriel auf der Terrasse stand und den Rosengarten betrachtete, hörte er das Geräusch eines Motors, der gestartet wurde. Er machte sich nicht die Mühe, hinüberzuschauen.

Wahrscheinlich fuhr der Doktor davon. Er schloss die Augen, atmete ganz tief ein und langsam wieder aus. Als er die Lider hob, sah er Laura an seiner Seite. Sie schwieg.

Vergeblich bemühte er sich um ein Lächeln. Das Leid in seinem Herzen war zu groß. „O Gott, Baby, wie furchtbar das alles ist …“

Den Kopf an seinen Arm gelegt, strich sie besänftigend über seinen Rücken. Er erschauerte, und die Anspannung in seinem Körper ließ allmählich nach.

„Ist Matty schon gegangen?“

Laura nickte und spürte, dass er etwas sagen wollte. Aber er zögerte.

„Sprich doch aus, was dich quält. Ich möchte dir so gerne helfen“, flüsterte sie.

„Mein ganzes Leben war eine einzige große Lüge. Ausgerechnet die Menschen, die ich am innigsten liebte, in die ich mein ganzes Vertrauen setzte, haben mich hintergangen. Warum? Ich bin kein kleiner Junge. Wieso dachten sie, ich würde die Wahrheit nicht verkraften?“

Stöhnend nahm er Laura in die Arme und vergrub sein Gesicht in ihren weichen Locken.

„Vielleicht ging es nicht so sehr um dich, sondern um deine Eltern.“

Verblüfft hob er den Kopf. „Was meinst du?“

„Vorhin erzählte Matty, dein Vater habe beabsichtigt, dir die Wahrheit zu verraten, und deine Mutter sei dagegen gewesen. Versetz dich mal in ihre Lage. Seit ihre Söhne Babys waren, hat sie Garrett vermutlich mit Argusaugen beobachtet, um dich zu schützen."

Aus diesem Blickwinkel hatte er die Situation noch nicht betrachtet. Aufmerksam hörte er Laura zu.

„Wenn Garrett so leicht zu provozieren ist, wie es der Doc erklärt hat, dann war der Angriff mit dem Baseballschläger sicher nicht der erste Gewaltakt, unter dem du leiden musstest."

Gewiss, davon musste man ausgehen. Trotzdem ließ er sich nicht so leicht beruhigen. „Okay. Aber schau mich *jetzt* an. Ich bin über dreißig, ziemlich groß und habe die Schultern eines Footballspielers. Seit vier Jahren leite ich die Sicherheitsfirma ganz allein. Also bin ich kein Schwächling – und verdammt nochmal nicht hilflos."

Lächelnd schüttelte Laura den Kopf. „O Gabriel, du verstehst es noch immer nicht. Selbst wenn eine Mutter alt und gebrechlich ist – in ihren Augen werden ihre Kinder niemals erwachsen. Ich glaube, ihr Beschützerinstinkt bewog sie zu schweigen. Und wenn dein Vater seinem Sohn glich, liebte er sie viel zu sehr, um ihre Wünsche zu missachten." Auf seltsame Weise halfen ihm ihre Worte. Von seiner Seele schien eine Zentnerlast zu fallen, und er drückte sie noch fester an sich. Dann bedeckte er ihr Gesicht mit Küssen.

Die Lider gesenkt, genoss sie den Geschmack seiner Lippen. Für kurze Zeit waren sie der Welt entrückt, obwohl so viel auf dem Spiel stand. Gabriel führte Laura zu einer Chaiselongue, und sie setzten sich.

Ringsum verdunkelte sich die Nacht. Glühwürmchen gingen über dem Rasen zu tanzen an. Gabriel hielt Laura in den Arme. Einerseits liebte er es, ihre Nähe an seinem Herzen zu fühlen, andererseits drängte es ihn, Kraft aus ihrem warmen Körper und ihrem klaren Verstand zu schöpfen.

Ein Auto hupte. Irgendwo heulte eine Sirene, und in der Luft hing der Geruch eines Holzkohlenfeuers. Offenbar grillte jemand das Abendessen. In Gabriels Brust begann sich eine Leere auszubreiten, wuchs und vertiefte sich mit jedem Atemzug. Und zwischen zwei Herzschlägen wusste er plötzlich Bescheid – was er in diesem Moment empfand, gehörte jemand anderem.

Garrett.

Wie ein Blitzschlag aus heiterem Himmel traf ihn die Erkenntnis. *O Gott, und ich dachte, die Einsamkeit wäre mir vertraut … Bis jetzt hatte ich keine Ahnung …*

„Laura …"

„Ja?"

„Wie sollen wir ihn jemals finden? Die Stadt ist so groß – und er so verdammt allein."

Vor seiner Frage hatte sie's nicht gewusst. Aber sobald er die Worte aussprach, gaben ihr die übersinnlichen Fähigkeiten die richtige Antwort. „Ich glaube, wir müssen ihn gar nicht finden."

„Doch, natürlich", protestierte er überrascht.

„Nein, du missverstehst mich. Was ich meine – wir müssen ihn nicht suchen, denn er wird uns finden."

„Was heißt das?"

„Überleg doch, Liebster. Auf eine Art und Weise, die wir nicht versehen, ist er mit dir verbunden. Manchmal gleichen sich eure Gedanken. Du hörst seine Stimme. Und du siehst die Dinge mit seinen Augen."

„Ja. Und?"

Einen Arm um seine Taille geschlungen, lehnte sie sich an ihn. „Weißt du, was ich vermute? Er ist wie ein Zielsuchgerät an dich gekoppelt. Wenn er sich auch immer wieder verläuft – letzten Endes wird er den Heimweg mit deiner Hilfe auskundschaften."

Zum ersten Mal, seit Harry Wallis' vor der Tür gestanden hatte, schöpfte Gabriel neue Hoffnung. „Glaubst du das wirklich?"

„O ja."

Aber dann sank sein Mut. „Selbst wenn er hierher kommt – bedenk doch, welches Schicksal ihm droht. Man wird ihm nicht erlauben, ins Reed House zurückzukehren. Und er wird niemals verstehen, was ihn daran hindert."

Laura richtete sich auf. Beschwörend umfasste sie sein Gesicht mit beiden Händen. „Eine Sorge nach der anderen", mahnte sie sanft. „Vergiss nicht – Dr. Wallis fährt gerade zur Polizei. Jetzt liegt die Entscheidung nicht mehr bei uns. Wir können nur noch beten. Erst morgen werden wir uns sorgen – wenn es sein muss."

Zur Seite gewandt, zeichnete er die Lebenslinie einer ihrer Handflächen mit seiner Zungenspitze nach. So viel ihm Lauras Anwesenheit auch bedeutete – dass sie in seinem Haus wohnte, jagte ihm kalte Angst ein. Immer wieder erinnerte er sich an die Vision, in der er ihren Tod gesehen hatte – und seine Hände um ihren Hals. Inzwischen hatte er den Irrtum erkannt. Nicht Gabriel, sondern Garrett würde versuchen, sie zu ermorden. „Morgen früh sollte ich dich nach Hause schicken, mit dem ersten Flugzeug."

Aber er streichelte ihre Wange. Dann umfasste er eine ihrer Brüste und liebkoste die Knospe, die sich sofort schmerzhaft erhärtete. Von plötzlichem Verlangen erfüllt, schwankte Laura, und die erwachende Leidenschaft durchströmte ihre Adern wie flüssiges Feuer. Abzureisen? Das Letzte, was sie wollte ... Sie neigte sich zu Gabriels Ohr und wisperte. „Um dir zu gestehen, was mir viel besser gefallen würde – diese Nacht in deinem Bett."

Seine Augen glitzerten gefährlich, seine Nasenflügel bebten. Ungeduldig stand er auf und zog sie mit sich hoch. Liebe ... Ja, er liebte Laura Dane.

Und wer liebte seinen Bruder? Konnte Garrett eigentlich Liebe empfinden?

Gequält stöhnte Gabriel, und Laura legte beide Arme um seinen Hals.

O Gott, wie wundervoll sich die Liebe anfühlte ... Er führte Laura ins Haus. Für die nächsten Stunden würde er Garrett und allen Kummer aus seinen Gedanken verscheuchen.

In der Halle schaltete er eher instinktiv als aus klarem Verstand heraus die Alarmanlage ein, nahm Laura auf die Arme und trug sie nach oben. In seinen Ohren rauschte das Blut.

Wenig später hatte er sie von allen Kleidern befreit und auf sein Bett gelegt. Während er sich selbst auszog und die Sachen zu Boden fallen ließ, schaute er in ihre verschleierten Augen und beobachtete ihre beschleunigten Atemzüge. Sein Körper sehnte sich inbrünstig nach ihr, sein Puls raste. Das Gesicht zwischen ihre Brüste gepresst, zwang er sich zur Ruhe, um die Kontrolle nicht restlos zu verlieren.

„O Gabriel, ich …", begann sie und schlang zitternde Finger in sein Haar. Verwirrt verstummte sie, denn er rückte nach unten und hinterließ eine Spur heißer Küsse auf ihrer Haut. Als ihr bewusst wurde, was er vorhatte, erstarrte sie. Sollte sie …? Durfte sie …? „Bitte, Gabriel, ich glaube, ich kann nicht …"

Die Wangen erhitzt, hob er den Kopf, begegnete ihrem glühenden Blick und stieß heiser hervor: „Doch."

Nur ein einziges Wort. Aber es genügte. Seufzend kapitulierte sie.

„Schließ deine Augen", flüsterte er.

Sie gehorchte, spürte seine Lippen auf ihrem Bauch, an der Innenseite eines Schenkels. Weil sie wusste, was nun geschehen würde, spannte sie sich in wachsender Nervosität an.

Dann ergriff er ihre Hüften, und sie hörte seine Stimme – verführerisch, fordernd, verheißungsvoll. „Laura!"

Ihre Antwort war ein halb ersticktes Stöhnen.

„Denk an gar nichts, Liebste. Gib dich nur noch deinen Gefühlen hin."

Und da gewährte sie ihm Einlass in ihre Seele.

Lange, nachdem die Leidenschaft verebbt und Laura in seinen Armen eingeschlafen war, lag Gabriel immer noch hellwach im Dunkeln. Reglos starrte er das Mondlicht an, das zwischen den Vorhängen ins Zimmer drang und wilde, grausige Muster an die Wände malte, wie in einem Albtraum.

Aber was er empfand, glich keinem bösen Traum. Heiße Liebe zu der Frau, die er umfangen hielt, erfüllte sein Herz. Als sie sich bewegte und seufzte, spürte er ihren Atem auf seiner Brust. In diesem Moment wusste er, dass er alles tun würde, um sie zu schützen und zu retten – was immer es ihn kosten mochte, selbst wenn es sein eigenes Leben wäre.

Wie glücklich die Liebe einen Menschen machen konnte … Und dann dachte er plötzlich wieder an Garrett. *Oder wie unglücklich …*

Harry Wallis bog nach links. Durch die Unterführung kehrte er auf die I-40 zurück. Beklommen überlegte er, welche Erklärungen er der Polizei geben sollte. Und er fragte sich, ob eine schreckliche Schuld auf den Schultern des Reed-House-Personals lastete. Nur ein einziger Gedanke verschaffte ihm eine gewisse Genugtuung – Althea Good würde sich für ihre Handlungsweise verantworten müssen.

Plötzlich störte ein Knall seine Konzentration, und das Auto begann zu schlingern. Ein Reifen war geplatzt!

Wie ein Feuerstrom schoss das Adrenalin durch seine Adern, als er mit dem Lenkrad kämpfte und eine Ausfahrt suchte. Schließlich steuerte er den Wagen in eine Seitenstraße und trat erleichtert auf die Bremse. Um festzustellen, wohin er geraten war, spähte er durch die Windschutzscheibe. Hier kam ihm nichts bekannt vor. Und was er sah, wirkte ziemlich schäbig und zwielichtig.

Angewidert lehnte er sich zurück. So ein ärgerliches Missgeschick … Nun, immerhin gab es die moderne Technologie. Also musste er nur den Pannendienst anrufen, den Reifen wechseln lassen und weiterfahren. Er griff nach seinem Handy und begann die Nummer zu wählen. Sobald er auf die ersten Tasten gedrückt hatte, merkte er, dass irgendwas nicht stimmte.

„Verdammt, verdammt, drei Mal verdammt", murmelte er. Die Batterie war leer.

Wütend berührte er den Knopf, der den Kofferraum öffnete, und stieg aus. Auf dem Weg zum Heck seines Autos fluchte er bei jedem Schritt.

Als er sich zum Kofferraum hinabbeugte, hörte er Blätter rascheln. Nervös hielt er inne und starrte ins Gebüsch am Straßenrand. Dort tauchte niemand auf. Erbost über seine alberne Angst, hob er den Ersatzreifen hoch.

Die Zeit verstrich. Während Harry neben dem Wagenheber kauerte und die letzte Schraube festdrehte, verwünschte er die Autohersteller und den Witz, den sie Ersatzreifen nannten. Sekunden später sträubten sich seine Nackenhaare. Aus den Augenwinkeln nahm er eine Bewegung wahr. Erschrocken stand er auf – viel zu langsam.

Das Gesicht des Angreifers sah er nicht. Ebenso wenig

wusste er, was nach dem Schlag auf seinen Kopf geschah. Bewusstlos landete er im Straßengraben. Der Dieb brauste im Auto davon und hinterließ keine Anhaltspunkte außer rauchender Reifenspuren und Harry Wallis' regloser Gestalt.

Früher hatte er sich in der Finsternis gefürchtet. Und jetzt war sie seine Freundin, die ihn versteckte. Trotzdem fiel es ihm nicht leicht, in der Dunkelheit durch all die Straßen und Gassen zu wandern. Er sah keine Straßenschilder, was keine große Rolle spielte, weil er nur wenige Wörter zu lesen vermochte. Aber er konnte seinen Namen schreiben und seine Gebete sprechen. Das hatte er von seiner Mutter gelernt. Als er an sie dachte, wollte er weinen. Die Eltern waren nicht zurückgekehrt, so wie sie's versprochen hatten. Bevor er sich verirrt hatte, waren sie *immer* zu ihm gekommen.

Weiter vorn bog plötzlich ein Auto um eine Ecke, raste die Straße entlang, direkt auf ihn zu, und er erstarrte im grellen Scheinwerferlicht wie ein Hirsch, der in der Nacht unversehens auf den Highway geraten war. Eine Hupe gellte, riss ihn aus der Trance und jagte einen stechenden Schmerz durch seinen Schädel.

Schreiend warf er seinen Kopf in den Nacken. Dieser zügellose Ausdruck wilder Wut und höllischer Qualen scheuchte eine Katze in einen Baum hinauf, und eine alte Frau öffnete ein Fenster, um herauszuschauen. Außer einem Auto, das in halsbrecherischem Tempo vorbeifuhr, sah sie nichts. Voller Angst vor Verfolgungsjagden und Schießereien knipste sie hastig alle Lampen aus und ging anderthalb Stunden zu früh ins Bett.

Die Teenager, die in ihrem Wagen vorbeisausten, kreischten vor Vergnügen. Lachend zeigten sie auf den brüllenden Riesen.

Sobald das Feuer nicht mehr hinter seinen Augen brannte und die Wölfe aufgehört hatten, in sein Gehirn zu beißen, zog er sich tiefer in nächtliche Schatten zurück. Von einem unsichtbaren Band gefesselt, das nur sein Herz kannte, setzte er seinen Weg fort. Unbewusst kam er der anderen Hälfte seines Ichs immer näher. Während er dahinging, begann er ein Gebet aufzusagen, das ihm seine Mutter beigebracht hatte.

„‚Jetzt lege ich mich zum Schlafen nieder und bitte den Herrn, er möge meine Seele hüten. Wenn ich sterbe, bevor ich erwache, bitte ich den Herrn, sich meiner Seele anzunehmen.'"

Am nächsten Morgen, genau fünf Minuten nach acht, betrat Kirby Summers sein Büro. Dunkle Wolken kündigten Regenfälle an, und seine Miene war fast genauso grimmig wie seine Stimmung. Natürlich beuteten die Medien das letzte Opfer des Rosenkavaliers hemmungslos aus. Ein Reporter hatte einen FBI-Profiler interviewt, ein anderer einen Serienmörder, der in der Todeszelle auf seine Hinrichtung wartete.

Und jeder glaubte zu wissen, warum der Rosenkavalier einem fünfjährigen Kind eine Rose geschenkt und ihm kein Haar gekrümmt hatte, während er andere unschuldige Menschen aus unerfindlichen Gründen ermordete. Von allen Seiten wurde Druck auf die Polizei ausgeübt. Allmählich befürchteten die Beamten von der Mordkommission eine Massenhysterie in Oklahoma City. Also mussten sie endlich jemanden verhaften. Sie brauchten unbedingt einen Mann, der im Gefängnis saß, dem sie all die Verbrechen anlasten konnten. In der Stadt und der näheren Umgebung war der Waffenverkauf bereits um dreihundert Prozent angestiegen. Schon nach dem ersten Mord hatte diese Entwicklung begonnen – nicht zuletzt deshalb, weil es der Polizei misslungen war, einen Verdächtigen aufzuspüren.

Kirby zog das Jackett aus und lockerte seine Krawatte, bevor er nach seiner Kaffeetasse griff. Geistesabwesend verließ er sein Büro und folgte dem Korridor zum Aufenthaltsraum. Als er durch die Tür ging, rümpfte er die Nase. Der Kaffee roch verbrannt. Wahrscheinlich war ein Rest vom vergangenen Abend aufgewärmt worden. Aber er brauchte das Koffein viel zu dringend, um sich darüber aufzuregen. Er füllte die Tasse, dann nippte er an der schwarzen Brühe und redete sich ein, das wäre eine wunderbare Medizin.

„He, Summers, haben Sie den neuen Bericht gelesen? Den habe ich auf Ihren Schreibtisch gelegt, in den Korb für die eingehende Post."

Kirby wandte sich zu Red Anthony, einem Agent, der auf der Schwelle stand. „Was für ein Bericht ist das?"

„Über den DNA-Test von diesem Verrückten, der die Nacht im Gefängnis verbringen wollte."

„So schnell ist das gegangen?“

„Nur ein Anfangsbericht. Die Details kriegen wir später. Aber ich glaube, was die Jungs bis jetzt rausgefunden haben, wird Sie interessieren.“ Grinsend schlenderte Red davon.

Erwartungsvoll rannte Kirby in sein Büro zurück und jonglierte mit dem heißen Kaffee. Irgendwas musste im Busch sein. Sonst hätte Red Anthony nichts erwähnt.

Da lag der Bericht, in dem Korb, von dem Anthony gesprochen hatte. Kirby stellte die Tasse ab, sank in seinen Sessel und öffnete die Akte.

Nachdem er die ersten Zeilen gelesen hatte, riss er die Augen auf, und sein Herz begann schneller zu schlagen. Diese Information konnte man gar nicht falsch verstehen. Das blutige Gewebe, das man unter den Fingernägeln von Sadie Hussers Butler gefunden hatte, stimmte mit Gabriels Donners Blut- und Gewebeproben überein.

„So ein Hurensohn …“

Kirby legte den Bericht beiseite und holte tief Luft. Während er seinen rasenden Puls zu beschwichtigen suchte, ging er in Gedanken alle Fakten durch, die den Fall betrafen. Warum war ein weiteres Opfer gestorben, während Gabriel Donner im Oklahoma-City-Gefängnis gesessen hatte? Dafür musste es eine Erklärung geben. Kirby und seine Kollegen hatten nur *angenommen*, es wäre ein und derselbe Killer. Vielleicht doch ein Nachahmungstäter? Er griff nach seinem Kugelschreiber und machte sich Notizen.

Seltsamerweise war Gabriel Donner aus eigenem Antrieb

zur Polizei gegangen. Er hatte behauptet, dank irgendwelcher übernatürlicher Kräfte könne er ins Gehirn des Killers schauen. Und wenn er selbst der Verbecher war? Wenn er ein raffiniertes Spiel mit der Mordkommission trieb? Hatte er sich nur in die Zelle sperren lassen, um die Ermittler von der richtigen Spur abzulenken?

Dann runzelte Kirby die Stirn. Nein, das ergab keinen Sinn. Bevor Donner mit seiner verrückten Geschichte hier aufgetaucht war, hatten sie keinerlei Anhaltspunkte gefunden. Trotzdem – Kirby pflegte realistisch zu denken, und Fakten waren nun mal Fakten. Gabriel Donners DNA-Proben passten zu dem blutigen Gewebe, das Sam Whitehall unter den Fingernägeln eines Opfers hervorgeholt hatte. Und das genügte.

Entschlossen zog er das Telefon zu sich heran. „Chief, ich brauche einen Haftbefehl. Endlich ein Durchbruch im Rosenkavalier-Fall ...“ Er machte eine Pause. Ausnahmsweise rang er sich ein Lächeln ab. „Ja, Sir, ich komme sofort.“

Als Mike Travers an der Tür läutete, strahlte er über das ganze Gesicht. Nicht einmal das drohende Gewitter konnte ihm diesen Tag verderben. Sobald Matty die Tür öffnete, stürmte er ins Haus, packte sie um die Taille und tanzte mit ihr durch die Halle, so ausgelassen wie an einem Silvesterabend.

Brennende Röte kroch an Mattys Hals empor. Mit einiger Mühe riss sie sich von ihm los. „Haben Sie den Verstand verloren, Dr. Mike?“

Im Licht, das durch das bunte Glasfenster hereinfiel, blieb er stehen und merkte nicht, dass ihm die violetten und grünen Farben auf seinem Haar das Aussehen eines Punks verliehen. Und nach dem übermütigen Tanz wirkte sein Gesicht fast jugendlich. „Gute Neuigkeiten sind immer ein Grund zum Feiern."

Immer noch von dem Geheimnis gequält, das sie all die Jahre gehütet hatte, und nach den Enthüllungen der vergangenen Abends konnte sie sich auf nichts besinnen, das sie feiern müsste.

Tränen brannten in ihren Augen, und sie presste ihre Finger an die Lippen, um sie daran zu hindern, verräterisch zu zittern. „Gut? Geheimnisse sind niemals gut. Gerade Sie, ein Seelendoktor, sollten das wissen, Sir."

Mit dieser rätselhaften Bemerkung wandte sie sich ab, eilte davon und ließ ihn verwirrt in der Halle stehen.

„Moment mal", murmelte er vor sich hin. „Was hat mir Laura bei diesem Anruf verschwiegen?"

Er glättete sein Haar, schob die violette Seite zur grünen hinüber, wo sie hingehörte, und trat aus dem Lichtkreis. Sofort verschwand seine bizarre Erscheinung, und er verwandelte sich wieder in den grauhaarigen Mann mit den gebeugten Schultern, den die Jahre aus ihm gemacht hatten. Und dann ging er auf die Suche nach Gabriel und Laura.

Ein paar Minuten später entdeckte er sie in Angelas Rosengarten. Ihren gebeugten Schultern entnahm er sofort, dass irgendetwas nicht stimmte. Und was hatte Laura mit der Nachricht auf seinem Anrufbeantworter gemeint, die besagte, gegen Gabriel bestünde definitiv kein Verdacht bezüglich der Serienmorde? Verständlicherweise hatte Mike den Eindruck gewonnen, alles wäre in bester Ordnung.

Beunruhigt trat er auf die Terrasse und winkte den beiden, um ihre Aufmerksamkeit zu erregen.

Laura sah ihn zuerst. „Schau doch, Gabriel, da ist dein Onkel Mike."

Die Brauen zusammengezogen, lief Gabriel zu ihm. Er wollte die Wahrheit wissen. Die ganze Wahrheit. Selbst wenn es bedeutete, dass sich auch sein Onkel an dem großartigen Täuschungsmanöver beteiligt hatte …

Da Laura spürte, wie verletzt und wütend Gabriel war, folgte sie ihm. Irgendwie musste sie ihn daran hindern, etwas zu sagen, das er später bereuen würde.

Grußlos herrschte er Mike an: „Hast du auch dabei mitgemacht?"

Was vom Lächeln des alten Mannes noch übrig geblieben war, erlosch abrupt. Seufzend drehte er sich um und suchte einen Sessel.

„Wohin gehst du?" stieß Gabriel hervor.

„Ich muss mich setzen. Für ein Verhör ist es noch zu früh am Morgen."

„Zu früh?" Vor lauter Zorn begann Gabriel zu zittern. „Nach meiner Ansicht ist es viel zu spät. Etwa fünfundzwanzig Jahre zu spät."

Großer Gott, was bedeutete das, fragte sich Mike bestürzt.

Was würde jetzt auf ihn zukommen? Um sich dagegen zu wappnen, umklammerte er die Armstützen seines Sessels. „Keine Ahnung, wovon du redest. Wenn du mir das Problem erklärst, werden wir sicher eine Lösung finden."

Ein kaltes Lächeln umspielte Gabriels Lippen. „Erspar mir deine verdammten ..."

In diesem Moment stürmte Laura die Terrassenstufen herauf und packte Gabriels Arm. Mitten im Satz unterbrach er sich, das Gesicht vor Wut verzerrt. Aber als er in ihren Augen eine Warnung las, beruhigte er sich. Tiefe Trauer, gegen die er sich machtlos fühlte, verdrängte die Wut.

„Setzen wir uns", schlug Laura leise vor. „Und ich bitte dich, zieh keine vorschnellen Schlüsse. Okay?"

Er nickte und nahm seinem Onkel gegenüber Platz. Nach einem tiefen Atemzug gab er zu: „Vielleicht sollte ich von vorn anfangen."

„Klingt vernünftig", meinte Mike und brachte ein Lächeln zu Stande.

Gabriel beugte sich vor, stützte die Ellbogen auf die Knie und starrte den alten Mann durchdringend an. „Wusstest du über Garrett Bescheid?"

„Wer ist Garrett?" fragte Mike erstaunt.

Der schreckliche Druck, der seit dem vergangenen Abend auf Gabriels Brust lastete, ließ nun ein wenig nach. Vor Erleichterung fühlte er sich jetzt ganz schwach. Beschwörend legte er eine Hand auf Mikes Arm. „Weißt du's denn wirklich nicht?"

„Nein, mein Junge. Diesen Namen kenne ich nicht, und ich habe nicht die geringste Ahnung, was das alles soll. Auf meinem Anrufbeantworter fand ich die Nachricht von Laura, dich würde definitiv keine Schuld an den Serienmorden treffen. Und ich dachte, das wäre ein Grund zum Feiern. Jetzt verstehe ich nicht, was …"

In seinem Sessel zurückgelehnt, schlug Gabriel langsam die Hände vors Gesicht. Hätte ihn auch dieser Mann hintergangen, wäre es unerträglich gewesen. „Gott sei Dank", flüsterte er.

Verwirrt wandte sich Mike zu Laura. „Würde mir bitte jemand erzählen, was hier vorgeht?"

Laura stand hinter Gabriels Sessel und strich über sein Haar. Dann neigte sie sich hinab und hauchte einen zärtlichen Kuss auf seine Wange. „Überlass das mir", bat sie.

Mit sanfter Stimme begann sie zu sprechen.

Eine halbe Stunde später, nachdem sie geendet hatte, stand Mike Travers wortlos auf, verließ die Terrasse und wanderte zum Rosengarten.

Verständnisvoll schauten Laura und Gabriel ihm nach. Auch er musste erst einmal mit der Tatsache fertig, dass seine zwei besten Freunde ihm so wenig vertraut hatten, um ihre Seelenlast mit ihm zu teilen.

Lauras Herz flog beiden Männern entgegen. „Geh zu ihm, Gabriel. Ihr liebt euch, und einer muss den Schmerz des anderen heilen."

… kann dich nicht finden …

Erschrocken über die Einmischung der Stimme in diesem besonderen Augenblick, starrten sie einander an.

Dann schlug Gabriel auf seine Brust, in bitterer Verzweiflung. „Und wer wird ihn heilen, Laura? Wer wird meinem Bruder helfen?“

Schweren Herzens folgte er seinem Onkel zu den Rosenbüschen.

12. KAPITEL

Als Harry Wallis zu sich kam, roch die Luft nach Regen. Tageslicht, dachte er erleichtert, Gott sei Dank – Tageslicht. Er erwachte nicht zum ersten Mal. Aber er sah zum ersten Mal, wo er sich befand.

Wie er sich entsann, hatte er während der Nacht Verkehrsgeräusche oberhalb seines Kopfes gehört und erfolglos versucht, sich bemerkbar zu machen. Deshalb nahm er an, er würde in einem sehr tiefen Straßengraben liegen. Sonst hätte man ihn sicher entdeckt. Während es allmählich heller wurde, stellte er fest, dass seine Vermutung stimmte.

Er lag flach auf dem Rücken, Nieselregen fiel ihm ins Gesicht. Außer dem grauen Himmel sah er nur Gras und Erdklumpen. Heftige Schmerzen pochten hinter seiner Stirn, und sein rechtes Bein brannte wie Feuer. Obwohl er Psychiater war, erinnerte er sich zur Genüge an sein Studium der Allgemeinmedizin, um einen Knochenbruch zu befürchten.

Steh auf, befahl er sich. Aber als er es versuchte, fiel er stöhnend in den Graben zurück. Auch mit seiner Schulter schien irgendwas nicht zu stimmen. Wahrscheinlich ausgerenkt, dachte er.

Der Nieselregen durchtränkte seine Kleidung und sein Haar, und er begann in der feuchten Kälte zu zittern. Verdammt … Er hob den Kopf. Für einige Sekunden musste er die Augen schließen, bis sich die Welt zu drehen aufhörte.

Mit ein paar vorsichtigen, tiefen Atemzügen bereitete er

sich auf die nächste Bewegung vor. Offenbar hat er den Großteil der Nacht in diesem Straßengraben verbracht, mit mehr oder weniger schweren Verletzungen. Und als wäre das nicht schon schlimm genug, fing es in Strömen zu regnen an.

„Lieber Gott, hilf mir“, stieß er zwischen zusammengebissenen Zähnen hervor. Dann wälzte er sich auf den Bauch. Mühsam kroch er nach oben, abwechselnd auf den unbeschadeten Arm und das intakte Bein gestützt. Trotz des eisigen Regenschauers brach ihm der Schweiß aus allen Poren. Wenn ihm in absehbarer Zeit niemand beistand, würde er sich auch noch eine Lungenentzündung zuziehen, neben all seinen anderen Blessuren.

Plötzlich krachte ein Donnerschlag, und Harry zuckte reflexartig zusammen. Die unerwartete Bewegung bereitete ihm höllische Schmerzen – und der ohrenbetäubende Lärm weckte eine Erinnerung an etwas, das er noch nicht erledigt hatte.

Garrett Donner!

Bevor der Mann ein weiteres Menschenleben auslöschte, musste er gefunden werden. Mit übermenschlicher Anstrengung schob sich Harry nach oben, erreichte den Rand des Grabens, und seine Hoffnung wurden bitter enttäuscht. Niemand war zu sehen. Keine Häuser, kein Verkehr, nur Asphalt voller Schlaglöcher und Bäume zu beiden Seiten der Straße … Tapfer bezwang er seine Verzweiflung und begann, um Hilfe zu rufen.

Nach einiger Zeit glaubte er, Stimmen zu hören. Doch er fühlte sich inzwischen so schwach, dass es keine Rolle mehr spielte. Die Ankunft des Streifenwagens nahm er nicht wahr.

Er spürte auch nicht, wie er hochgehoben, auf eine Bahre geschnallt und in eine Ambulanz geschoben wurde. Erst als die Sirene heulte, erlangte er das Bewusstsein wieder.

Verwirrt öffnete er die Augen und blinzelte ins Licht. Fremde Gesichter ... Warum quälten ihn so starke Schmerzen? Und er fror erbärmlich.

„Sein Blutdruck sinkt."

Was das bedeutete, wusste Harry. Die Gesichter über seinem Kopf verschwanden hinter einem Schleier, und er versuchte klar zu denken. Da gab es irgendetwas, um das er sich kümmern musste.

„Wie lange?" rief ein Sanitäter dem Fahrer des Krankenwagens zu.

„Ein oder zwei Minuten."

Harrys Atem stockte. Hatte er nur mehr ein oder zwei Minuten zu leben? Nein, blanker Unsinn ... Warum sollte der Mann den Fahrer danach fragen?

„Gleich sind wir da!" verkündete der Chauffeur.

Da verstand Harry, worum es ging. Offensichtlich erörterten sie, wie lange die Fahrt zur Klinik noch dauern würde. Und er hatte geglaubt ... Welch ein Witz! Wäre er nicht so erschöpft, würde er lachen. Die Leute redeten mit ihm, und er bemühte sich zuzuhören. Aber sie sprachen zu laut – nein, zu leise. Er leckte über seine Lippen. Auch er hatte einiges zu sagen. „P'zei", murmelte er. „Muss P'zei anrufen."

Ein Sanitäter neigte sich zu ihm. „Können Sie mir Ihren Namen nennen, Sir?"

In Harrys Gehirn herrschte ein seltsames Chaos. Jemand stellte ihm eine Frage, und er musste was ganz anderes erzählen. Langsam schüttelte er den Kopf und versuchte, in seine Tasche zu greifen. Zu seiner Bestürzung konnte er seine Arme nicht bewegen. Es dauerte eine Weile, bis er merkte, dass er nicht gelähmt, sondern nur auf einer Bahre festgeschnallt war.

Jetzt durchdrang eine andere Stimme den Nebel, der seinen Verstand beeinträchtigte. „Sind Sie gegen irgendwelche Medikamente allergisch, Sir?“

Diesmal wusste er die Antwort, die zur Kenntnis genommen wurde, obwohl er nur lallte. „Kodein. ’lergisch gegen Kodein …“

„Gut, alter Junge, sehr gut. Würden Sie mir auch Ihren Namen sagen?“

Nach einem tiefen Atemzug zwang sich Harry zur Konzentration. Einige Leute verließen sich darauf, dass er alles in Ordnung bringen würde. Und dieselben Leute mussten erfahren, wo er war. „Wallis. Harry Wallis. P’zei – brauche P’zei.“

„Alles klar, Sir. Bald wird’s Ihnen besser gehen.“

„Nein, nein“, murmelte Harry. „P’zei …“

Aber niemand hörte zu. Als seine Bahre in den Operationssaal gerollt wurde, ließ sein Zustand weitere Erklärungen nicht mehr zu.

Kirby Summers bog vom Highway ab. Auf der Fahrt zum Donner-Haus folgten ihm drei Streifenwagen der Oklahoma-

City-Polizei und zwei andere Agenten von der Oklahoma-State-Mordkommission. Endlich würden sie den Rosenkavalier dingfest machen

Als sie vor dem Eingang parkten und ausstiegen, spähte ein neugieriger Nachbar von der anderen Straßenseite herüber, wo er gerade seine Hecke stutzte. Sonderbar – was wollten die Bullen von Gabriel Donner? Vorübergehend verlor er die Kontrolle und schnitt ein paar Zweige zu viel weg. Nachdem er seinen Fehler bemerkt hatte, warf er die Gartenschere angewidert weg. Nun würde ihm seine Frau die Hölle heiß machen.

Kirby klopfte an die Tür. Dann drückte er auf den Klingelknopf und strich über die Brusttasche seines Jacketts, um sich zu vergewissern, dass der Haftbefehl darin steckte.

Während Matty zur Haustür ging, schaute sie durch ein Fenster und sah die Polizeiautos. Kalte Angst stieg in ihr auf. Als die Beamten das letzte Mal hierher gekommen waren, hatten sie ihr Brents und Angelas Tod mitgeteilt.

Nur zögernd öffnete sie die Tür. Kirby zeigte ihr seinen Ausweis. „Guten Tag, Ma'am, wir haben einen Haftbefehl für Gabriel Donner. Ist er da?"

Entsetzt schnappte Matty nach Luft.

Ehe Kirby nach ihr greifen konnte, verdrehte sie die Augen und landete mit einem dumpfen Aufprall am Boden.

„Verdammt", murmelte er und stürmte ins Haus.

Laura stand auf der Terrasse. Rein zufällig wandte sie sich zum Haus. Durch die Glastür und die offene Tür der Bibliothek sah sie einige Männer in der Halle, und Matty lag zwischen ihren Füßen.

Beinahe setzte ihr Herzschlag aus. Schreiend winkte sie Gabriel zu, der am anderen Ende des Grundstücks auf einer Gartenbank saß. „Irgendwas ist mit Matty passiert!“ rief sie und zeigte zum Haus.

Sobald sie ihn heranlaufen sah, eilte sie durch die Bibliothek, ohne auf ihn zu warten. Sekunden später kniete sie neben Matty und starrte Agent Summers an. Was hatte ihn hierher geführt?

„Großer Gott“, würgte sie hervor, „ist irgendwas Schlimmes geschehen?“

Kirby berührte ihren Arm. „Wo ist Gabriel Donner?“

In ihrer Sorge um Matty brachte sie zunächst kein Wort mehr hervor und streckte nur einen Zeigefinger aus. Kirby drehte sich um, entdeckte Donner, der gerade die Terrasse überquerte, und seufzte beruhigt.

„Warum ist sie bewusstlos?“ Laura tastete nach Mattys Puls und rieb ihr die Hände. „Haben Sie einen Krankenwagen gerufen?“

Leicht verlegen schüttelte Kirby den Kopf. Diese Festnahme verlief nicht so wie geplant. Und obwohl er Laura Dae nicht für den Typ hielt, der in heiklen Situationen die Besinnung verlieren würde, wollte er lieber Donners Ankunft abwarten, bevor er den Anlass seines Besuchs ein zweites Mal erklärte. „Die Frau ist einfach umgekippt“, sagte er kurz angebunden.

Sie ist gewiss nicht grundlos in Ohnmacht gefallen, dachte Laura. Endlich spürte sie ein regelmäßiges Pochen im Handgelenk der Haushälterin. Doch sie meinte trotzdem: „Wir sollten vielleicht eine Ambulanz rufen … Zuerst sind Gabriels Eltern gestorben, dann musste sich Matty um seine Genesung sorgen. In diesen letzten Wochen stand sie unter starkem Druck.“

Wenn Kirby auch mit gutem Recht hierher gekommen war – jetzt empfand er ein wachsendes Unbehagen. „Wahrscheinlich war's die Überraschung“, murmelte er.

„Welche Überraschung?“

Ehe Kirby antworten konnte, sank Gabriel neben Laura auf die Knie und legte den Kopf der Haushälterin in seinen Schoß.

Blass vor Sorge und ein wenig außer Atem, streichelte er das Gesicht der alten Frau. Ihre Haut fühlte sich warm an, und Laura versicherte ihm, der Puls würde gleichmäßig pochen. Aber er hatte bereits zwei geliebte Menschen verloren. Würde Matty ihn auch noch verlassen? Das wäre unerträglich.

„Was ist geschehen?“ fragte er, ohne aufzublicken.

„Soeben hat der Agent behauptet, sie sei ‚einfach umgekippt‘“, antwortete Laura. „Sollen wir einen Krankenwagen rufen?“

„Hörst du mich, Matty? Matty!“ Er strich eine graue Strähne aus der bleichen Stirn.

Weil sie sich nicht rührte, wandte er sich zu einem Officer, der neben der Haustür stand, und zeigte zur Toilette am anderen Ende der Halle. „Gehen Sie dahinein und bringen Sie mir ein nasses Handtuch."

Unsicher schaute der Polizist seinen Vorgesetzten an. Durfte er Befehle von einem Mann entgegennehmen, den sie bald verhaften würden? Erstaunlicherweise nickte Kirby, und der Officer erfüllte Gabriels Wunsch.

Ein paar Minuten später, das feuchte Handtuch auf dem Gesicht und am Hals, kam Matty allmählich zu sich. „Was ist passiert?" flüsterte sie.

Gabriel half ihr, sich aufzusetzen, und lehnte sie an die Wand bei der Tür.

„Das musst *du* mir sagen", erwiderte er sanft und fuhr fort, ihre Wangen mit dem feuchten Tuch zu betupfen.

„Warum tut mir der Kopf weh?" Matty strich über ihren Hinterkopf und stöhnte, als sie eine Schwellung unter ihren Fingerspitzen spürte. Dann sah sie sich um, und ihr Blick fiel auf Kirby Summers. Immer noch etwas zittrig, ließ sie keine Zweifel an ihrem Zorn. „Er! Das war er!"

Dunkel stieg das Blut in Kirbys Wangen. Während er sich zu fassen suchte, sprang Gabriel Donner auf und musterte ihn erbost. „Was zum Teufel haben Sie ihr angetan?"

„Gar nichts." Kirby griff in seine Brusttasche und zog den Haftbefehl hervor. „Tut mir Leid, dass sie umgefallen ist, bevor sich sie festhalten konnte." Dann atmete er tief durch und kam zur Sache. „Gabriel Donner, ich verhafte Sie wegen Mordes an Stevie Ray Hampton, Sadie Hussers Butler."

Vor lauter Verwirrung erstarrte Gabriel.

Jetzt stand auch Laura auf und trat zwischen Gabriel und Summers. „Nein, Sie irren sich!"

„Keineswegs", widersprach Kirby und lächelte triumphierend. „Am Ergebnis des DNA-Tests, der an Mr. Donners Gewebeproben vorgenommen wurde, besteht kein Zweifel. Die stimmen haargenau mit den Hautfetzen und dem Blut überein, das der Polizeiarzt unter Stevie Hamptons Fingernägeln fand."

„Weil Gabriels Bruder der Mörder ist – sein eineiiger Zwillingsbruder. Hat Dr. Wallis das nicht erzählt?"

Kirbys Augen verengten sich. „Soviel ich weiß, ist Gabriel Donner ein Einzelkind. Und jetzt reden Sie von einem Zwillingsbruder?"

„Ja, den gibt es *wirklich*", beteuerte Laura. „Dr. Wallis kann Ihnen das bestätigen."

„Moment mal!" Kirby hob eine Hand. „Wer ist dieser Dr. Wallis?"

Verzweifelt suchte Laura nach Worten. Wie absurd das alles erscheinen musste, wusste sie. Aber was um alles in der Welt war mit Dr. Wallis geschehen? Warum war er nicht zur Polizei gegangen, um seine Aussage zu machen – so wie er es versprochen hatte?

„Legen Sie ihm Handschellen an!" befahl Kirby einem Polizisten.

Laura fuhr herum. Diesen Irrtum wollte sie berichtigen, bevor alles noch schlimmer wurde. „Von diesem Bruder haben wir erst gestern Abend erfahren."

Ohne sie zu beachten, verließ Kirby das Haus, gefolgt von seinem Gefangenen und den anderen Beamten.

„Hören Sie doch zu!“ rief Laura und rannte ihnen nach. „Das verstehen Sie nicht. Der Zwillingsbruder heißt Garrett, und er sieht genauso aus wie Gabriel. Aber er ist geistesgestört und wird im Reed House von Dr. Harry Wallis behandelt. Gestern Abend hat uns dieser Arzt besucht und angekündigt, er würde die Polizei unverzüglich informieren.“

Ärgerlich schüttelte Kirby den Kopf. „Treiben Sie's nicht zu weit, Miss Dane! Was diese verrückte Geschichte angeht, die Sie beide mir über Visionen und Träume erzählt haben, muss ich immer noch einige Fragen stellen.“

Am liebsten hätte sie ihn geohrfeigt. „Nein, das war nicht verrückt. Henry Loo wurde ermordet. Erinnern Sie sich? In jener Nacht saß Gabriel in Ihrem Gefängnis.“

„Genau das meine ich“, fauchte Kirby und zeigte mit einem Finger auf ihr Gesicht. „Auch Sie sind noch lange nicht entlastet. Sollte ich herausfinden, dass Sie beide dieses Kunststück zusammen mit einem so genannten Nachahmungstäter inszeniert haben, um uns von Gabriel Donners Spur abzulenken, werden Sie der Beihilfe angeklagt.“

„O Gott“, stöhnte Laura frustriert, „Sie begehen einen schweren Fehler.“

„Und Sie fallen mir ganz gewaltig auf die Nerven“, konterte Kirby und setzte sich ans Steuer seines Autos. Bevor er den Motor startete, fügte er hinzu: „Oh, Miss Dane – vorerst dürfen Sie die Stadt nicht verlassen.“

Ein Officer drückte Gabriels Kopf nach unten und verfrachtete ihn auf den Rücksitz eines Streifenwagens. „Vorsicht, Sir."

Aber Gabriel sorgte sich so sehr um Laura, dass ihm die Gefahr einer Beule an seinem Kopf völlig egal war. Sie konnte nicht allein hier bleiben. Irgendwo da draußen irrte Garrett immer noch umher. Und wenn Laura Recht hatte, würde er sich allmählich diesem Haus nähern, wie ein entlaufenes Schaf auf dem Weg zum heimatlichen Stall.

„Hör zu, Laura! Ruf Onkel Mike an, und dann geh weg von hier!"

Sie griff nach seiner Hand. Aber irgendjemand schob sie aus dem Weg und warf die Tür vor Gabriels Nase zu. Sekunden später begann die Wagenkolonne abzufahren. Aber sie sah Gabriels Gesicht immer noch, und seine Lippen formten die Worte: *Geh weg von hier! Geh weg von hier!*

„Nein, ich verlasse dich nicht!" rief sie und rannte sie neben dem Auto her. „Niemals!"

Einer Panik nahe, sank er in den Sitz zurück. In seinem Traum hatte Laura ihren eigenen Tod gesehen – und den Mörder. Bevor es zu spät war, musste er irgendjemanden finden, der seine Visionen ernst nahm.

Als Laura den Hörer auflegte, wuchs ihre Sorge mit jeder Sekunde. Wahrscheinlich hatte ihr die Telefonistin des Reed House viel mehr erzählt, als sie eigentlich durfte.

Aber von einer verzweifelten Laura bedrängt, hatte die

Frau vermutlich Mitleid empfunden. Angeblich war Dr. Wallis an diesem Morgen nicht zur Arbeit erschienen, und das gesamte Personal befand sich in heller Aufregung. Am Vortag hatte er mit der Heimleiterin gestritten, einer Miss Althea Good, und danach war er wütend davongestürmt. Nun wusste niemand, ob er kündigen würde oder einfach nur einen neuen Plan schmiedete.

„Einen Plan?“ hatte Laura wiederholt. „Wofür?“

Da zögerte die Telefonistin und äußerte sich nur noch vage. Warum irgendwas geplant werden sollte, könne sie nicht sagen. Jedenfalls habe das irgendjemand erwähnt.

Während Laura der Frau zuhörte, wurde sie von einem Gefühl erfasst, das sie nur allzu gut kannte. Vermutlich war dem Doktor etwas zugestoßen, das seinen Streit mit Althea Good nicht betraf.

Sobald Laura das Gespräch beendet hatte, griff sie nach dem Telefonbuch und blätterte in den Gelben Seiten, bis sie die Liste der Krankenhäuser fand. Aus irgendwelchen Gründen wusste sie, wo sich Harry Wallis aufhielt.

Eigentlich eine logische Vermutung … Da er ein Arzt war, hatte er möglicherweise in einer Klinik zu tun. Aber er behandelte nicht kranke Körper, sondern gestörte Seelen. Trotzdem wurde sie jenes merkwürdige Gefühl nicht los. Den Hörer zwischen ihr Ohr und die Schulter geklemmt, wählte sie die erste Nummer. In irgendeinem Krankenhaus von Oklahoma City würde sie ihn aufspüren, und wenn es sein musste, persönlich zur Mordkommission bringen.

Das Gewitter des frühen Morgens dauerte bis zum Mittag. Nass und dunkel glänzten die Straßen der Stadt. Etwa fünf Minuten nach neun hatte Kirby Summers seinen Höhepunkt des Tages schon hinter sich gebracht. Um diese Uhrzeit war Gabriel Donner verhaftete worden. Und seither ging es stetig bergab. Als das Telefon läutete, tippte er gerade seine letzten Notizen in den Computer und speicherte die Datei. Kurz nachdem er den Hörer abgenommen hatte, fand er seine Vermutung bestätigt – die Talfahrt ging weiter und führte mit jeder Minuten noch steiler nach unten.

Dem Wetter traute er ebenso wenig wie seiner Stimmung, und so nahm er den Regenmantel vom Haken, bevor er zur Tür ging. Soeben war er aufgefordert worden, einen Mann im Saint Anthony's Hospital zu besuchen, einen gewissen Harry Wallis – Dr. Harry Wallis.

Unentwegt dröhnte die Stimme Laura Danes in seinen Ohren, die ihm vorwarf, er würde einen Fehler begehen. Den Hut tief in die Stirn gezogen, eilte er zu seinem Auto und murmelte vor sich hin: „Zum Teufel mit diesem Tag. Zum Teufel mit dieser Frau. Zum Teufel mit diesem ganzen gottverdammten Fall."

In diesem Moment wusste er nur eins – wenn Gabriel Donners Festnahme nicht berechtigt gewesen war, würde man's ihm ziemlich lange unter die Nase reiben.

Eine halbe Stunde später stand er am Empfang des Saint Anthony's Hospitals. Bevor er nach Harry Wallis Zimmernummer fragen konnte, berührte jemand seinen Ellbogen, und er drehte sich um. Laura Dane stand neben ihm. „Danke, dass Sie gekommen sind, Agent Summers."

Kirbys Lächeln erreichte nicht einmal annähernd seine Augen. „Ist mir was anderes übrig geblieben?"

„Hier geht's zu Dr. Wallis Zimmer", erklärte sie und führte ihn einen Korridor entlang. „Gestern Abend wurde er auf dem Weg zum Polizeirevier überfallen, und den heutigen Vormittag verbrachte er im OP. Soviel ich weiß, wird er sich bald erholen."

Skeptisch verzog Kirby die Lippen, was sie ihm nicht verübelte. Was sich ereignet hatte, war tatsächlich schwer zu glauben.

Vor der Tür des Krankenzimmers blieb sie stehen. „Er ist immer noch ziemlich groggy. Aber er bestand so hartnäckig darauf, mit einem Polizeibeamten zu sprechen, dass ihm der behandelnde Arzt schließlich die Erlaubnis dazu gab – in der Hoffnung, nach Ihrem Besuch würde sich Dr. Wallis beruhigen."

Kirby schwieg. Natürlich würde er seine Ansicht erst äußern, wenn er die Aussage des Mannes gehört hatte. So, wie er die augenblickliche Situation einschätzte, musste er sich mit einem verrückten Alibi herumschlagen, das ihm etwas zu spät aufgetischt wurde. Als sie den Raum betraten, verblüffte ihn ein farbenprächtiges Blumenmeer. Neugierig las er einige Karten, die in den Sträußen steckten, und da änderte er seine Meinung über den Patienten. „Da soll mich doch ..."

„Stimmt was nicht?" wisperte Laura.

Kirby hielt eine Karte hoch, die er gerade aus einem Korb

voller Chrysanthemen gezogen hatte. „Vom Bürgermeister. Und da drüben vom Gouverneur und seiner Frau."

„Nun, Dr. Wallis genießt einen ausgezeichneten Ruf."

Unbehaglich steckte Kirby die Karte in das Arrangement zurück und spürte, wie sich die Talfahrt beschleunigte.

Laura trat neben Harrys Bett. Sosehr es ihr auch widerstrebte, seinen rastlosen Schlaf zu stören – von seiner Aussage hing Gabriels Wohl und Wehe ab. Gewiss, die Polizei konnte Zeugen aus dem Reed House vorladen und Krankenblätter beschlagnahmen, dann würde die Wahrheit ans Licht kommen. Doch die Zeit drängte. Je länger Garrett Donner durch die Stadt irrte, desto dramatischer erhöhte sich die Gefahr eines weiteren Mordes.

„Dr. Wallis?" begann sie. „Hier ist Laura. Ich habe einen Polizeibeamten zu Ihnen gebracht. Das wollten Sie doch ..." Sie bedeutete Kirby, näher zu kommen. „Reden Sie mit ihm und lassen Sie ihn wissen, dass Sie da sind."

„Okay." Der Agent beugte sich über das Bett. „Dr. Wallis? Ich bin Kirby Summers von der Oklahoma-State-Mordkommission. Vorhin hat mich Miss Dane angerufen und gesagt, Sie müssten mir was erzählen."

Polizei? Wozu brauche ich die Polizei? Nur langsam tauchte Harry aus seinem unruhigen, von Medikamenten beeinflussten Schlummer empor, und die Erinnerung kehrte zurück. Er öffnete die Augen und hob eine Hand, die Kirby ergriff – erstaunt über den kräftigen Druck der bebenden Finger.

„Halten Sie ihn auf", murmelte Harry.

„Wen, Dr. Wallis? Wen soll ich aufhalten?“

„Donner … Gefährlich …“

„Den haben wir bereits geschnappt“, verkündete Kirby und runzelte die Stirn.

Mühsam stolperte Harry durch Worte und Gedanken. „Haben Sie ihn gefunden?“

„Ja, Sir. Heute Morgen wurde er festgenommen.“

Empört starrte Laura den Agent an und fragte sich, ob er Harry Wallis Aussage absichtlich falsch deutete. „Sagen Sie ihm gefälligst, *wen* Sie eingesperrt haben“, zischte sie.

Kirby seufzte. Allmählich hatte er die Auseinandersetzungen mit dieser Frau satt. Er war froh, wenn dieser Fall endlich abgeschlossen war. „Wir haben Gabriel Donner verhaftet, aufgrund eines unwiderlegbaren DNA-Resultats.“

Plötzlich umklammerte Harry die Hand des Agents noch fester. „Der falsche Mann – der falsche Mann“, stammelte er. „Nicht Gabriel … Garrett … Mein Patient. Halten Sie ihn auf – sonst – geschieht *noch* ein Unglück …“

Da begrub Kirby seine letzte Hoffnung. Entweder musste er Dr. Wallis einen Lügner nennen, was ihm die Reputation des Mannes verbot, oder die Aussage akzeptieren. Zumindest sah er sich gezwungen, die Information zu überprüfen.

„Also behandeln Sie einen Patienten namens Garrett Donner, Gabriel Donners eineiigen Zwilling?“

Mühsam schluckte Harry und senkte die Lider. „Ja“, hauchte er.

Resignierend fügte sich Kirby in sein Schicksal. „Und ich

soll wahrscheinlich auch glauben, Gabriel Donner hätte nichts von der Existenz seines Bruders gewusst?"

Harry nickte.

„Nur die Haushälterin kannte die Wahrheit", ergänzte Laura, „die Frau, die heute Morgen vor Ihren Füßen in Ohnmacht fiel. Um die Wünsche ihrer Arbeitgeber zu respektieren, hütete sie das Geheimnis."

Der Agent fühlte sich elend. Nachdem er den falschen Mann verhaftet hatte, wurde ihm die lästige Pflicht auferlegt, auch noch den ganzen Papierkram ein zweites Mal erledigen. „Und wo steckt dieser Garrett? Stand er mit seiner Familie in Verbindung?"

Eine Zeit lang zögerte Laura. Was sie dem Agent jetzt mitteilen musste, würde er wohl kaum für bare Münze nehmen. „Ja, in gewisser Weise", entgegnete sie leise. „Aber nur mit Gabriel – und nur aus der Ferne."

„Was heißt das? Aus der Ferne?"

„Nun – es ist so ähnlich wie Gedankenübertragung, verstehen Sie?"

„Warum habe ich nicht selbst daran gedacht?" stieß Kirby hervor, entzog dem Patienten seine Hand und warf die Arme hoch. „Übersinnliche Kräfte, Visionen – natürlich gehört auch Gedankenübertragung dazu. Wie konnte mir das bloß entgehen?"

„Machen Sie sich nur lustig!" fuhr sie ihn an. „Jedenfalls ist Gabriel unsere einzige Verbindung zu Garrett, und nicht einmal *er* hat ihn unter Kontrolle."

Irritiert schüttelte Kirby den Kopf. „Warum überrascht mich das nicht?"

Statt sich von seinem unverhohlenen Sarkasmus beirren zu lassen, fragte sie: „Erinnern Sie sich an die Stimme, die Gabriel immer wieder hört? Davon haben wir Ihnen erzählt."

„Ja."

„Nun, es ist Garretts Stimme. Irgendwie glaube ich, er peilt Gabriel wie ein Zielsuchgerät an. Eines Tages wird er sein Elternhaus finden." Und dann spielte sie ihren letzten Trumpf aus. „Agent Summers, Sie haben nur eine einzige Chance, Garrett Donner festzunehmen, bevor er noch mehr Unheil anrichtet. Lassen Sie seinen Bruder frei. Schicken Sie Gabriel nach Hause. Garrett wird zu ihm kommen. Das weiß ich."

„So wie Sie Henry Loos Tod vorausgesehen haben?"

Das Kinn erhoben, schaute sie direkt in Kirby Summers Augen. „Genauso", bestätigte sie in sanftem Ton.

„Wie können Sie eigentlich mit sich selbst leben?" spottete Kirby, und ihre Antwort beschämte ihn.

„Ganz vorsichtig, und auch immer nur von einem Tag bis zum nächsten."

Gabriel sprang aus dem Taxi und rannte zu seinem Haus. Noch bevor es ihm einfiel, dass er keine Schlüssel bei sich trug, sah er Laura vor der Tür stehen.

Lachend und weinend sank sie in seine Arme, und er drückte sie an sich. „Du bist wieder – du bist wieder da …", rief sie in einem fort.

„Und du bist immer noch da“, warf er ihr vor.

„Jemand musste doch hier warten, um dich zu begrüßen.“

Die Augen geschlossen, presste er sie noch fester an seine Brust. Als er aus dem Krankenhaus entlassen worden und mit Onkel Mike heimgekehrt war, hatte er nur Matty in seinem Haus angetroffen. Jetzt wurde er von Laura willkommen geheißen, die ihm *alles* bedeutete.

Sehnsüchtig hauchte er einen Kuss auf ihre Lippen. „Wie geht's Matty?“

„Ich habe sie nach Hause geschickt.“

„Sehr gut“, meinte er grinsend, und sie lachte leise.

„Diesen besonderen Glanz in deinen Augen kenne ich.“

„Nun, du weißt ja, wie's im Knast ist. Kein Komfort, keine Frauen ...“

Da lachte sie noch lauter. „Du warst doch nur zehn Stunden weg.“

„Zehn Stunden? Zehn Jahre. Jedenfalls hatte ich dieses Gefühl, während ich in der Zelle saß.“

„Das kann ich mir vorstellen.“

„Hast du Onkel Mike angerufen?“ Gabriel führte sie ins Haus und schloss die Tür.

„Ja. Morgen will er uns besuchen. Er hat eine Idee, und davon möchte er uns erzählen.“

Voller Verlangen betrachtete er ihr schönes Gesicht. „Morgen? Um wie viel Uhr?“

„Keine Bange, sicher nicht bei Tagesanbruch“, erwiderte sie lächelnd. „Außerdem, nach deinem endlos langen Aufenthalt in einer unbequemen Gefängniszelle lässt dein Durchhaltevermögen sicher zu wünschen übrig."

Gabriel brach in schallendes Gelächter aus. Dann lauschte er in der plötzlichen Stille dem Echo seiner eigenen Stimme, das von den Wänden widerhallte.

„Was ist los?" fragte Laura.

„Dass mir das jemals wieder gelingen würde, hätte ich nie gedacht."

„Was denn?"

„So fröhlich zu lachen." Er streckte seine Hand aus, und sie griff danach. „Komm mit mir, Laura, und liebe mich."

In ihre Augen stiegen Tränen, die sie mühsam hinunterschluckte. „Mit dem größten Vergnügen", flüsterte sie und zog ihn zur Treppe.

13. KAPITEL

Er stand auf einem grasbewachsenen Hügel. Vor dem Nachthimmel glich seine Silhouette einem seltsamen tragischen Fabelwesen. Sein dichtes schwarzes Haar, schon lange nicht mehr geschnitten, bedeckte die Ohren und reichte fast bis zum Hemdkragen. Obwohl seine Kleidung völlig verschmutzt war, wechselte er sie jeden Tag, so wie er es gelernt hatte. Die breiten Schultern gestrafft, breitete er die Arme aus, als versuchte er, die Welt zu umfangen.

Nur der Mond sah die Tränen, die über seine Wangen strömten, nur der Allmächtige kannte das Ausmaß seines Leids. Er glaubte, seine Eltern hätten ihn verstoßen. Und das Einzige, was ihn immer noch mit irgendjemandem verband, verwahrte er in seiner Seele. Irgendwo gab es einen Ort, zu dem er gehörte, und sein Herz würde ihn hinführen.

Im Wipfel eines nahen Baums schrie ein Nachtvogel. Sofort ballten sich die Hände des Mannes zu Fäusten, und er fuhr herum, den Mund vor Angst weit aufgerissen. Die Eule flog zwischen den Zweigen empor. Lautlos trugen sie die mächtigen Schwingen aus dem Blickfeld. Als sie nur mehr eine Erinnerung war, entspannte er sich.

So weit sein Auge reichte, erstreckten sich Lichter unterhalb des Hügels. Er dachte an das Lächeln seiner Mutter, das fröhliche Lachen seines Vaters. Ohne auch nur einen einzigen Laut auszustoßen, fiel er auf seine Knie und wiegte sich vor und zurück.

Irgendwann sank er erschöpft zu Boden, zog seine Tasche zu sich heran und umarmte sie wie ein Kissen. Unter seinem Gesicht fühlte sich das Gras feucht an, gegen die Beine drückte sich harter, steiniger Boden. Zu müde, um sich irgendwo zu verstecken, schloss er langsam seine Lider. Aus der Finsternis wehte ein Wispern heran, Worte reihten sich aneinander und füllten die Stille.

„‚Jetzt lege ich mich zum Schlafen nieder und bitte den Herrn, er möge meine Seele hüten. Wenn ich sterbe …'"

Und dann versank er in tiefem Schlummer.

Eben hatte Gabriel noch geschlafen. Beim nächsten Atemzug erwachte er und fragte sich, warum. Laura lag neben ihm, den Rücken an seiner Brust. Auf ihrer Wange sah er den Schatten ihrer langen Wimpern. Eine Zeit lang lauschte er ihren gleichmäßigen Atemzügen. Obwohl alles in Ordnung schien, verspürte er ein Unbehagen, das er nicht ignorieren konnte. Die Alarmanlage war eingeschaltet. Da sie stumm blieb, hatte sich kein unbefugter Eindringling ins Haus geschlichen. Immer noch beunruhigt, hob er den Kopf und lauschte vergeblich auf ungewohnte Geräusche.

Er wandte sich wieder zu Laura. Während er sie beobachtete, seufzte sie. Er neigte sich näher zu und sah eine winzige Falte zwischen ihren Brauen. Schmollend schob sie die Unterlippe vor.

Was für ein faszinierender Traum muss das sein, dachte er lächelnd. Behutsam strich er eine Locke aus ihrem Augenwinkel und zog die Decke über ihre Schulter. Da glättete sich ihre Stirn, der schmollende Ausdruck verschwand.

„Ich liebe dich, Baby“, flüsterte er in ihr Ohr. Dann stieg er aus dem Bett – ganz vorsichtig, um sie nicht zu wecken. Ehe er sich vergewissert hatte, dass es keinen Grund zur Sorge gab, würde er nicht mehr einschlafen. Auf Zehenspitzen schlich er zur Tür.

Sobald er in den Flur trat, erschauerte er. Plötzlich wurde er von so abgrundtiefer Trauer erfüllt, dass er nichts weiter tun konnte, als mechanisch einen Fuß vor den anderen zu setzen. Von einer Macht getrieben, die er sich nicht erklären konnte, eilte er an leeren Räumen vorbei und die Treppe hinab. Da erklang die Stimme in seinem Kopf, und er wusste, was geschah.

... kann dich nicht finden – kann dich nicht finden ...

Garrett versuchte nach Hause zu kommen.

Sofort verdrängte Gabriel alle Gedanken und folgte nur noch seinem Herzen. Er schaltete das Sicherheitssystem aus und durchquerte die Bibliothek, öffnete die Glastür und betrat die Terrasse.

Unter seinen nackten Füßen fühlte sich der Fliesenboden kalt an, und die Nachlauft war noch feucht vom Regen. Als er die Terrassenstufen hinabgestiegen war, benetzte nasses Gras die Säume seiner Pyjamahose. Doch das bemerkte er nicht. Wäre es ihm bewusst geworden, hätte es ihn auch nicht interessiert. In seinem Herzen wuchs die Trauer.

Jeder Atemzug bereitete ihm Schmerzen. Und während er

am Rosengarten seiner Mutter vorbei nach hinten in den Park wanderte, rollten ihm Tränen über die Wangen.

Plötzlich blieb er mitten auf dem Rasen stehen und schaute zum Himmel hinauf. Das Gewitter hatte ein paar vereinzelte Wolken zurückgelassen, die über die Sichel eines Neumonds glitten. Jenseits seines silbrigen Lichts funkelten und zwinkerten Sterne, schienen ein Geheimnis zu kennen, das sie nicht ausplaudern konnten.

„Was ist das?" flüsterte Gabriel. Dann breitete er seine Arme aus und griff nach etwas, das einfach nicht da war. „Was willst du von mir?"

Noch eine Welle großer Trauer durchströmte ihn und warf ihn auf die Knie.

Finde mich. Finde mich.

„O Gott, warum geschieht das mit mir – und mit Garrett? Haben wir nicht genug verloren – nicht genug gelitten?"

Jetzt leg ich mich zum Schlafen nieder …

Gabriel rang nach Luft. In seinem Kopf ertönten die Worte so deutlich, als würde jemand neben ihm stehen und das Gebet deklamieren. Schaudernd atmete er aus und wartete – wartete. Nichts … Als er schon glaubte, der Sprecher wäre verschwunden, erschien etwas vor seinem geistigen Auge – das Bild zweier kleiner Jungen, die neben ihrem Bett knieten. Und da wusste er, was er sagen musste – die nächste Zeile.

„‚… und bitte den Herrn, er möge meine Seele hüten.'"

Wenn ich sterbe …

Die Antwort der Stimme erfüllte Gabriel mit seltsamer

Freude. Allmählich war ihm die Gedankenverbindung vertraut. Hatte er sich mit Garrett in der Kindheit auf ähnliche Weise verständigt? Jetzt kam er wieder an die Reihe.

„‚Bevor ich erwache …'"

Angespannt wartete er auf die nächste Zeile des Gebets. Aber er hörte sie nicht. Aus irgendeinem Grund war Garrett unfähig, das Gebet zu beenden. Gabriel senkte den Kopf – das Mindeste, was er tun konnte.

„‚… bitte ich den Herrn, sich meiner Seele anzunehmen.'"

Sobald die Worte über seine Lippen kamen, verflog die Trauer, verdrängt von bleierner, körperlicher und geistiger Müdigkeit. Er streckte sich im Gras aus und schloss die Augen. Wenige Minuten später schlief er ein.

Laura träumte, sie wäre in einem Haus ohne Türen, hinter lauter vergitterten Fenstern gefangen. Als sie sich auf die Zehenspitzen stellte, entdeckte sie Gabriel draußen im Rosengarten. Aber er sah sie nicht. Sie konnte nicht hinausgelangen – und er nicht herein.

Hinter ihrem Rücken hörte sie Schritte, drehte sich um, und ihre Enttäuschung steigerte sich zu eisiger Angst. Gabriel stand vor ihr, eine Rose in der Hand. Und hinter ihr schlug jemand gegen das Fenster. Sie spähte über die Schulter. Zwischen den Gitterstäben schimmerten Gabriels Augen, die sie anstarrten. Wie war das möglich. Befand er sich gleichzeitig an zwei verschiedenen Orten?

Sie wollte schreien – und erwachte. Bis sie vollends zu sich kam, dauerte es nur wenige Sekunden. Und da merkte sie, dass sie allein im Bett lag. Warum war er aufgestanden? Dafür gab es natürlich mehrere Gründe. Vielleicht hatte er das Badezimmer aufgesucht oder ein Glas Wasser geholt. Oder er fand keinen Schlaf und hatte beschlossen, ein Buch zu lesen. Aber wie ihr ein Instinkt verriet, traf nichts davon zu. Ohne lange zu überlegen, sprang sie aus dem Bett, schlüpfte in ihren Morgenmantel und verließ das Zimmer.

Beeil dich. Beeil dich.

Die drängende Forderung jagte einen Schauer durch Lauras Körper. Sonderbar – das war nicht die Stimme, die Gabriel immer wieder hörte, sondern eine andere – sanft und eindeutig weiblich. Und nach allem, was Laura zu spüren glaubte, sprach sie nur mit *ihr.*

„Ja, ich will mein Bestes tun“, wisperte sie. Dann rannte sie den Korridor entlang und die Treppe hinab, von ihrem Herzen zu dem Mann getrieben, den sie liebte.

Beim Anblick der abgeschalteten Alarmanlage schwanden ihre Hoffnungen. War er hinausgegangen? Bedrückt erinnerte sie sich an jene Nächte, wo sie ihn im Park gefunden hatte – das Haar zerzaust, blutend, manchmal verwirrt und jedes Mal überzeugt, vor seinen Augen wäre ein Mord geschehen.

Beeil dich. Beeil dich.

Unentwegt dröhnten die Worte in ihren Ohren, während sie die Räume absuchte.

„Hilf mir doch!“ flehte sie. Im selben Moment entdeckte sie die offene Glastür. Endlich wusste sie, wo sie sich umschauen musste. „Vielen Dank", flüsterte sie und rannte ins Freie. Auf der Terrasse hielt sie kurz inne und schickte ein stummes Gebet zum Himmel. Irgendjemand – am besten der Allmächtige – musste für Gabriel sorgen, denn ihm selbst schien das zu misslingen. Unter ihren nackten Sohlen spürte sie nasses Gras. Trotz der heißen Tage war die Nachtluft kalt. Zum Glück trug Laura ihren Morgenmantel. Sie zog ihn am Hals enger zusammen und lief weiter. Vorbei am Rosengraten, an den Tennisplätzen, zur großen Rasenfläche Zwischen der steinernen Mauer und der Straße …

Und da sah sie ihn. Zusammengekrümmt lag er auf der Seite im Gras und schlief. Ein Arm diente seinem Kopf als Kissen. Den anderen hatte er unter seinen Bauch geschoben, als würde er etwas – oder jemanden an sich drücken. Laura kniete neben ihm nieder und berührte seine Brust, direkt über seinem Herzen. Im Schlaf bewegte er sich. Aber er schien ihre Nähe nicht zu spüren. Langsam senkte sie die Lider und öffnete ihren Geist – für alles, was auf sie zukommen mochte.

Zunächst sah sie nur Finsternis und das Bild, das sie eben noch erblickt hatte – einen grenzenlosen, samtigen Nachthimmel voller blinkender Sterne. Unter ihrer Handfläche spürte sie Gabriels kräftige Herzschläge, die das lebensnotwendige Blut durch seine Adern pumpten. Und dann vertiefte sich die Empfindung.

Sie fühlte seinen Atem.

Fühlte seine Haut.

Fühlte seine Tränen.

Fühlte seinen Schmerz.

Kalt. So kalt.

Erschrocken begann sie zu zittern. Das war nicht Gabriels Stimme. Angestrengt lauschte sie. Alles blieb still. Schließlich öffnete sie die Augen.

In schläfriger Verwirrung musterte Gabriel ihr Gesicht. „Laura?"

„Nicht jetzt", erwiderte sie leise. „Gehen wir ins Haus." Zärtlich strich sie über seine Wange und erschrak. „Oh, du bist ja ganz kalt!"

„Was ist passiert? Habe ich …?"

„Mach dir deshalb keine Sorgen", unterbrach sie ihn und half ihm auf die Beine. „Komm einfach nur mit mir, Liebster, du musst dich wärmen."

Ja, sie hat Recht, dachte Gabriel. Sein Pyjama war völlig durchnässt, und er fror bis auf die Knochen. Was zum Teufel hatte ihn veranlasst, hier draußen in der Dunkelheit einzuschlafen? Im nächsten Moment beantwortete er die Frage. Er betrachtete die Stelle, wo er gelegen hatte, und seine Kehle wurde eng.

Ich ahme Garrett immer noch nach.

Die Hände geballt, sah er sich um. „Garrett! Wo bist du?"

Laura beobachtete ihn unglücklich. Was Gabriel und sein Bruder erdulden mussten, lastete bleischwer auf ihrer eigenen Seele. „Tut mir so Leid …"

Verzehrende Qualen umschatteten seine Augen. „Wie kann ich ihm helfen?"

„Gehen wir ins Haus", schlug sie noch einmal vor und

umfasste seine Hand. „Wenn du dir eine Lungenentzündung holst, wirst du *niemandem* helfen.“

Wortlos folgte er ihr, versperrte die Haustür hinter sich und schaltete die Alarmanlage wieder ein. Inzwischen lief Laura die Treppe hinauf. Als er den ersten Stock erreichte, hatte sie in der Duschkabine bereits das heiße Wasser aufgedreht und einen trockenen Pyjama auf sein Bett gelegt.

Mit den Schuldgefühlen, die sie in seinem Blick las, durfte er sich nicht quälen. „Sag es nicht!“ mahnte sie. „Du hast nichts verbrochen. Für das alles bist du nicht verantwortlich.“

Er schwieg und ergriff seinen Pyjama. Aber auf dem Weg zum Bad blieb er stehen und drehte sich um. „Doch, Laura, ich *bin* der Hüter meines Bruders.“

Verzweifelt starrte Althea Good ins Leere. Harry Wallis lag im Saint Anthony's Hospital und erzählte jedem, der ihm zuhörte, die haarsträubendsten Geschichten. Schon zwei Mal hatte sie der Generaldirektor des Reed House angerufen. Anscheinend erkundigte sich Harry viel zu hartnäckig nach einem verschwundenen Patienten. Nun fürchtete sie, es wäre nur mehr eine Frage der Zeit, bis man auch die anderen vermissen würde.

Zum Teufel, wenn man bloß wüsste, welch ein elendes Leben sie führte, würde man Verständnis für aufbringen. Zog die Gesellschaft irgendwelchen Nutzen aus den Insassen des Pflegeheims? Sie fielen ihren Familien nur zur Last. Nach Altheas Meinung waren die meisten gar keine Menschen. Wozu brauchten sie all diese übertriebene Fürsorge? *Sie* war es, der irgendjemand helfen müsste.

Den Kopf auf den Schreibtisch gelegt, wäre sie beinahe in Tränen ausgebrochen. Könnte sie doch jenen Tag aus ihrer Vergangenheit streichen … Als Phantasiereise hatte es begonnen – ein amüsanter, aber ziemlicher dummer Gag an ihrem vierzigsten Geburtstag. Wenn ich jetzt noch immer nicht meine eigenen Entscheidungen treffe, werde ich's niemals schaffen, hatte sie gedacht. Und es ist nichts Weltbewegendes … Aber ihr alter Freund hatte gelogen.

„Törn dich ein bisschen an, das wird dir nicht schaden. Eine einzige dünne Linie. Nur einmal im Leben wirst du vierzig. Danach geht's bergab. Versuch's doch, solange du noch jung genug bist, ums zu genießen."

Das allein hatte ihr schon genügt, um eine alberne Versuchung ernsthaft zu erwägen.

„Komm schon", redete er auf sie ein. „Sicher wird's dir gefallen. Du fliegst hoch empor. Und dann sinkst du langsam wieder herunter, wie eine Feder, in einer sanften Brise. Nichts, worüber du dich aufregen müsstest. Nun, was meinst du dazu?"

Althea starrte die schnurgeraden weißen Linien an. Weißes Pulver auf einer Glasplatte, das man schnupfen musste. Welch ein verlockendes Spiel … Und er hatte versichert, der Sex danach würde sie geradezu umwerfen. Also schnupfte sie die weiße Linie.

Sie verlor das Spiel.

Und er log.

Wie sich herausgestellt hatte, war ihr alter Freund gar kein Freund gewesen. Jeden Tag verschlang ihre Sucht tausend Dollar. Um ihr wachsendes Bedürfnis nach der Droge zu finanzieren, hatte sie ihren Anteil an einer Eigentumswohnung in Aspen verkauft, dann ihren Mercedes. Und ihre Schmuckstücke waren längst verscherbelt, die Kreditkarten überzogen. Letzten Endes konnte sie nichts mehr verkaufen. Und da schmiedete sie ihren Plan. Bis jetzt hatte er großartig funktioniert.

Im Grunde war es ganz einfach. Die Patienten verbrachten ihr ganzes Leben im Reed House. Bei keinem würde jemals eine Besserung eintreten, und die meisten wurden steinalt. Manche alternden Insassen hatten keine Verwandten mehr, und die Pflegekosten wurden mit Trustfonds bestritten, von ihren Familien testamentarisch eingerichtet. Niemand besuchte sie, niemanden interessierten sie, solange die Schecks von den Fonds eintrafen, auf ihre Namen ausgestellt.

Und so musste Althea nur in jeder Akte ein paar Papiere fälschen, damit der Eindruck entstand, die alten Patienten wären auf Wunsch entfernter Verwandter in ein anderes Pflegeheim gebracht worden, in einen anderen Staat. In Wirklichkeit packte Althea die wenigen Habseligkeiten ihrer Schützlinge und fuhr mit ihnen nach Oklahoma City. Dort verfrachtete sie die Patienten in verschiedene städtische Einrichtungen, wo man an Herumtreiber und Obdachlose gewöhnt war – wo Geistesgestörte nicht weiter auffielen. Offiziell lebte jeder

Patient in einem Pflegeheim, das ihm die gewohnte gute Betreuung bot. Von diesen vermeintlichen Transfers wussten die Nachlassverwalter und Anwaltskanzleien nichts. Deshalb schickten sie die Schecks weiterhin an das Reed House, und das Geld landete direkt in Althea Goods Taschen.

Jahrelang war es ein perfekter Coup gewesen – bis sie diesen jüngeren Mann weggeschafft hatte. In diesem Fall hätte das Alter keine Rolle spielen dürfen. Was schief gelaufen war, wusste sie noch immer nicht. Eine knappe Woche, nachdem Garrett Donners Eltern tödlich verunglückt waren, hatte sie einen Brief von einem Anwalt mit der Mitteilung erhalten, seine Kanzlei würde in Zukunft die Pflegekosten übernehmen. Hastig studierte Althea die Akte des Patienten. Nur seine Eltern hatten ihn jemals besucht. Jetzt waren sie gestorben. Von seinem Bruder hatte sie nichts gewusst. Warum war er nie erwähnt worden? Geheimnisse! Was stimmte eigentlich nicht mit dieser Welt? Zu viele Geheimnisse!

Als das Telefon läutete, griff sie gerade nach ihrer Kaffeetasse, die zu Boden fiel und trotz des dicken Teppichbodens unter dem Schreibtisch zerbrach.

Ungläubig starrte sie die Bescherung an. Dann nahm sie den Hörer ab. „Althea Good."

„Guten Tag, Miss Good, hier ist Agent Kirby Summers von der Oklahoma-State-Mordkommission. Könnte ich mal ins Reed House kommen und mit Ihnen über einen Ihrer Patienten reden?"

In ihrer Kehle stieg bittere Galle empor. Sie räusperte sich und atmete tief durch. „Tut mir Leid, Mr. Kirby, die Akten unserer Insassen sind streng vertraulich. Sicher werden Sie das verstehen."

Auf diese Abfuhr war er vorbereitet. „Wie man mir erklärt hat, wurde ein sehr gefährlicher Mann aus Ihrem Heim auf die Allgemeinheit losgelassen. Und Sie wissen ja, wie die Medien sind. Wahrscheinlich finden Sie's vernünftiger, meine Fragen zu beantworten, bevor die Meute Wind von den neuesten Ereignissen kriegt. Glauben Sie mir, sobald's die Reporter erfahren, und daran besteht kein Zweifel, werden sie über Sie herfallen wie Schmeißfliegen über einen Misthaufen. Habe ich mich klar ausgedrückt?"

Allerdings ... „Okay, ich werde meine Nachmittagstermine absagen. Kommen Sie irgendwann nach eins."

Das laute Klicken in ihrem Ohr brachte ihren Puls auf Hochtouren. Mit bebenden Fingern legte sie auf, und sie konnte den bitteren Geschmack in ihrem Mund nicht hinunterschlucken.

„O Gott, was soll ich tun?" flüsterte sie.

Die Sucht erwachte wieder, stärker als an diesem Morgen – stärker denn je. Schon in knapp zwei Stunden würde die Polizei zu ihr kommen. Um Himmels willen, Oklahoma-State-Bullen! Wenn sie sich bis dahin nicht zusammenriss, würden sie merken, dass irgendwas nicht stimmte. Die Verwalterin eines elitären Pflegeheims würde sich keine Blöße geben. Natürlich durfte sie nicht zittern – sie musste stark sein und Vorteile für sich herausschlagen, bevor ihr der Wind zu scharf ins Gesicht blies.

„Strecken Sie die Hände vor, Lady, Sie sind verhaftet! Charlie, leg ihr Handschellen an."

Den kleinen Beutel mit dem weißen Pulver an die Brust gepresst, überlegte Althea, ob sie davonlaufen sollte. Aber sie trug High Heels, und der Mann sah unerbittlich aus. Außerdem bedrohte er sie mit einem Schießeisen. Auch sie besaß einen Revolver. Wäre sie ein bisschen tapferer, würde sie ihn hervorholen und …

„Oh, was haben wir denn da?" Charlie zog den Revolver aus ihrer Jackentasche. „Ich nehme an, Sie können keinen Waffenschein vorweisen?"

Althea rollte mit den Augen. *Ein Waffenschein? Bringen Sie mich nicht zum Lachen!*

Verdammt, welch ein schwerer Fehler, die Knarre einzustecken … Abschätzend musterte sie die Gesichter der beiden Polizisten und die Zivilkleidung. Ohne zu bedenken, dass die Straßenanzüge vielleicht auf verdeckte Ermittlungen hinwiesen, riskierte sie eine etwas zu große Lippe und beging einen weiteren Fehler. „Hören Sie, diesen Revolver habe ich für einen Freund gekauft. Noch nie in meinem Leben hatte ich Schwierigkeiten … Also, wie viel?"

„Wie viel – was?" fragte der andere Cop.

„Wie viel – damit Sie mich in Ruhe lassen?"

Grinsend schaute er seinen Partner an. „O Mann, Charlie, das wird ja immer besser!" Er wandte sich wieder zu Althea. „Zehn bis zwanzig – mindestens, würde ich sagen."

Ihre Gedanken überschlugen sich. Zehntausend? *Zwanzig-*

tausend? Ein bisschen was lag auf der Bank. Und der Ford … Den würde sie verkaufen. Triumphierend lächelte sie. In der Tat, jeder Mann hatte seinen Preis. Sie senkte ihre Stimme. „Wen bezahle ich?“

„Den Staat Oklahoma“, erwiderte Charlie und entwand ihr den Beutel mit dem Kokain, öffnete ihn und warf einen kurzen Blick hinein. Sekunden später klickten die Handschellen. „Wir reden nicht von Tausendern in Dollars, Lady, sondern von den Jahren, die Sie hinter Gittern verbringen werden. Drogen, unerlaubter Waffenbesitz, versuchte Beamtenbestechung. Wie naiv Sie sind …“

Alles Blut wich aus ihrem Gesicht. Minuten später saß sie in einem Auto, auf dem Weg zum Polizeipräsidium. Panik mischte sich mit heftiger Übelkeit. Nun würde sie ihr Treffen mit dem Agent von der Oklahoma-State-Mordkommission verpassen …

Dann hätte sie beinahe gelacht. Heiliger Himmel, der Koks hatte ihr Gehirn offensichtlich ernsthaft benebelt. Dieser verdammte Termin sollte die letzte ihrer Sorgen sein. Immerhin gab es einen kleinen Trost. Drogen, versuchte Beamtenbestechung, kein Waffenschein – drei Verbrechen. Aber man konnte sie nicht *drei Mal* hängen.

Als Charlie und sein Partner ihre Gefangene aufs Präsidium brachten, wollte Ray Bush gerade Mittagspause machen. Er beachtete die Frau nicht – bis er ihren Namen hörte. Auf dem Weg zur Tür blieb er abrupt stehen und drehte sich um.

„Althea Susan Good, 911 Sooner Road, Del City, Oklahoma, 41 Jahre alt.“

Aufmerksam lauschte er dem Verhör, das Charlie Slater vornahm.

Nach ihrem Job befragt, murmelte sie zunächst etwas Unverständliches. Dieses Thema war ihr äußerst unangenehm. Aber wie sie gerade noch rechtzeitig erkannte, würde ihr eine Lüge in diesem Punkt vermutlich schaden. „Ich leite das Pflegeheim Reed House.“

Interessiert trat Ray näher. Erst vor zwei Stunden hatte er Kirby Summers gebeten, auf seine Begleitung in dieses Haus zu verzichten. „Entschuldigen Sie, Charlie – dürfte ich Miss Good eine Frage stellen?“

Slater schaute von seinem Schreibtisch auf und zuckte die Achseln. „Meinetwegen.“

Mittlerweile war es Althea egal, wer sie in die Zange nahm. Sie wollte endlich telefonieren.

„Ma'am?“ begann Ray.

In ihrem Sessel zurückgelehnt, schaute sie ihn an.

Nachdem er ihre Aufmerksamkeit auf sich gezogen hatte, schwieg er und ordnete seine Gedanken.

„Spucken Sie's aus, Boy!“ fauchte sie.

In seiner Brust stieg ein alter, vertrauter Zorn auf. *Boy.* Dass Althea Good zu diesen Typen gehörte, hätte er sich denken können.

Er neigte sich zu ihr hinab, damit sie in den vollen Genuss seiner dunkelbraunen Haut und seiner schwarzen Augen kam. „Heute wollte Agent Kirby Summers Sie besuchen, nicht wahr? Heute Nachmittag?“

Althea warf einen kurzen Blick auf die Wanduhr. Halb drei. Wahrscheinlich war der Agent schon kurz nach eins in ihrem Büro gewesen. Sarkastisch lächelte sie den farbigen Polizisten an. „Sieht so aus, als würde ich mich ein bisschen verspäten.“

„Darauf können Sie Gift nehmen.“ Ray richtete sich auf und griff nach einem Telefon.

Für einen Mann, der von der Gicht und einem lädierten Knie geplagt wurde, ging Mike Travers erstaunlich schnell die Straße entlang. Soeben hatte er mit einem von Brent Donners Anwälten gesprochen. Und nun versuchte er immer noch zu verdauen, was er gehört hatte.

Nachdem er von Garretts Existenz erfahren hatte, war er in den Rosengarten geflohen. Etwas später kam Gabriel zu ihm und konfrontierte ihn mit der Frage: „Wenn meine Eltern ihre Söhne gleichermaßen liebten – warum haben sie in ihrem Testament keine Vorsorge für meinen Zwillingsbruder getroffen?“ Das hatte Mike zu denken gegeben.

Da Gabriel bei dem schrecklichen Autounfall schwere Verletzungen erlitten hatte, war Mike vorübergehend an der Stelle des Jungen zum Nachlassverwalter bestimmt worden. Am Inhalts des Testaments gab es nichts zu rütteln – Gabriel würde alles erben.

Vage erinnerte sich Mike an verschiedene, von Brents und

Angelas Anwälten erwähnte Stiftungen. Aber darauf hatte er nicht geachtet. Damals war es nur auf Gabriels Genesung angekommen. Sobald er sich auf dem Weg der Besserung befand, wurde das Testament gerichtlich bestätigt. Alles war hieb- und stichfest. Ein paar Tage nach Gabriels Heimkehr hatte Mike ihm nur zu gern den Papierkram überlassen. Und das war's gewesen.

Zumindest hatte er das angenommen – und sich ebenso wie Gabriel geirrt. Nun wusste Mike, was tatsächlich geschehen war. Der Anwalt hatte ihm mitgeteilt, Garrett sei bis zum Ende seines Lebens bestens versorgt, dank eines von Brent Donner eingerichteten Trustfonds. Jeden Monat würde die Kanzlei einen Scheck ins Reed House schicke. In diesem Heim würde Garrett die bestmögliche Pflege genießen.

Da hatte Mike herausgefunden, was er wissen musste und sich von dem Anwalt verabschiedet.

Von Fotoalben umgeben, saß Gabriel am Boden der Bibliothek. Laura lag neben ihm auf dem Bauch. In einem seiner T-Shirts und ihrer eigenen Jeans, stützte sie sich auf ihre Ellbogen, lehnte an seinem Knie und beobachtete, wie er eine Seite nach der anderen umblätterte. Hin und wieder wanderte ihr Blick von den Bildern zu Gabriel. Nach außen hin wirkte er gelassen. Trotzdem spürte sie seine innere Unrast, und sie merkte, wie schwer es ihm fiel, die Fassung zu bewahren.

Er starrte ein Foto an und versuchte sich auf den Tag zu besinnen, wo es geknipst worden war. Am 4. Juli, am Grand

Lake. Damals war er zehn Jahre alt gewesen. Das wusste er, weil die Mutter das Datum, unter den Schnappschuss geschrieben hatte.

Zehn Jahre alt ... Fünf Jahre, nachdem Garrett in das Heim gebracht worden war.

Einen großen Fisch in der Hand, grinste er von einem Ohr bis zum anderen. War Garrett jemals angeln gegangen? Die Brauen zusammengezogen, blätterte er weiter.

Er war wütend. Sogar das Wort „Bruder" erregte seinen Zorn. Und sein Kummer wuchs. Ein grausames Schicksal hatte Garrett zu einem leidvollen Leben bestimmt. Wenn die Polizei ihn aufspürte, drohten ihm noch schlimmere Qualen.

Seit Gabriel die Wahrheit kannte, empfand er eine Angst, die ihn Tag und Nacht verfolgte. Er fürchtete den Mann, zu dem sich sein Bruder entwickelt hatte. Auf Garretts Konto gingen fünf Morde. Und er war – nach Harry Wallis Diagnose – unfähig, irgendetwas zu begreifen oder Reue zu empfinden.

Plötzlich schämte er sich seiner Angst. Er klappte das Album zu und warf es zur Seite. Dann schlang er seine Finger in Lauras Locken. „Deine Idee war gut, meine Süße. Aber wie du siehst, gibt es keine Fotos von uns Zwillingen. Nur von mir." Spielerisch zupfte er an ihrem Haar, neigte sich hinab und küsste ihren Scheitel.

Laura drehte sich auf den Rücken. Langsam glitt ihr Blick von seinem Gesicht zu den breiten Schultern unter dem Polohemd, zu den langen Beinen. Um die zu verhüllen war eine ganze Menge Levis-Jeansstoff nötig. „Tut mir Leid", seufzte sie leise und berührte sein Knie.

„Unsinn!" erwiderte er und liebkoste ihre Wange. „Du musst dich für gar nichts entschuldigen. Das alles haben mir meine *Eltern* angetan."

In diesem Moment betrat Matty die Bibliothek und hörte die letzten Worte. Wieder einmal meldete sich ihr Gewissen. Doch sie hoffte, der braune Umschlag in ihrer Hand würde sie wenigstens teilweise von ihrer Mitschuld an dem Täuschungsmanöver befreien. „Gabriel ..."

Erst jetzt bemerkte er ihre Anwesenheit. Überrascht hob er den Kopf. „Matty – ich habe deine Schritte gar nicht gehört. Komm näher." Resigniert zeigte er auf die Alben, die am Boden verstreut lagen. „Wir haben gerade Fotos von Garrett gesucht."

„Habt ihr welche gefunden?"

„Nein, aber das überrascht mich nicht", entgegnete er, ohne seine Bitterkeit zu verhehlen. „Offensichtlich waren meine Eltern perfekte Geheimniskrämer."

Mattys Unterlippe zitterte. Doch sie zwang sich zur Ruhe. „Soeben hat Dr. Mike angerufen. Er ist auf dem Weg hierher. Und er hat irgendwelche Neuigkeiten auf Lager."

Nun wurde Gabriels Miene von einem ironischen Lächeln erhellt. „Lass ihn nur herein, wenn's was Gutes ist."

Laura kicherte, und Gabriel lächelte noch breiter.

Da Matty an etwas anderes dachte, war ihr seine Bemerkung entgangen. „Bleibt er zum Lunch?"

Gabriel schaute auf seine Uhr. Viertel vor eins. „Ja, ich denke schon. Leg noch ein Gedeck auf, okay?"

„Natürlich."

Nun erwartete er, sie würde hinausgehen.

Aber sie blieb stehen. Letzte Nacht hatte sie einen seit Jahren überfälligen Entschluss gefasst. Gabriel war ein erwachsener Mann. Deshalb musste man ihm das Recht zubilligen, selbst zu entscheiden, ob er eine Beziehung zu seinem Bruder aufnehmen wollte oder nicht.

„Gabriel …"

Offenbar hatte sie etwas Wichtiges zu sagen. Das sah er ihr an. Und nach allem, was in letzter Zeit über ihn hereingebrochen war, wollte er's nicht hören, während er am Boden saß. Deshalb stand er auf und zog Laura mit sich hoch. „Stimmt was nicht?"

„Hier, das ist für dich. In all den Jahren habe ich's verwahrt." Sie reichte ihm den braunen Umschlag.

„Was ist das?"

„Deine Vergangenheit – deine Zukunft … Was immer du damit anfangen willst, es gehört dir." Bevor sie die Bibliothek verließ, umarmte sie ihn.

Verwirrt starrte Gabriel den Umschlag an. Dann schüttete er den Inhalt auf den Schreibtisch.

Ein Foto fiel neben das andere, bis der Umschlag leer und die Tischplatte mit Schwarzweißbildern von einem Leben übersät war, an das er sich nicht erinnerte.

„O Gabriel, schau doch! Bilder von dir und Garrett, aus eurer Kindheit!“ Laura ergriff einen Schnappschuss. Als ihr die frappierende Ähnlichkeit zwischen den Jungen auffiel, schüttelte sie den Kopf. „Wie konnte man euch beide jemals unterscheiden?“

Gabriel nahm ein anderes Foto in die Hand, inspizierte die spiegelgleichen Gesichter, als würden sie fremden Kindern gehören. Und obwohl ihn die Aufnahme nur vage an entfernte Zeiten erinnerte, konnte er Lauras Frage beantworten. „Ich war der Junge, der niemals weinte.“

„Was?“ rief sie verblüfft.

Ohne das Foto aus den Augen zu lassen, erklärte er: „Ich weinte nicht – sonst hätte ich Garrett wehgetan.“

Plötzlich musste sie mit den Tränen kämpfen, und ihre Kehle wurde eng. Sie schlang ihre Arme um Gabriels Taille und legte ihre Wange an seine Brust. Zu dem Zeitpunkt, wo die Fotos entstanden waren, konnten die Zwillinge höchstens drei Jahre alt gewesen sein. Trotzdem hatte Gabriel die Schwäche seines Bruders irgendwie verstanden und sein Bestes für ihn getan.

„O Gabriel …“, war alles, was sie über die Lippen brachte.

14. KAPITEL

Ein paar Minuten später hörten sie eine vertraute Stimme. Mike Travers betrat die Eingangshalle. Bedrückt beobachtete Laura, wie Gabriel sich wieder einmal in seinem Schneckenhaus verkroch. Lieber Gott, betete sie stumm, erspar ihm eine neue Katastrophe … In den letzten Monaten hatte er schmerzlicher gelitten als andere Menschen in ihrem ganzen Leben. Wie viel würde er noch ertragen können, ohne zusammenzubrechen?

Mikes Schritte näherten sich der Bibliothek, und Gabriel schaute Laura an. Obwohl sich seine Miene verschlossen hatte, spürte sie deutlich sein Unbehagen. „Soll ich euch beide allein lassen?"

„Nein!" Hastig packte er ihren Arm. Dann seufzte er und fügte in sanfterem Ton hinzu: „Bitte, bleib hier bei mir. Ob es dir gefällt oder nicht – du bist ein Teil von allem, was mit mir geschieht."

Lächelnd nickte sie. „Schon gut. Wenn du mich brauchst, bin ich da."

Seine Augen verdunkelten sich. *Immer werde ich dich brauchen.* Doch er fühlte sich zu unsicher, um auszusprechen, was er dachte. Zu viel beruhte auf zaghaften Hoffnungen, zu wenig auf unerschütterlicher Gewissheit. Solange sein Bruder nicht auftauchte, würde er keine Ruhe finden.

Und dann stürmte Onkel Mike in die Bibliothek. Nachdem er die Halle so schnell wie möglich durchquert hatte, war ihm der Atem ausgegangen. Statt Laura und Gabriel zu begrüßen, winkte er ihnen nur zu.

„Das werdet ihr nicht glauben …“ Keuchend sank er in einen Sessel und hob eine Hand. Offenbar wollte er verhindern, dass ihm das Wort entzogen wurde, während er nach Luft rang.

Aber die Blässe des alten Mannes bereitete Laura zu große Sorgen. „Sind Sie okay, Dr. Travers? Vielleicht möchten Sie ein Glas Wasser …“

Mit einer knappen Geste unterbrach er sie. „Nein, nein, vielen Dank mir geht's gut … Wartet nur, bis ich wieder zu Atem komme …“

„Da.“ Gabriel reichte ihm ein Glas Scotch, und sein Onkel starrte ihn an, als würde er an seinem Verstand zweifeln.

Aber er nahm den Drink entgegen und nippte daran. Wie ein belebendes Feuer brannte der Alkohol in seiner Kehle. Nachdem er das Glas geleert hatte, lehnte er sich ächzend in seinem Sessel zurück.

„Besser, Onkel Mike?“ fragte Gabriel.

„Viel besser, mein Junge.“

„Also? Welche aufregenden Neuigkeiten möchtest du uns erzählen?“

Mike fühlte sich wie ein Racheengel auf der Suche nach Gerechtigkeit. Eifrig begann er zu sprechen. „Ich habe über die Kosten für Garretts Pflege nachgedacht. Immerhin war Brent über fünfundzwanzig Jahre lang mein Freund – ein grundgütiger Mann. Deshalb wollte ich nicht glauben, dass er so gedankenlos war und keine Vorkehrungen getroffen hat, die das Wohl seines Sohnes sichern würden. Noch dazu, wo dieser Sohn unfähig war, für sich selbst zu sorgen."

„Worauf willst du hinaus, Mike?" Gabriels Augen verengten sich.

„Nun, deine Eltern haben Garretts *nicht* im Stich gelassen", verkündete Mike triumphierend, „sondern seine Zukunft ebenso gesichert wie deine. Auf den Namen deines Bruders wurde ein Trustfonds eingerichtet, der ihm bis zum Ende seines Lebens die beste Betreuung garantiert."

„Schön und gut", meinte Gabriel, „aber das Geld wird nicht verwendet, solange er unauffindbar bleibt und …"

„Genau das ist es, mein Junge", fiel ihm sein Onkel ins Wort. „Allem Anschein nach steckt's jemand anderer ein. Jeden Monat schickt die Anwaltskanzlei, von deinem Vater beauftragt, einen Scheck ans Reed House. Niemand teilte den Treuhändern mit, dass Garrett seit fast zwei Monaten verschwunden ist. Erst vor vier Tagen wurde der letzte Scheck eingelöst. Wenn er auch verschwunden ist – irgendjemand in diesem Heim behält das Geld für sich."

Sprachlos schüttelte Gabriel den Kopf. Was musste sein Bruder erlitten haben – was erduldete er immer noch? Und dann dachte er verzweifelt an all die Menschen, die ihr Leben verloren hatten. Wütend presste er die Lippen zusammen. Als ihm die Stimme wieder gehorchte, stieß er hervor: „Wer immer die Schuld an dieser Gaunerei trägt, wird bitter büßen. Das schwöre ich beim Namen unserer Mutter."

„Ich will sofort meinen Anwalt sprechen!“ schrie Althea. „Darf ich nicht telefonieren? Das steht mir zu!“

„Im Augenblick sind alle Leitungen außer Betrieb.“ Der Gefängniswärter öffnete eine Tür und schob sie hindurch. „Das habe ich Ihnen doch schon gesagt. Irgendein Baggerfahrer hat versehentlich eine Fernverbindung ausgegraben. Aber es wird dran gearbeitet. Bald können Sie telefonieren. In der Zwischenzeit sollten Sie was Vernünftiges tun, zum Beispiel, Ihre neue Zimmergenossin begrüßen.“ Klirrend fiel die Tür ins Schloss.

„Ich will keine Zimmergenossin, ich will ein Telefon! Oh, ich kenne meine Rechte! Bringen Sie mir mein Handy! Damit werde ich meinen Anwalt anrufen!“

„Halt's Maul, verdammtes Biest! Das ist nicht das Ritz. Von deinem Gekreische kriege ich Kopfweh!“

Es war die Stimme einer Frau, halb stöhnend, halb wimmernd, und der Befehl hörte sich unmissverständlich an. Durch das Gitterfenster in der Tür sah Althea den Wärter davongehen. Nur mühsam widerstand sie der Versuchung, ihn zurückzurufen.

An die Eisenstäbe geklammert, rang sie nach Fassung. Bloß nicht die Kontrolle verlieren ... Sie wagte es nicht, sich umzudrehen.

Mochte es auch eine weibliche Stimme sein, sie klang nicht so, als würde sie jemandem gehören, mit dem Althea gerne Freundschaft schließen wollte. So vulgär würde sie sich niemals ausdrücken.

Nach einem längeren Schweigen murmelte die Frau: „So ist's besser. Vorhin hast du mir den letzten Nerv getötet."

Althea ließ die Gitterstäbe los. Automatisch drehte sie sich um, aus dem instinktiven Bedürfnis heraus, das Gesicht ihrer Feindin zu mustern. Dann hielt sie entsetzt die Luft an. Von den Hängebrüsten abgesehen, glich die Frau einem Mann – mit kahlem Kopf, ganz in Schwarz gekleidet – schwarzes Leder, schwarze Stiefel. Auf der Haut prangten unzählige Tattoos. So etwas hatte Althea bisher nur im Kino gesehen.

Als die Frau zwischen ihre Schenkel griff und schmatzende Geräusche von sich gab, geriet Althea in Panik. „Bleiben Sie mir vom Leib, Sie perverses Monstrum! Um Himmels willen, lassen Sie mich in Ruhe." Verängstigt floh sie in eine Ecke der Zelle.

Das schrille Gelächter der Frau ließ Althea erschauern. Sekunden später sank sie ohnmächtig zu Boden.

Kirby Summers war äußerst schlecht gelaunt. Über zwei Stunden hatte er gebraucht, um durch die ganze Stadt zu fahren und das Reed House zu erreichen. Dort angekommen, merkte er, dass er hereingelegt worden war.

Althea Good saß nicht in ihrem Büro. Wie sich herausstellte, stand ihr Auto nicht auf dem Parkplatz. Und dann musste er seine ganze Selbstbeherrschung aufbieten, um ruhig zu bleiben. „Tut mir wirklich Leid", beteuerte ein Pfleger, der ihn zur Haustür führte.

„Ja, mir auch", murmelte Kirby. Sobald er wieder am Steuer seines Autos saß, läutete sein Handy. „Summers“, meldete er sich kurz angebunden.

„Hier ist Ray.“

Kirby startete den Motor, richtete die Düsen der Klimaanlage auf sein Gesicht und beschloss, einen neuen Sommeranzug zu kaufen. Irgendetwas Leichtes. Was er gerade trug, war viel zu warm. „Seien Sie froh, dass Sie mich nicht begleitet haben. Die Frau ist nicht da.“

„Weil Charlie Slater sie wegen Drogenbesitzes eingelocht hat – unter anderem.“

„Sind Sie sicher?“ japste Kirby, lenkte den Wagen an den Straßenrand und trat auf die Bremse.

„O ja. Hundertprozentig.“

„Wo wurde sie geschnappt?“

„In einer Kneipe, ein paar Häuserblocks weiter südlich vom Präsidium. Kennen Sie die Gegend?“

„Nur zu gut. Dort wurde das erste Opfer des Rosenkavaliers gefunden, nicht war?“

Nachdenklich verstummte Ray, und es dauerte eine Weile, bis er erwiderte: „Jetzt, wo Sie's erwähnen – ich glaube, Sie haben Recht.“

Was das für Leute waren, die ihre lieben schwachsinnigen Verwandten im Reed House einquartierten, konnte sich Kirby vorstellen. Steinreiche Typen. Vorhin hatte er Althea Goods Büro und den verschwenderisch ausgestatteten Aufenthaltsraum der Patienten gesehen. Gewiss, ein Irrenhaus – aber verdammt luxuriös. Die Frau, die dieses vornehme Haus leitete, fuhr in eine so miese Gegend, um Drogen bei einem schäbigen Dealer zu kaufen? „Okay, wo ist sie jetzt?"

„Soviel ich weiß, sitzt sie in Untersuchungshaft."

„Lasst sie bloß nicht laufen, bis ich da bin!"

„Klar, ich geb's weiter", versprach Ray und beendete das Telefonat.

Kirby warf das Handy auf den Beifahrersitz und steuerte das Auto in den Verkehr zurück. Allzu weit war er nicht gekommen, als es wieder klingelte. „Summers", murmelte er und bog um eine scharfe Kurve.

„Hier ist Gabriel Donner. Soeben habe ich etwas erfahren, das Sie wissen sollten." Angesichts der eher unangenehmen Bekanntschaft staunte Kirby über die Höflichkeit des Mannes. „Und das wäre?"

„Heute hat mein Onkel mit einem der Anwälte gesprochen, die das Testament meiner Eltern vor Gericht bestätigen ließen."

„Und?" fragte Kirby.

„Mein Vater hat vor seinem Tod einen Trustfonds für meinen Bruder eingerichtet, und die Anwaltskanzlei schickt regelmäßig Schecks ans Reed House, und die muss irgendjemand in diesem Heim kassiert haben. Erst vor vier Tagen wurde der letzte eingelöst. Und Garrett soll schon vor fast zwei Monaten verschwunden sein."

„Verdammt ...", murmelte Kirby. Wie passte das alles zusammen? Und dann fiel ihm etwas ein, als er vor einer roten Ampel bremste. „He, Donner, um wie viel Geld geht's?"

„Etwas über fünftausend Dollar pro Monat."

Leise pfiff Kirby durch die Zähne. „Hören Sie, Mr. Donner, ich weiß Ihren Anruf zu schätzen. Im Augenblick ermittle ich in einer Sache, die wahrscheinlich mit alldem zusammenhängt. Wenn ich etwas mehr herausgefunden habe, melde ich mich bei Ihnen, okay?"

„Okay", stimmte Gabriel zu und wollte auflegen. Doch da hörte er, wie Kirby seinen Namen rief. „Wollten Sie noch was sagen?"

„Was Ihren Bruder betrifft ..."

Gabriel schluckte. „Ja?"

„Tut mir ehrlich Leid. Was auch passiert ist – es war einfach ein unglücklicher Zufall."

Ein unglücklicher Zufall? Beinahe hätte Gabriel geschrien. Das war kein unglücklicher Zufall, sondern eine Katastrophe – ein niederträchtiges Verbrechen, von irgendjemandem im Reed House verübt.

Die Stille, die in Kirbys Ohr drang, sagte alles. Beschämt über seine Taktlosigkeit, räusperte er sich. „Also, wir bleiben in Verbindung, okay? Da gibt's einiges, was wir besprechen müssen."

„Gewiss, Sie haben meine Nummer."

Nachdem Kirby auf die Aus-Taste seines Handys gedrückt hatte, fuhr er weiter, in wachsendem Zorn über sich selbst. Ein unglücklicher Zufall – warum hatte er sich so idiotisch ausgedrückt? Ein unglücklicher Zufall, dass die Donners gestorben waren? Ein unglücklicher Zufall, dass ein gefährlicher Mann die Stadtbewohner gefährdete? Ein unglücklicher Zufall, dass fünf unschuldige Menschen deshalb tot waren? Natürlich hatte Gabriel Donner nicht auf diesen Unsinn geantwortet. Kein Wunder …

„Da hätte ich sicher auch keine Antwort gegeben“, flüsterte Kirby.

Dann beschleunigte er das Tempo und steuerte das Polizeipräsidium an. Er war mit Althea Good verabredet gewesen. Und diesen Termin musste er einhalten, wenn auch ein wenig verspätet.

Im Haus herrschte tiefe Stille – friedliche Stille, die Trost und Sicherheit versprach. Nichts wies auf eine Bedrohung hin. Während Laura in ihrem Zimmer vor dem Toilettentisch saß, bürstete sie geistesabwesend ihr Haar. Sie schaute auf die Uhr. fast fünf. Vor über zwei Stunden war Gabriel weggefahren, um einen Kunden zu besuchen, der Probleme mit einer neuen, von der Donner-Firma Straight Arrow Security installierten Alarmanlage hatte.

Matty bereitete in der Küche das Abendessen vor. Auch sie würde das Haus bald verlassen. Wenn Gabriel bis dahin nicht zurückkam, würde Laura ganz allein sein. Eigentlich müssten ihre Nerven flattern. Aber aus irgendeinem Grund empfand sie keine Angst.

Die Arme vor der Brust verschränkt, ließ sie ihre Gedanken schweifen. Lag es an ihrer Liebe – oder an einem Trugschluss? Liebte sie Gabriel so sehr, dass sie blind für das Offensichtliche war, dass sie einfach nur glücklich mit ihm sein wollte – ganz egal, was ihr drohen mochte?

Abrupt stand sie auf und eilte aus dem Zimmer, ohne einen Blick zurückzuwerfen. Sie sollte einiges erledigen, Telefongespräche führen. Über zwei Wochen lang war sie nicht daheim gewesen. Sie müsste endlich ihren Anrufbeantworter abhören und mit dem Personal reden. In absehbarer Zeit würde ihr nichts anderes übrig bleiben, als nach New Mexico zu fliegen.

Und dann verlangsamte sie ihre Schritte. Schweren Herzens erkannte sie ihr Problem. Sie wollte sich nicht von Gabriel trennen. Aber er hatte sie nicht gebeten, bei ihm zu bleiben. Ja, er hatte ihr seine Liebe erklärt und sogar versichert, er würde sie dringend brauchen, aber kein einziges Mal eine gemeinsame Zukunft erwähnt.

Von schmerzlichem Selbstmitleid erfüllt, erreichte sie die Halle. Als sie an der Bibliothek vorbeiging, schaute sie durch die offene Glastür und entdeckte die Haushälterin im Rosengarten. Lächelnd blieb sie stehen. Wenn sie nicht alles täuschte, würde die gute Matty an diesem Abend den Esstisch mit Rosen schmücken.

Bevor Laura ihre Telefonate erledigte, wollte sie etwas trinken, und so schlenderte sie zur Küche. Irgendwo in einem anderen Teil des Hauses begann eine Uhr zu schlagen.

Fünf Mal. Bald müsste Gabriel nach Hause kommen. Sie beschleunigte ihre Schritte, bog in den Korridor, der zur Küche führte, und stieß Matty beinahe zu Boden.

„*Madre de dios!*“ kreischte Matty und griff sich an die Kehle.

„Verzeihen Sie …“ Verlegen wich Laura zurück. „Tut mir so Leid. Ich dachte, Sie wären …“

Plötzlich erstarrte sie, und ihr Herz hämmerte schmerzhaft gegen die Rippen. Mit weichen Knien betrat sie die Küche und spähte durch die offene Hintertür. Es fiel ihr nicht schwer, die Entfernung zum Rosengarten abzuschätzen. Mindestens die Länge von drei Footballplätzen.

Als sie sich zu Matty wandte, klang ihre Stimme belegt. „Waren Sie nicht gerade im Rosengarten?“

Immer noch von dem unsanften Zusammenprall erschüttert, schluckte Matty. „Nein, natürlich nicht“, entgegnete sie und zeigte zu den Pasteten hinüber, die auf der Küchentheke langen. „Den ganzen Nachmittag habe ich gebacken. Für Rosen konnte ich mir keine Zeit nehmen.“

Laura trat an ein Fenster. Die Augen zusammengekniffen, betrachtete sie die Schatten des Spätnachmittags, die sich über das Grundstück zogen. Wen hatte sie im Rosengarten gesehen?

Je eifriger sie sich bemühte, die Frau zu erblicken, desto klarer erkannte sie, dass es ihr nicht gelingen würde. Auch vorhin war die Gestalt nicht real gewesen – nur eine nachhaltige Erinnerung an die Besitzerin der Rosen.

Matty wischte Mehl von ihrer Schürze. Bevor sie wieder an ihre Arbeit ging, räusperte sie sich diskret.

Aber Laura war nicht bereit, das Thema so schnell fallen

zu lassen, zumindest jetzt noch nicht. „Darf ich Sie etwas fragen, Matty?“

„Selbstverständlich.“ Die Haushälterin reichte ihr lächelnd ein Glas gekühlte Cola und wies auf einen Hocker am Ende der Theke. „Setzen Sie sich.“

Laura folgte der Aufforderung, nippte an ihrem Drink und suchte nach Worten.

Währenddessen bestäubte Matty ein Schneidebrett mit Mehl und begann einen Teig auszurollen. „Nun, fragen Sie.“

„Was Gabriels Mutter betrifft …“

„Angela?“ Matty unterbrach ihre Tätigkeit und hob den Kopf. „Diesen Namen trug sie zu Recht – sie war ein Engel auf Erden.“

„Wie sah sie aus?“

„Sehr hübsch. Aber die Jungs, Gabriel und Garrett, glichen ihr kein bisschen. Sie kennen Gabriel, Miss Dane. Olivenfarbene Haut, schwarzes Haar, grüne Augen. Eigentlich ähnelt er eher *meinem* Latino-Volk als seinem eigenen.“ In die Vergangenheit zurückgekehrt, zeigte Matty auf ihre Brust. „Immer wieder hielten ihn die Leute für meinen Enkel. Und manchmal gab ich vor, er wäre es wirklich …“ Sie nahm eine Pfanne aus einem Schrank und legte Teigröllchen hinein. „Anscheinend ist er nach seiner Familie väterlicherseits geraten. Doch da konnten wir uns nicht sicher sein.“ Mit gesenkter Stimme fuhr sie fort: „Mr. Brent war ein Waisenkind. Und er fand niemals heraus, von wem er abstammte. Irgendwie glaube ich, er fühlte sich schuldig, weil er dachte, seine leiblichen Verwandten müssten einem seiner Söhne die Geisteskrankheit vererbt haben. Angelas vornehme Familie lässt sich bis zum amerikanischen Freiheitskrieg zurückverfolgen. Und deshalb nahm Mr. Brent an, *er* wäre für Garretts Probleme verantwortlich ..." Sie seufzte tief auf. Dann bezwang sie ihre Wehmut. „Aber Sie haben sich nach Angela erkundigt, nicht wahr?"

Laura nickte und spähte noch einmal über ihre Schulter, um aus dem Fenster zu schauen. Wie sie erwartet hatte, hielt sich niemand im Rosengarten auf.

Erfolglos versuchte Matty, ihre düstere Stimmung abzuschütteln. „Viel größer als ich war sie nicht. Eine bildschöne Frau mit einem zauberhaften Lächeln ... Bevor ihr Haar grau wurde, schimmerte es goldbraun. ‚Braun wie ein Spaniel', hat sie's genannt. Und Brent meinte, es würde wie warmer Honig glänzen. So innig haben sie sich geliebt ..." Sie unterbrach sich und kämpfte mit den Tränen. „Obwohl ich schmerzlich um die beiden trauere – dass sie gemeinsam gestorben sind, ist mir ein gewisser Trost. Wie der eine ohne den anderen weitergelebt hätte – das kann ich mir nicht vorstellen."

„Wie ich gehört habe, war der Rosengarten Angelas Lieblingsplätzchen."

„Allerdings. Dort hat sie jeden Tag die Büsche zurechtgestutzt und die Blumen umsorgt, als wären sie ihre Babys gewesen." Matty wischte das Mehl von ihren Händen und trat an das Fenster, neben dem Laura saß. „Sehen Sie, wie der Garten in einzelne Bereiche unterteilt ist?"

„Ja, das sehe ich."

„Jeden einzelnen liebte sie. Aber einer bedeutete ihr besonders viel. An manchen Tagen blieb sie stundenlang da draußen." Matty beugte sich hinaus. „Wenn ich mich nicht irre, war's der Teil ..."

„Der am weitesten vom Haus entfernt liegt?" ergänzte Laura. „Wo der Wunschbrunnen plätschert und ein Wagenrad als Spalier benutzt wird?"

„Genau!" Die Haushälterin hob erstaunt ihre Brauen. „Wieso wissen Sie das?"

„Matty ..."

„Hm?"

„Ist sie Ihnen begegnet?"

„Wer?"

„Haben Sie Angela gesehen, seit sie ...?"

Erschrocken bekreuzigte sich Matty. „Sagen Sie so was nicht! Sonst stürzen Sie uns alle ins Unglück."

In diesen Worten schwang ein Unterton mit, der Laura die Lüge verriet.

„Haben Sie Angela wirklich nicht gesehen?" Sie starrte über den grünen Rasen hinweg. „Vor etwa einer Viertelstunde stand sie zwischen den Rosenbüschen, und ich dachte, *Sie* wären es."

Bedrückt griff sich Matty an die Kehle. „Nun – vielleicht habe ich mir eingebildet ..." Sie schüttelte den Kopf und fügte hastig hinzu: „Aber ich habe mich geirrt. Angela Donner war eine Heilige auf Erden. Jetzt ist sie im Himmel. Davon bin ich fest überzeugt.“ Ihre Stimme brach. „Ja – ich *muss* glauben, dass sie beim lieben Gott ist.“

Laura stand auf und umarmte sie. „Immer wieder spüre ich eine beharrliche Trauer in diesem Haus. Und zu anderen Zeiten kommt es mir so vor, als ob tiefe Liebe die Räume erfüllen würde. Angela war eine wunderbare Mutter. Wenn ihr Geist hier geblieben ist – vielleicht wartet sie auf Garretts Heimkehr.“

Über Mattys Rücken rann ein Schauer. Im Gegensatz zu den Ängsten, die sie quälten, erschien ihr dieser Gedanke tröstlich. Was mit Garrett geschehen war, müsste Angela und Brent das Herz brechen. Möglicherweise hatte Miss Dane eine wundervolle Wahrheit herausgefunden.

„Hatten Sie zu Angela Donners Lebzeiten Angst vor ihr?“ fragte Laura und ließ Matty los.

„O nein, niemals!“

„Warum sollten Sie dann ihren gütigen Geist fürchten? Dafür gibt es keinen Grund.“

Daran hatte Matty noch nie gedacht. Ihr Atem stockte, dann lächelte sie freudestrahlend und küsste Lauras Wange. „O ja, Sie haben Recht – völlig Recht.“

Krachend fiel die Haustür ins Schloss. „Das ist Gabriel ...“ Hastig wischte die Haushälterin über ihre tränenfeuchten Lider und eilte zu ihrem Teig zurück.

„Alles in Ordnung?“ fragte Laura.

„Natürlich. Laufen Sie zu diesem Mann, bevor er in meine Küche kommt und mein ganzes Backwerk aufisst.“

Immer noch nachdenklich, ging Laura zur Vorderfront des Hauses und hörte Gabriel nach ihr rufen.

„Da bin ich!" Impulsiv begann sie zu laufen. Sobald er sie sah, eilte er ihr entgegen. Lachend hob er sie hoch und schwenkte sie im Kreis herum – bis ihnen beiden ganz schwindlig wurde.

Nur widerstrebend stellte er sie auf die Füße und bedeckte ihr Gesicht mit Küssen. „Wenn ein Mann heim kommt, könnte er sich an so eine Begrüßung gewöhnen."

„Und wenn er dran gewöhnt ist, was dann?"

Lauras und Gabriels Fröhlichkeit verflog abrupt. Für beide hing sehr viel von der Antwort ab. Darüber wollten sie nicht scherzen.

„Oh, meine Liebste, ich wage es nicht, ein Versprechen zu geben, das ich vielleicht nicht halten kann", gestand er, berührte Lauras Schläfe und zupfte an einem Löckchen.

Beklommen versuchte sie wegzuschauen. Aber er umfasste ihr Kinn und zwang sie, seinen Blick zu erwidern.

„Nicht", flüsterte er. „Wie gern würde ich dir *alles* versprechen … Aber vorerst lebe ich nur für den Augenblick. Solange Garrett nicht in Sicherheit ist, müssen wir mit dem – Schlimmsten rechnen. Verstehst du das?"

„Viel besser, als du ahnst."

Was sie meinte, wusste er nur zu gut. Bei dem Gedanken, was sein Bruder unbeabsichtigt tun mochte, wurde ihm übel. O Gott, wie sollte er weiterleben im Wissen, sein eigener Bruder hätte die geliebte Frau getötet? Er zog sie wieder an sich.

„Am besten verlässt du dieses Haus – und die Stadt. Hier bist du erst sicher, wenn Garrett gefunden wird.“

Obwohl sie ihm Recht gab, würde sie es nicht übers Herz bringen, ihn zu verlassen. „Wie du vorhin sagtest – *niemand* ist sicher, während er da draußen umherirrt. Außerdem – wenn ich hier bleibe, kann ich der Polizei helfen.“

Ärgerlich runzelte er die Stirn und widerstand der Versuchung, sie kräftig zu schütteln. „Bitte, Laura, nimm morgen früh gleich die erste Maschine und flieg nach Hause. Wenn das alles vorbei ist, komme ich sofort zu dir. Das schwöre ich.“

Ohne zu antworten, befreite sie sich aus der Umarmung und ging zu einem Fenster.

„Verdammt, Laura, hast du mir zugehört?“

„Ja.“

„Was tust du dort am Fenster?“ seufzte er. „Erwartest du jemanden?“

„Vielleicht ...“ Sie wandte sich zu ihm. „Vielleicht auch nicht. Wie auch immer – selbst wenn ich abreisen wollte, ich darf es nicht ...“

„Warum nicht, zum Teufel?“

Laura schaute wieder aus dem Fenster. „Weil ich Garrett helfen muss, den Heimweg zu finden.“

Verblüfft über ihre Erklärung, konnte er zunächst keinen klaren Gedanken fassen. Es dauerte eine ganze Weile, bis er hervorstieß: „Was heißt das – *du* musst ihm helfen? Warum gerade du?“

„Das weiß ich nicht. So ist es nun mal."

Vor lauter Ungeduld warf er die Arme hoch. „Und wer behauptet das?"

In diesem Moment erklang Mattys Stimme am anderen Ende der Halle und unterbrach den Streit. Dafür war Laura ihr in diesem Moment sehr dankbar. Von der grausigen Vision ihres eigenen Todes würde sie Gabriel nichts erzählen. Niemals …

„Gabriel, Miss Dane – ich gehe jetzt!" rief Matty.

Die Hände in den Hosentaschen, warf er Laura einen vernichtenden Blick zu. Dann eilte er nach hinten, um sich von Matty zu verabschieden. Laura nutzte die Gunst der Stunde und floh in ihr Zimmer.

Aber Gabriel war noch nicht mit ihr fertig. Sobald Matty das Haus verlassen hatte, rannte er nach oben. Lauras Tür prallte gegen die Wand.

Erbost stürmte er über die Schwelle. „Du wirst mir jetzt zuhören – und genau das tun, was ich will …"

Scheinbar gelassen unterbrach sie ihn und schaute auf ihre Uhr. „Um sechs sollen wir Agent Summers im Polizeipräsidium besuchen. Also in einer knappen Stunde. Schaffst du das noch?"

Nachdem sie das Thema so unvermittelt gewechselt hatte, blinzelte er verwirrt.

„Er hat mich nicht angerufen, Laura."

Da sie gerade ein sauberes T-Shirt über den Kopf streifte, verstand er die gedämpfte Antwort nicht.

„Was hast du gesagt?“ fragte er sie und zerrte ihr T-Shirt nach unten.

„Dass er sich nicht gemeldet hat. Im Gegenteil, ich habe *ihn* angerufen.“

„Wieso, um alles in der Welt?“

„Weil ich das Beweismaterial sehen muss, das die Morde betrifft. Außerdem hat er mich schon vor mehreren Tagen gebeten, ein paar Fotos anzuschauen. Jetzt ist’s an der Zeit.“

„An der Zeit?“ Gabriel wurde blass. „Wofür?“

„Vermutlich wird uns das Material bei der Suche nach Garrett helfen.“

„Verdammt nochmal, Laura!“ explodierte er. „Bist du verrückt geworden? Habe ich mich nicht klar genug ausgedrückt? Du sollst dich nicht noch mehr in das alles reinziehen lassen. Morgen früh fliegst du nach Hause!“

Mit diesem lächerlichen Befehl zwang er sie, ihn genauso wütend anzuschreien wie er sie. „Zum Teufel mit dir, Gabriel! Hast du mir nicht zugehört? Ich bleibe hier! Weder dich noch Garrett werde ich verlassen. Als dein Onkel Michael mich bat, nach Oklahoma City zu kommen und dir beizustehen, dachte ich, er wäre nicht ganz richtig im Kopf. Und ich glaubte, ich müsste den Verstand verloren haben, weil ich seinen Wunsch erfüllte. Mit den Problemen, die dir zu schaffen machen, hatte ich keine Erfahrung. Bisher befasste ich mich immer nur mit ungreifbaren Dingen, nicht mit Krankheiten. Trotzdem spürte ich irgendwie, du würdest mich brauchen. Und so vertraute ich meinem Instinkt – in der Hoffnung, das

Dunkel würde sich erhellen." Sie dachte an Angela, an das Schluchzen in ihren Träumen, die Schritte im Flur, die Frau im Rosengarten. „Aus einem ganz bestimmten Grund, den ich erst jetzt kenne, wurde ich in deinem Haus erwartet. Bevor Garrett Donner heimkommt, wird kein Friede in diesen Mauern herrschen."

15. KAPITEL

Dreißig Minuten nach sechs fuhren sie auf den Parkplatz des Polizeipräsidiums. Kirby Summers lehnte an seinem Auto. Offensichtlich hatte er auf sie gewartet.

„Tut mir Leid, dass wir uns verspätet haben", entschuldigte sich Laura, als Gabriel ihr aus seinem Wagen half.

„Macht nichts. Nachdem ich diesen grauenhaften Tag erdulden musste, ist das ein Klacks." Der Agent führte sie ins Gebäude und die Treppe zu seinem Büro hinauf. „Also, um was geht's?" fragte er, nachdem sie den Raum betreten hatten.

„Schauen Sie bloß nicht mich an!" murrte Gabriel. „Das war *ihre* Idee."

Ohne mit der Wimper zu zucken, erklärte Laura: „Ich sollte mir doch ein paar Fotos anschauen. Erinnern Sie sich, Mr. Summers? Dazu bin ich jetzt bereit – wenn Sie mir das gesamte Beweismaterial zeigen, das zu den Rosenkavalier-Morden gehört."

„Guter Witz", meinte Kirby grinsend. Da niemand lachte, blinzelte er verwirrt. „Ist das etwa Ihr Ernst?"

Laura nickte.

„Erstens wäre es irregulär. Und zweitens – warum wollen Sie Bilder von Leichen und einen Stadtplan voller Stecknadeln sehen?"

„Um Garrett zu finden."

Kirbys Grinsen erlosch endgültig. „Das können Sie?"

„Bitte, lassen Sie's mich versuchen."

Seufzend wandte er sich ab, öffnete die Tür eines kleinen Nebenzimmers, und sie gingen hinein. Mehrere Fotos hingen an den Wänden. Auf einem Tisch lagen weitere Bilder. Mit geübtem Auge inspizierte Laura die Aufnahmen von den Tatorten.

So etwas betrachtete sie nicht zum ersten Mal. Und es würde nicht das letzte Mal sein.

Sie strich ihre Locken hinter die Ohren und konzentrierte sich auf das erste Mordopfer. Hin und wieder berührte sie ein Foto und schloss die Augen. Genauso verfuhr sie mit dem anderen Bildmaterial.

Als sie die Aufnahmen anschaute, die das letzte Opfer betrafen, schwankte sie, und Gabriel beobachtete sie voller Sorge. Plötzlich geriet er wieder in Wut. „Verdammt, Laura, das ist doch …“

Aber sie beachtete ihn gar nicht und lenkte Kirbys Aufmerksamkeit auf ein Bild, das die Wohnung des ersten Opfers zeigte. „Die Stereoanlage. Zu laut.“ Dann ging sie zu einem Foto der zweiten Leiche. „Hier war es die Hundepfeife. Die wurde im Hals des Ermordeten gefunden, nicht wahr?“

„Wieso wissen Sie das?“ fragte Kirby verwundert. „Darüber stand nichts in den Zeitungen.“

Statt zu antworten, führte sie in zu den Bildern, die den dritten Fall dokumentierten. „Der Hund starb zuerst, weil er ohrenbetäubend bellte. Das ertrug der Täter nicht.“

Gabriels Nackenhaare sträubten sich. Nur zu gut erinnerte er sich an den Pekinesen – an das widerwärtige, schrille Gekläff. Er sank auf einen Stuhl. Armer Stevie. Offenbar war er zum falschen Zeitpunkt am falschen Ort aufgetaucht.

„Und die da?“ Kirby wies auf ein Foto von der toten Obdachlosen, die man in einer dunklen Gasse gefunden hatte. „Dieser Frau gehörte weder ein Hund noch eine Stereoanlage. Außer irgendwelchen Sachen, die andere Leute weggeworfen hatten, besaß sie gar nichts.“

„Offenbar verstehen Sie noch immer nicht, worauf es ankommt. Garrett will niemanden aus diesem oder jenem Grund töten. Und er schlägt nur zu, um irgendwelche Geräusche zu unterbinden. Jede Art von Lärm bereitet ihm starke Schmerzen. Dadurch entsteht gewissermaßen ein Kurzschluss in seinem Gehirn. Dagegen ist er machtlos, und er kann laute Geräusche einfach nicht verkraften.“

„Und warum musste *sie* sterben?“ Kirby ballte eine Hand und schlug neben Bella Cruz’ Foto gegen die Wand.

Mit schmalen Augen betrachtete Laura das Bild, und ihr Blick glitt an der Leiche vorbei, zu den Bahngleisen im Hintergrund. „Offenbar stand sie an einer ungünstigen Stelle. Ein Zug muss gepfiffen haben, und als Garrett durchdrehte, fing die Frau zu schreien an. Deshalb ist in seinem Gehirn alles durcheinander geraten.“

Mühsam unterdrückte Kirby einen Fluch. „Und was ist mit Nummer fünf?“

Unter dem Foto von Henry Loos Leiche hing eine kleinere Aufnahme, die sein demoliertes Auto darstellte. Laura zeigte darauf, und Gabriel starrte die Dellen in der Motorhaube an.

Bis ihm ein Licht aufging, dauerte es nur fünf Sekunden. „Die Autoalarmanlage?“ fragte er leise.

Wortlos nickte sie.

„Das ist reiner Wahnsinn!“ stöhnte Kirby. „Wollen Sie mir einreden, der Mann könnte jeden Moment wie eine Bombe explodieren?“

„Das ist geschehen. Und wenn wir ihn nicht bald finden, wird's wieder passieren.“ Laura ging zu dem Stadtplan, der an der gegenüberliegenden Wand hing, mit fünf Stecknadel gespickt. Eine Zeit lang studierte sie die Karte, dann wandte sie sich zu Kirby. „Diese Nadeln markieren die Stellen, wo die Leichen gefunden wurden, nicht wahr?“

„Ja“, bestätigte er, „wenn's auch nicht viel nützt. Bisher haben wir kein Schema entdeckte, das uns irgendwas verraten würde.“

Umso deutlicher erkannte Laura das System, das sie befürchtet hatte.

Gabriel beobachtete, wie sie die Lippen zusammenpresste. Hatte sie etwas entdeckt, das den Ermittlern entgangen war? Er stand auf, trat zu ihr, umfasste ihre Schultern und neigte sich zu ihrem Ohr hinab. „Was ist es, Baby?“ flüsterte er. „Was siehst du?“

Am liebsten hätte sie sich in seine Arme geworfen, seinen Hals umschlungen und ihn erst losgelassen, wenn das alles überstanden wäre.

Doch das durfte sie nicht. Sie hatte sich zu diesem Besuch im Polizeipräsidium entschlossen, um einen ganz bestimmten Zweck zu erfüllen. Und sie würde solange in diesem Raum ausharren, bis Gabriel und Kirby die Zusammenhänge hundertprozentig begriffen. „Schau doch …“ Sie zeigte auf einen Punkt in der Nähe einer Stecknadel, an der ein Papierstreifen mit der Aufschrift „Opfer Nummer eins“ hing. „Ist das nicht dieses Krankenhaus, in dem du behandelst wurdest, Gabriel?“

„Ja, das Saint Anthony's.“

Die nächsten Worte sagte sie eher zu sich selbst als zu den Männern. „Nur wenige Häuserblocks entfernt starb das erste Opfer.“

Schweigend starrte Gabriel den Stadtplan an, und seine Gedanken eilten bereits zu jenem Sachverhalt voraus, den Laura dem Agent klar machen wollte.

„Und das zweite Opfer wurde im Johnson Park gefunden, nicht wahr?“

„Ja“, stimmte Kirby zu, sein Blick folgte der Richtung, in die Lauras Finger zeigte. „Aber ich verstehe nicht …“

„Bald werden Sie merken, worum's geht. Soviel ich mich entsinne, war Mrs. Hussers Butler das dritte Opfer.“

Kirby nickte.

„Wussten Sie, dass sie Gabriels Kundin war? Er hat sie besucht – nur wenige Stunden, bevor der Butler starb.“

„Eh – ich glaube, das wussten wir“, stammelte Kirby und griff nach seinen Notizen.

Langsam glitt Lauras Finger über den Stadtplan zu der Stelle, wo Bella Cruz den Tod gefunden hatte. „Diese Gasse liegt auf einer direkten Linie zwischen Sadie Hussers Haus und dem Restaurant, hinter dem Henry Loo getötet wurde."

„Ja, natürlich, das ist uns aufgefallen." Kirbys Augen verengten sich. „Aber es gibt keinen Zusammenhang zwischen ..."

„Oh, doch", unterbrach sie ihn. „Auch Henry Loo hätte zu Gabriels Kundschaft gezählt, wäre er am Leben geblieben."

Wie von einem Blitzschlag getroffen, zuckte Kirby zusammen und starrte Gabriel an. „*Sie,* Mr. Donner? Folgte er etwa *Ihnen?*"

„Genau das scheint Laura zu glauben. Und ich nehme an, sie hat Recht."

Kirbys Gedanken überschlugen sich. „Also müssen wir Sie nur beschatten und Polizisten an all den Orten postieren, wo Sie sich aufhalten?"

„Nein", widersprach Laura, „es ist viel einfacher." Sie nahm eine neue Nadel aus einem Kästchen und steckte sie in den Stadtplan. Verblüfft trat Kirby einen Schritt näher zu dem Stadtplan, rückte seine Brille zurecht und versuchte, die winzigen Druckbuchstaben zu lesen.

„Diese Mühe erspare ich Ihnen", erbot sich Gabriel. „Da wohne ich. Laura glaubt, Garrett hätte sich irgendwie an mich angeschlossen, um seinen Heimweg zu finden."

„Absurd", murmelte Kirby. „So was gibt's nicht – einen übernatürlichen Kontakt zwischen ..." Hastig verstummte er, als er sich etwas zu spät an Laura Danes Fähigkeiten erinnerte.

Sie lächelte sanft. „Genau genommen ist es keine übersinnliche Annäherung, sondern die ganz besondere Verbindung zwischen eineiigen Zwillingen, die auch in anderen Fällen festgestellt wurde. Ich nehme an, bei Garrett ist sie ungewöhnlich stark ausgeprägt – vielleicht, um seinen Mangel an anderen Verständigungsmöglichkeiten auszugleichen. Dieses spezielle Gefühl besitzt Gabriel nicht. Sonst hätte er schon vor vielen Jahren erkannt, dass er einen Zwillingsbruder hat. Und früher musste Garrett sein Seelenleben nicht auf ihn konzentrieren, denn die Eltern hatten sein Bedürfnis nach Liebe voll und ganz erfüllt."

Immer noch skeptisch, schüttelte Kirby den Kopf.

„Nach dem Tod meiner Eltern hat sich die Situation geändert", erklärte Gabriel. „Garrett wurde aus dem Reed House weggebracht, wahrscheinlich gegen seinen Willen. Außer seinem Instinkt ist ihm nichts geblieben. Und sobald ich aus dem Koma erwachte, war er auf mich fixiert."

Kirby ergriff eine Akte, öffnete sie und warf sie auf den Tisch zurück. „Da, sehen Sie ... Heute haben wir die Verwalterin vom Reed House wegen Drogenbesitzes eingesperrt."

Über den Tisch gebeugt, inspizierte Gabriel das Foto der Frau und versuchte, kriminelle Energien in ihren Zügen zu entdecken. Aber ihr Gesicht verriet ihm nur Angst.

Laura ging zu ihm und legte ihre Hand auf die Akte. Ein paar Sekunden später erhob sie erstaunt den Kopf. „Er war nicht der Einzige."

„Was sagen Sie da? Was meinen Sie?" fragte Kirby. „Wer war nicht der Einzige?"

„Garrett. Nicht nur er musste das Reed House verlassen …“ Plötzlich erschienen grauenvolle Bilder in ihrer Phantasie. „Die Heimleiterin hat mehrere ihrer Patienten hinausgeworfen.“

„Was soll das heißen?“ Aber Kirby ahnte bereits, was sie meinte, denn er erinnerte sich an das Verhör, dem er Althea Good unterzogen hatte. In diesem Zusammenhang ergab Laura Danes Behauptung einen Sinn.

Als er zum Telefon griff, das auf dem Tisch stand, fragte Gabriel: „Was bedeutet das alles?“

„Diese Frau hat Dr. Wallis eingeredet, Garrett sei auf Wunsch seiner Verwandten in ein anderes Heim gebracht worden. Und ich wette, wenn wir ein bisschen nachbohren, werden wir herausfinden, dass noch viel mehr Patienten verschwunden sind.“

Erschöpft ließ sich Laura auf einen Stuhl fallen. Die hässliche, grauenhafte Vision hatte sie völlig geschwächt.

„Das verstehe ich nicht“, sagte Gabriel.

„Ganz einfach“, erwiderte Kirby. „Althea Goods Drogensucht ist ziemlich kostspielig. Wie mir Miss Dane am Telefon erzählt hat, wurden Garretts Schecks immer noch eingelöst, obwohl er sich gar nicht mehr im Reed House aufhielt. Was glauben Sie, wie viele Patientenakten sonst noch gefälscht wurden?“

„Heiliger Himmel!“ seufzte Gabriel und richtete seinen Blick wieder auf das Foto. Was für eine abgrundtiefe Verzweiflung mochte zu einem so niederträchtigen Betrug führen?

„Ja, ich weiß – es ist schrecklich“, stimmte Kirby zu. „Leider muss ich mich in meinem Job viel öfter mit schlimmen Dingen als mit angenehmen befassen. Immerhin können wir uns damit trösten, dass die Frau hinter Gittern sitzt. Und wenn sich mein Verdacht bestätigt, werden wir die armen Menschen suchen, die sie irgendwo ausgesetzt hat."

„Erst einmal sollten wir Garrett finden, bevor noch jemand sterben muss ..." Gabriel schaute Laura an. Dann wandte er sich wieder zu Kirby. „Würden Sie Miss Dane unter Polizeischutz stellen? Falls das nicht möglich ist, engagiere ich einen Leibwächter."

„Warum muss sie geschützt werden?"

„Nicht, Gabriel! Von meinem Traum weißt du nichts ..."

„Doch – weil ich einen ähnlichen Traum hatte. Mr. Summers – Laura sah ihren eigenen Tod. Davon wollte sie mir nichts erzählen ..." Die Augen vor Schmerz verdunkelt, fuhr er zögernd vor: „Sie sah sich sterben, von den Händen meines Bruders. Bedauerlicherweise kann ich sie nicht zwingen, die Stadt zu verlassen. Aber ich werde ihren Tod verhindern – ganz egal, was in ihrer Vision geschah."

„Natürlich kann ich Ihr Haus bewachen lassen, Mr. Donner", erklärte Kirby. „Allerdings weiß ich nicht, für wie lange."

Gabriel nickte. Das hatte er sich bereits gedacht. „Tun Sie, was möglich ist. Und ich werde tun, was ich tun muss."

„Okay, ich kümmere mich sofort darum", versprach der Agent, während sie in sein Büro zurückkehrten.

„Da wäre noch etwas, worum ich Sie bitten möchte ...", begann Gabriel zögernd.

„Ja, um was handelt es sich?“

Mit leiser, gepresster Stimme flehte Gabriel: „Tun Sie ihm nicht weh! Zweifellos würde Dr. Wallis meine Überzeugung bestätigen, wenn ich Ihnen versichere, Sie könnten Garrett bei der Hand nehmen und problemlos ins Reed House zurückbringen. Aber falls Sie Sirenen heulen und Schüsse krachen lassen – oder falls irgendjemand meinen Bruder schreiend auffordert, sich zu ergeben, sollten Sie sich auf ein Blutbad gefasst machen.“

Kirby erblasste. Was für ein grausiges Bild Gabriel Donner heraufbeschwor. „Gut, ich werde dran denken. Nur wenn er jemanden ernsthaft bedroht, wird meinen Leuten nichts anderes übrig bleiben, als ihn mit allen Mitteln an einem weiteren Mord zu hindern. Immerhin sind seinetwegen schon fünf Menschen gestorben.“

„Nein“, entgegnete Gabriel, „nicht seinetwegen. Dafür müssen Sie Althea Good zur Rechenschaft ziehen. Garrett ist seinen Taten hilflos ausgeliefert, und sie wusste Bescheid über seine Krankheit. Doch die war ihr egal.“

„Gewiss, ich verstehe. Wohin gehen Sie jetzt?“

Gabriel ergriff Lauras Hand. „Nach Hause. Dort wollen wir Garretts Heimkehr vorbereiten.“ Von schmerzlichen Emotionen bewegt, fügte er hinzu: „Endlich … Es hat viel zu lange gedauert.“

Kurz nach Mitternacht erwachte Laura, und es widerstrebte ihr, die Lider zu heben. Reglos lag sie da und wartete, bis sie wieder einschlafen würde. Irgendetwas streifte ihre Wange. Den Kopf tiefer ins Kissen gedrückt, fühlte sie es noch einmal und lächelte. Weich und warm – Gabriels Atem.

Seufzend drehte sie sich zur Seite und nahm an, sie würde seinen kraftvollen Körper spüren. Doch da war nichts, nur ein kaltes Laken.

Jetzt strich wieder etwas über ihr Gesicht – ganz sanft, aber beharrlich. In wachsender Verwirrung öffnete sie die Augen und setzte sich auf. Neben ihr war die Decke zurückgeschlagen. Gabriels Pyjama hing über einer Sessellehne. Vergeblich suchte Lauras Blick die Sachen, die er getragen hatte – ein T-Shirt und Jeans. Sie berührte ihre Wange. Feucht – von Tränen.

Warum? Sie hatte nicht geweint. Von wem stammten die Tränen?

Als sie erkannte, was geschehen war, erschauerte sie. Angela versuchte ihr etwas mitzuteilen!

Ohne Zögern sprang Laura aus dem Bett und griff nach ihrem Morgenmantel.

Langsam und bedächtig wanderte Gabriel durch das Haus, schaltete die Alarmanlage ab und sperrte alle Türen auf. Dann trat er ins Freie, mit sicheren Schritten, die Schultern gestrafft. Während er durch die Nacht ging, wurde ihm sein Körper auf völlig neue Weise bewusst. Nie zuvor hatte er das alles so deutlich wahrgenommen – die Kleidung an Armen und Beinen, die Luft im Gesicht, das Geräusch seiner eigenen Herzschläge in den Ohren. Ganz einfach – er spürte das *Leben.*

Und er war bereit für die Wiedervereinigung. Bald würde es so weit sein, das fühlte er. Er öffnete die beiden Flügel des Gartentors.

Dann stand er im Schatten, schaute zum Haus hinauf und versuchte, es mit den Augen seines Bruders zu sehen.

Würde sich Garrett an die ersten fünf Jahre seines Daseins erinnern? Oder war sein Geist zu empfindlich gestört? Gabriels Blick schweifte zu der steinernen Mauer, die das Grundstück umgab. Sogar im Dunklen waren die Rosen wunderschön. Wie Miniaturwelten, von Elfen bewohnt. Während er den Rosengarten betrachtete, verbannte er die Trauer um seine Eltern, wappnete sich gegen einen neuen Schmerz. Was er Laura erklärt hatte, traf zu – er war tatsächlich der Hüter seines Bruders. Doch diese Erkenntnis erfüllte ihn nicht mehr mit Zorn. Stattdessen hatte er sich mit seinem Schicksal abgefunden, und er empfand sogar freudige Erregung – wie ein Kind, das den Weihnachtstag herbeisehnt, aber ganz genau weiß, dass es noch ein wenig warten muss. Ja, Garrett würde zu ihm kommen. In den letzten beiden Stunden war dieses Gefühl immer stärker geworden. Die Frage lautete nur – wann?

Ein letztes Mal sah er sich um und seufzte müde. Nun hatte er alles getan, um Garrett eine sichere Heimkehr zu ermöglichen.

Und dann stockte sein Atem. Die alte Gartenpforte! Von dichten Ranken überwuchert, war sie in die Steinmauer am hinteren Ende des Grundstücks eingelassen und – versperrt.

Wenn sich Garrett an diese Tür erinnerte? Wenn es der einzige Weg zu seinem Heim war, den er kannte?

Gabriel begann zu laufen.

Angstvoll irrte Laura durch alle Räume und rief Gabriels Namen. Doch sie hörte nur das Echo ihrer eigenen Stimme. Als sie herausfand, dass die Alarmanlage wieder abgeschaltet war, stöhnte sie leise und eilte zur vorderen Haustür, die weit offen stand. Sie *musste* ihn finden.

Als sie ins Freie rannte, ließ er sich nirgends blicken. Und so kehrte sie ins Haus zurück. Immer wieder rief sie seinen Namen und erhielt keine Antwort.

Zu ihrem Entsetzen waren alle Türen, die nach draußen führten, unverschlossen. Schließlich lief sie wieder hinaus, diesmal durch die Küchentür. Hinter dem Gebäude erstreckte sich ein viel größerer Park als an der Vorderseite. Deshalb würde es eine Weile dauern, bis sie das ganze Gebiet abgesucht hatte. Aber solange sie Gabriel nicht aufspürte, würde sie keine Ruhe finden.

„Bitte, lieber Gott, beschütze ihn", flüsterte sie.

Im Licht der Sicherheitslampen begann sie ihre Suche. Hin und wieder blieb sie stehen, um seinen Namen zu rufen und auf eine Antwort zu hoffen, die nicht erklang. In hartem, ungleichmäßigem Rhythmus hämmerte ihr Herz gegen die Rippen. Tränen stiegen ihr in die Augen, die sie entschlossen hinunterschluckte. Nein, sie würde nicht weinen – nicht in Panik geraten. Jetzt musste sie sich zusammenreißen. Doch das fiel ihr schwer. In ihrem dünnen Morgenmantel begann sie zu frieren, ihre Hände waren kalt und feucht. Am liebsten hätte sie gellend geschrien. Doch das wagte sie nicht, womöglich hielt sich Garrett bereits in der Nähe auf …

Sie eilte weiter, vorbei an der Stelle, wo sie Gabriel das letzte Mal gefunden hatte, bis zu einer hohen, von Ranken bedeckten Mauer. Die Finger zwischen den Blättern, berührte sie den kühlen Stein.

Dann drehte sie sich zu den dunklen Umrissen des Hauses um. „Verdammt, Gabriel, wo steckst du? Das ist wirklich nicht komisch!“

Zu ihrer Rechten raschelte irgendetwas in den Büschen. Sie fuhr herum und spähte in pechschwarze Schatten, doch sie sah nichts. Als sie schon glaubte, sie hätte sich das Geräusch nur eingebildet, hörte sie es wieder – diesmal in ihrer Nähe. Ohne abzuwarten, was – oder wer – auf sie zukam, stürmte sie zum Haus, wie von Furien gehetzt.

Über den ausgedehnten Rasen.

Vorbei am Wunschbrunnen, wo Angelas Rosen am besten gediehen.

Vorbei an den Bäumen, die den Tennisplatz säumten.

Kein einziges Mal wagte sie es, über die Schulter zu spähen oder ihre Schritte zu verlangsamen.

Kurz bevor sie die Terrassenstufen erreichte, trat er aus dem Dunkel ins Licht einer Sicherheitslampe. Weil Laura viel zu schnell rannte, strauchelte sie und verlor die Balance. Instinktiv schloss sie die Augen und streckte die Hände aus, um den Sturz einigermaßen abzufangen, wenn der Kies auch ihre Haut aufschürfen würde.

Aber sie landete nicht am Boden. Stattdessen prallte sie gegen etwas anderes – mitten in der Luft. Ungeschickte Hände umklammerten ihren Hals, dann wurde sie hochgezogen und losgelassen. Taumelnd fand sie ihr Gleichgewicht wieder.

„Bist du okay?" In ihrer Kehle blieb der Atem stecken. Gabriels Stimme, Gabriels Gesicht. Doch der Mann, der vor ihr stand, war nicht Gabriel. Zu langes Haar, zu schmutzige Kleidung. Und während Gabriels Haltung maskulines Selbstbewusstsein auszudrücken pflegte, wirkte dieser Mann ganz anders. Mühsam rang sie nach Luft. Er hatte seine Hände um ihren Hals gelegt. Aber nicht, um sie zu töten – nur um ihren Sturz zu verhindern. Vor lauter Freude wäre sie beinahe in Gelächter ausgebrochen.

„Garrett?" fragte sie.

Da schenkte er ihr ein Lächeln, das ihr Herz eroberte und kindliches Entzücken, aber auch Angst bekundete. Nur zu verständlich, nach allem, was er durchgemacht hatte …

„Ich bin Laura."

Ungelenk hob er seine Tasche auf, die ihm entglitten war, und drückte sie an die Brust, wie ein Kind, das sein Spielzeug festhält. „Zu Hause?"

„Ja, mein Lieber, hier bist du zu Hause."

Ein schwerer Seufzer erschütterte seine ganzen Körper. Und in der nächsten Sekunde versteifte er sich, den Kopf schief gelegt, lauschte er sichtlich erschrocken ins Dunkel, aus dem Laura aufgetaucht war. Irgendjemand näherte sich dem Haus.

Und das konnte nur eine einzige Person sein – Gabriel. Nun musste Laura verhindern, dass seine Ankunft Garrett in die Flucht schlug.

Obwohl sie wusste, in welche Gefahr sie sich brachte, ergriff sie Garretts freie Hand und lächelte ihn an, um ihm zu bedeuten, alles wäre in bester Ordnung. Dann trat sie vor und rief leise nach seinem Bruder. Gerade laut genug, damit er sie hören konnte.

„Hier sind wir, Gabriel, vor der Terrasse!"

„Um Himmels willen, Baby!" Gabriel stürmte aus den Schatten. „Warum bist du plötzlich weggerannt? In dieser dunklen Nacht hättest du stürzen und dir den Hals brechen können …"

Und dann sah er sie im schwachen Lampenlicht stehen, und die Worte erstarben auf seinen Lippen. In die Sorge um Laura mischte sich ungläubiges Staunen beim Anblick des Mannes, dessen Hand sie umklammerte. Mein Gott, dachte er, kein Wunder, dass Sadie Hussers Butler mich für den Killer hielt …

„Schon gut." Laura lächelte Garrett besänftigend an. „Sieh doch, es ist nur Gabriel."

Da ließ die Anspannung in seinem Körper nach, und er seufzte tief auf, die Tasche noch fester an die Brust gepresst, Gabriel, so hieß sein *Bruder.* Wenn er auch keine klare Vorstellung von der Bedeutung dieses Wortes hatte, so erinnerte er sich doch an eine Zeit, wo er nicht allen gewesen war. Damals hatte jemand seine Welt geteilt.

Während Gabriel auf ihn zukam, erkannte Garrett in diesem Mann nicht sich selbst. Nur eins erkannte er – endlich hatte er sein Ziel erreicht.

Gabriel glaubte auf Wolken zu gehen. Obwohl er wusste, dass er einen Fuß vor den anderen setzte, spürte er keinen Boden mehr unter seinen Sohlen. Nach wenigen Herzschlägen war er nahe genug an seinen Bruder herangekommen, um ihn zu berühren.

Jetzt sah Garrett den Mann ganz deutlich, und der letzte Rest seiner Furcht verflog. Wer das war, wusste er, denn er besaß ein Foto. „Mein Bruder“, sagte er, ließ Lauras Hand los und berührte Gabriels Brust mit einem Finger. Dann zuckte er in plötzlicher Angst zurück.

„Nein, alles in Ordnung“, beteuerte Gabriel und berührte seinen Arm.

Ein engelsgleiches Lächeln erhellte Garretts Gesicht und trieb beinahe Tränen in Lauras Augen. Als sie Gabriel anschaute, merkte sie, wie schwer es auch ihm fiel, seine Rührung zu verbergen.

„Zu Hause?“ fragte Garrett. „Ist das zu Hause?“

„Ja, Garrett, das ist zu Hause“, bestätigte Gabriel. Plötzlich durchströmte ein eigenartiger Schauer seinen Körper. „Wollen wir hineingehen?“

Die Stirn gerunzelt, drehte sich Garrett um und betrachtete das große, dunkle Haus.

In diesem Moment erinnerte sich Gabriel an etwas, woran er über fünfundzwanzig Jahre lang nicht gedacht hatte – an eine der Lieblingsbeschäftigungen seines Bruders. „Du kannst das Licht einschalten."

Freudestrahlend nickte Garrett. „Okay."

Wie ein Kind, das geführt werden möchte, streckte er seine freie Hand aus. Gabriel schluckte krampfhaft, griff danach und ging mit ihm in die Küche. Neben der Hintertür blieb er stehen und legte Garretts Finger auf den Schalter.

Licht erfüllte den Raum und Garretts Herz. Hier drohten ihm keine Gefahren. Glücklich atmete er auf. „Mutter? Ist Mutter da?"

Gabriel unterdrückte ein Stöhnen. Wie sollte man einem Kind erklären, seine Eltern seien gestorben? Um herauszufinden, was zu tun war, würde er Dr. Wallis anrufen müssen.

Im Augenblick blieb ihm nichts weiter übrig, als seinen Bruder zu beruhigen. „Nein, Garrett, Mutter ist nicht da. Aber ich bin bei dir, und ich werde für dich sorgen."

Garrett sank auf einen Küchenstuhl. Lautlos begann er zu weinen, und die Tränen zogen helle Spuren über seine schmutzigen Wangen.

„Überlass das mir", schlug Laura leise vor. „Während du telefonierst, werde ich mich um ihn kümmern und ihm helfen."

Was sie meinte, wusste Gabriel. Aber es widerstrebte ihm, die Polizei zu verständigen. Sobald die Beamten hierher kamen, würde die kostbare Zeit mit seinem Bruder ein Ende nehmen. Zögernd stimmte er zu. „Also gut, ich rufe Summers an."

„Würdest du mir vorher helfen, Garrett zu baden?“

Gabriel warf einen Blick auf seinen Bruder. Dann wandte er sich wieder zu Laura. „Bist du sicher?“

Um auf Garretts Geruch hinzuweisen, hob sie ausdrucksvoll die Brauen.

Verständnisvoll nickte Gabriel, nahm seinen Zwillingsbruder wieder bei der Hand und zog ihn vom Stuhl hoch. „Komm mit mir, jetzt musst du ins Bett gehen.“

„Ja. Müde.“

„Das weiß ich, alter Junge“, sagte Gabriel leise.

„War verirrt“, fügte Garrett hinzu.

„Auch das weiß ich.“ Impulsiv nahm Gabriel ihn in die Arme. „Aber du hast uns ganz allein gefunden, nicht wahr? Mutter wäre so stolz auf dich.“

Beglückt ließ sich Garrett die Treppe hinaufführen.

In der Tat – diese Überwachung war jede einzelne Minute von Kirby Summers' verlorenem Schlaf wert. Gabriel Donners Anruf hatte ihn ziemlich verblüfft.

Während die ganze Mordkommission Amok lief und erfolglos nach dem mörderischen Rosenkavalier fahndete, war der Mann unbemerkt an mehreren, nicht gekennzeichneten Polizeiautos vorbeigegangen, die er vorsichtshalber ringsum das Donner-Anwesen postiert hatte.

Am liebsten hätte er Garrett sofort festgenommen. Aber Gabriel bat ihn, den nächsten Morgen abzuwarten. Bis zu einem gewissen Punkt gab Kirby nach. In ein paar Stunden würde der neue Tag anbrechen. Solange würde er sich gedulden. Keine Sekunde länger.

Und so wartete er vor dem Gartentor in seinem Wagen, sehnte den Sonnenaufgang und die Befreiung von der schweren Last herbei, die seit Wochen auf seinen Schultern lag. Mit der Verhaftung dieses gefährlichen Killers würde er einige Sprossen auf der Karriereleiter emporsteigen.

Im dunklen Haus saß Laura neben Gabriels Bett und beobachtete den Schlaf der Brüder. Gemeinsam mit dem geliebten Mann hatte sie überlegt, wie sie verhindern sollten, dass Garrett erwachen und einfach davongehen würde.

Zu ihrer Überraschung hatte Garrett das Problem selbst gelöst. Frisch gebadet und abgetrocknet, in einem Pyjama seines Bruders, war er lächelnd ins Schlafzimmer gekommen.

Gabriel lag auf seinem Bett und erwartete ihn. „Fühlst du dich nach deinem Bad besser?"

Garrett nickte. „Besser." Dann kroch er neben Gabriel ins Bett und schob den Kopf unter den Arm seines Bruders, drückte ihn wie ein großes Plüschtier an sich und schloss die Augen. „Sag mein Gebet", murmelte er verschlafen.

Verwirrt von dieser kindlichen Unschuld, von wehmütigen Gefühlen, erfüllte Gabriel den Wunsch. „Ja, wir sagen unser Gebet", würgte er hervor.

„‚Jetzt leg ich mich zum Schlafen nieder …'", begann Garrett leise.

Und Gabriel fuhr fort: „‚… und bitte den Herrn, er möge meine Seele hüten.'"

„‚Wenn ich sterbe, bevor ich erwache …‘“, lallte Garrett schlaftrunken.

„‚… bitte ich den Herrn, sich meiner Seele anzunehmen.‘“

Als Gabriel das Gebet beendete, seufzte Garrett tief auf, und wenige Sekunden später schlummerte er ein.

Etwas später hatte er sich auf die andere Seite gedreht. Und Gabriel war dem Beispiel gefolgt, hatte ihn ebenso fest umschlungen wie Garrett zuvor ihn.

Während Laura neben dem Bett saß, brannten Tränen in ihren Augen. Garrett war daheim. Aber für wie lange? Die zwei Brüder vereint zu sehen, brach ihr das Herz. Trotzdem brachte sie Verständnis für Kirby Summers auf. Zu viele Tragödien waren geschehen, die er nicht ignorieren durfte. Nur der Himmel mochte wissen, welche Zukunft auf Garrett Donner wartete. Nur eins stand fest – hier konnte er nicht bleiben.

Sie stand auf und zog die Decke über die Beine der beiden Brüder. Dann setzte sie sich wieder, hielt Wache und versuchte, die zahlreichen Polizeiautos zu vergessen, die ringsum das Grundstück parkten. Wie würde Garretts Gesicht aussehen, wenn ihn die Beamten abführten? Nein, das wollte sie sich nicht vorstellen. Niemals würde er verstehen, was mit ihm geschah.

16. KAPITEL

Als Matty zur Arbeit kam, merkte sie sofort, dass dieser Tag nicht normal verlaufen würde. Zwei uniformierte Polizisten verwehrten ihr den Zutritt zum Donner-Anwesen, und die Nachbarn saßen in Liegestühlen auf ihrer Veranda und spähten durch Ferngläser herüber. Bei diesem Anblick geriet sie in Panik. „Was ist denn los? Da drin sind meine Herrschaften. Und weil ich zur Familie gehöre, will ich wissen, was hier passiert – das ist mein gutes Recht."

„Hören Sie, Lady, ich habe meine Befehle", erwiderte ein Officer. „Bevor der Killer rauskommt, geht niemand rein."

Entsetzt hielt sie den Atem an. Das konnte nur eines bedeuten – Garrett war im Haus. Kraftlos kniete sie vor den Gartentor nieder und begann zu beten, das Gesicht in den Händen vergraben.

Im Haus fing dieser Tag ganz anderes an. Garrett saß in der Küche, ein Geschirrtuch um den Hals gebunden, und Laura verpasste ihm den dringend benötigten Haarschnitt. Währenddessen fütterte Gabriel ihn mit Cornflakes, in Milch eingeweicht. Bei jedem Bissen musste er versprechen, nach dem Frühstück würden sie im Garten Rosen pflücken.

Rosen zum Abschied.

„Gehe ich zu Dr. Wallis?" fragte Garrett mit vollem Mund.

„Das weiß ich nicht", antwortete Gabriel schweren Herzens. „Vielleicht später."

Die Stirn gefurcht, kaute Garrett etwas langsamer. Vielleicht – dieses Wort missfiel ihm. „Du kommst mit", verkündete er, öffnete den Mund, und Gabriel schob den nächsten gefüllten Löffel hinein.

„Natürlich", versprach er und zwang sich zu einem Lächeln. „Darauf kannst du wetten."

Garrett nickte eifrig, im selben Moment klapperte die Schere. Stöhnend hielt Laura eine lange Haarsträhne hoch. Sie hatte etwas zu viel abgeschnitten, und Gabriel zwinkerte ihr zu.

„Bald wirst du fabelhaft aussehen, alter Junge. Aber du musst still sitzen, wenn Laura deine Haare schneidet."

Kurz nachdem sie den Küchenboden gefegt und die herabgefallenen Haare weggeworfen hatte, läutete das Telefon. Nur ein leises Geräusch, doch es genügte, um Garrett erschauern zu lassen.

Schon nach dem ersten Klingelton riss Gabriel den Hörer vom Apparat, der vor ihm auf dem Tisch stand. „Tut mir Leid, Garrett", entschuldigte er sich. Nervös musterte er das verzerrte Gesicht seines Bruders. „Siehst du, ich habe mit dem Lärm Schluss gemacht. Jetzt ist alles wieder gut, nicht wahr?"

Laura neigte sich herab und küsste Garretts Wange, ohne zu wissen, dass Angela ihn stets auf diese Weise liebkost hatte.

„Mutter!" sagte er und wandte sich zu ihr.

„Nein, Schätzchen", erwiderte sie lächelnd, „ich bin's, Laura. Erinnerst du dich?"

Energisch schüttelte er den Kopf. „Nein, meine Mutter", behauptete er und zeigte über ihre Schulter. Klopfenden Herzens drehte sie sich um. Da war niemand. Nichts. Wieder zu

Garrett gewandt, sah sie ihn lächeln. „Okay", stimmte sie mit sanfter Stimme zu. „Okay."

Gabriel legte den Hörer auf. „Jetzt ist es an der Zeit", erklärte er und ergriff Garretts Hand. „Komm, gehen wir."

Immer noch lächelnd, ließ sich Garrett aus dem Haus führen, ins Licht des neuen Tages – an einer Hand Laura, an der anderen Gabriel. Offenbar sah er die Polizeiautos vor dem Gartentor nicht, ebenso wenig den Wagen, der auf der Zufahrt heranfuhr. Er betrachtete den Himmel, die Bäume, zwei Schmetterlinge, die mit violetten Hyazinthen rings um den großen Marmorbrunnen flirteten. Von allen Seiten waren Waffen auf ihn gerichtet. Davon merkte er nichts – und er wusste auch nicht, dass in dem langsam heranrollenden Auto Leute saßen, die ihn wegbringen würden. Sein Haar war geschnitten, sein Magen gefüllt.

Weil die Szene so idyllisch wirkte, vergaß Gabriel die gebotene Vorsicht. Sobald er eine Hand hob und den Männern zuwinkte, die aus dem Wagen stiegen, riss sich Garrett los. Blitzschnell änderte sich seine Stimmung. Eben noch war er ruhig und gelassen gewesen, jetzt spannte sich sein Körper an. Was er flüsterte, verstanden nur Laura und Gabriel. „Meine Rosen – meine Rosen – meine Rosen zum Abschied …"

Dann fuhr er herum und eilte davon. Trotz seines ungelenken Gangs verschwand er bald aus dem Blickfeld der Beamten, die am vorderen Gartentor postiert waren.

Gabriel sah es geschehen und konnte es nicht verhindern. Wie schwarze Fliegen auf einem Kadaver krochen die Mitglieder des Sonderkommandos über die Steinmauern und befahlen Garrett, stehen zu bleiben.

„Rufen Sie Ihre Leute zurück!“ schrie Gabriel und packte Kirby am Kragen. „Ich habe ihm Rosen versprochen. Rosen zum Abschied! Glauben Sie mir, er will nicht fliehen – er holt sich nur seine Rosen!“

Hastig drehte sich Kirby um und schwenkte beide Arme, um die Attacke abzublasen. Aber noch während er die Polizisten anbrüllte, wusste er – es war zu spät.

„O Gott!“ stöhnte Gabriel, stürmte hinter seinem Bruder her, und Laura konnte nicht mit ihm Schritt halten. Als er um die Eckes des Hauses bog, sah er Garrett hinter einem Schuppen verschwinden.

„Nicht schießen! Nicht schießen!“ rief er. Mit wilden Gesten versuchte er, das Sonderkommando zu verscheuchen.

Doch die Männer reagierten nicht. Unerbittlich kamen sie näher. Sekunden später tauchte Garrett wieder auf und rannte zum hinteren Ende des Rosengartens. Bestürzt schaute Gabriel ihm nach. Die *Roten* ... Um rote Rosen zu pflücken, würde sein Bruder den ganzen weiten Weg zurücklegen.

„Komm zu mir, Garrett!“ Gabriel beschleunigte seine Schritte, spürte harten Kies unter den Sohlen, seine brennenden Lungen, die zu bersten drohten – in einem grausigen Wettlauf, den er unmöglich gewinnen konnte. „Warte auf mich!“

Und dann, zu seiner Erleichterung, verlangsamte Garrett sein Tempo und blickte über seine Schulter. Im selben Moment krachte der erste Schuss.

„Nein, verdammt, nein!“ schrie Gabriel. Ohne an seine eigene Sicherheit zu denken, lief er geradewegs in die Schusslinie.

Vom wuchtigen Einschlag der Kugel aus dem Gleichgewicht gebracht, taumelte Garrett rückwärts. Verwirrt starrte er auf sein sauberes Hemd hinab. Dann presste er beide Hände auf seine Brust, um die Blutung zu stoppen. Das Gesicht in ungläubiger Verblüffung verzerrt, fiel er auf die Knie.

Während er auf seinen Fersen wippte, nahm ihn Gabriel in die Arme und legte ihn zwischen Rosenbüsche, die seine Mutter fast so liebevoll wie ihre Kinder umsorgt hatte.

„Mein Hemd“, murmelte Garrett. „Irgendwas macht mein Hemd schmutzig.“

„Schon gut“, flüsterte Gabriel, blind vor Zorn und Schmerz. In diesem Augenblick, so kurz vor den letzten Atemzügen seines Bruders, wusste er, wie es sich anfühlte, wenn man die Grenze überschritt, die Vernunft von Wahnsinn trennte. „Schon gut“, wiederholte er und schluckte seine Tränen hinunter. „Du bekommst ein neues Hemd.“

„Tut weh“, wisperte Garrett und berührte die blutende Wunde.

„Das weiß ich, alter Junge.“ Gabriels Kinn sank auf seine Brust. „Tut mir so schrecklich Leid …“

Langsam schlossen sich Garretts Lider, und Gabriels Tränen begannen zu fließen.

Ein paar Sekunden später blickte Garrett plötzlich auf, mit glasklaren grünen Augen, und musterte den Busch neben seinem Kopf, die Blüten, nur knapp außerhalb seiner Reichweite. „Rosen", hauchte er und zeigte auf die Blumen zwischen seinem Gesicht und dem Himmel. „Rosen zum Abschied."

Gabriel tastete blindlings nach dem Busch. So schnell wie möglich brach er einen Stiel nach dem anderen ab, um seinem Bruder die Rosen zu schenken, bevor es zu spät wäre. Dornen rissen seine Handflächen auf, blieben in den Daumenballen stecken. Bald rann sein Blut an den Stängeln hinab. Doch er hörte nicht auf, die Blumen zu pflücken.

Als Laura neben ihm niederkniete, schlug ihr das Herz bis zum Hals. Mit einem kurzen Blick erfasste sie die Situation – diesmal würden Cornflakes und Küsse nicht genügen „O nein, Gabriel, nein!" Verzweifelt begann sie zu weinen.

„Wehweh", murmelte Garrett, ergriff Lauras Hand und legte sie auf seine Brust. „Spürst du mein Wehweh?"

Nur ganz schwach fühlte sie das Pochen seines Herzens und sah sich verzweifelt um. In der Nähe standen einige Polizisten, und sie merkte ihnen an, dass sie erkannten, welches Unrecht hier begangen worden war. „Rufen Sie eine Ambulanz!" schrie sie.

„Schon unterwegs, Miss."

Sie wandte sich wieder zu Garrett. Sicher würde der Krankenwagen zu spät eintreffen.

Mit zitternden Händen, die Wangen voller Tränen, legte Gabriel die Rosen auf den Boden und begann, die Dornen von den Stielen abzubrechen. Aber bei dieser Arbeit kam er viel zu langsam voran, und seinem Bruder lief die Zeit davon. Schließlich packte Gabriel einen der Stängel, ballte die Hand zur Faust und streifte sie nach unten, riss Blätter und Dornen ab und zerfetzte seine Haut. Immun gegen den Schmerz, schloss er Garretts Finger um die erste Blume. „Hier, alter Junge, Rosen zum Abschied."

Garrett sah ihn an und seine Lippen verzogen sich zu einem kraftlosen Lächeln.

Und Gabriel befreite eine Rose nach der anderen von den Dornen, bis Garretts Hände überquollen und der Blütenduft den metallischen Blutgeruch beinahe überdeckte.

Kirby Summer stand zwischen den anderen Polizisten und beobachtete die Szene aus der Ferne. In diesem Moment war der Schutz der Privatsphäre alles, was er den beiden Donners und Laura geben konnte.

Jetzt ertönte die Sirene des Krankenwagens, und obwohl Garrett kaum bei Bewusstsein war, reagierte er auf den Lärm. Die Augen weit aufgerissen, spannte er seine Muskeln an und wappnete sich instinktiv gegen den Schmerz.

Doch das ließ Gabriel nicht zu. Immer noch auf den Knien, neigte er sich vor, presste seine blutenden Hände auf Garretts Ohren und erlöste den Bruders von den Qualen.

Ein paar Minuten später verstummte die Sirene, und Gabriel richtete sich auf. Entweder war jemand vernünftig genug gewesen, das verdammte Ding abzuschalten, oder die Ambulanz hielt vor dem Gartentor.

Unglücklich betrachtete er seinen Bruder. Obwohl Garretts Augen immer noch geöffnet waren, lag er so still da. *Zu* still.

Und die Wiedervereinigung der Brüder wurde viel zu schnell beendet.

Während Garrett zum Himmel hinaufschaute, rannen Tränen aus seinen Augen. „Nun gehe ich schlafen."

Mühsam schluckte Gabriel. Jetzt blieb ihm nur noch eins zu tun. Er beugte sich hinab, bis er den Atem seines Bruders an der Wange spürte, und begann zu sprechen. „‚Jetzt leg ich mich zum Schlafen nieder …'"

Sekundenlang erweiterten sich Garretts Pupillen und verrieten Gabriel, dass sein Bruder ihm immer noch zuhörte.

„‚… und bitte den Herrn, er möge meine Seele hüten.'"

Garretts Finger umschlossen die Rosen noch fester, als fürchtete er, sie würden davonfliegen. Nun senkten sich seine Lider. Doch er wandte den Kopf zur Stimme seines Bruders.

„‚Wenn ich sterbe, bevor ich erwache …'"

Ganz langsam und tief holte Garrett Atem.

„‚… bitte ich den Herrn, sich meiner Seele anzunehmen.'"

Aus Garretts Mund entwich die Luft, und Gabriel wartete auf den nächsten Atemzug – vergeblich.

Er schwieg und neigte sich nach hinten. Statt Garretts Gesicht zu betrachten, konzentrierte er sich auf einen Knopf an dem blutbefleckten Hemd. Wie aus weiter Ferne hörte er Laura neben sich schluchzen. Er selbst hatte keine Tränen mehr. Und er brauchte ihre Kraft so dringend. Er schaute zum Himmel empor, der im gleichen sanften Blau leuchtete wie vorhin, als sie das Haus verlassen hatten. Auch die Geräusche im Park änderten sich nicht. Das ergab keinen Sinn. Wie konnte das Leben ringsum wagen, weiterzugehen, wenn sein eigenes immer wieder in einen Abgrund stürzte?

Und dann spürte er Lauras Hand auf seiner Stirn, hörte ihre Stimme dicht an seinem Ohr, roch den Duft ihres Shampoos. Und da wusste er – eines Tages würde sogar *dieses* schmerzliche Leid ein Ende finden.

Er zog sie an sich, schloss die Augen und achtete nur noch auf das pulsierende Leben in seinen Armen. Ihr Leben – sein Leben – eng miteinander verbunden. Schaudernd seufzte er, ließ den Schmerz aus seiner Seele und akzeptierte die Trauer.

So leicht fiel es Laura nicht, das Leid zu bekämpfen. Garrett war tot, sie wusste nicht, wie sie seinem Bruder helfen sollte. Welch eine Verschwendung …

„Da ist die Ambulanz“, verkündete Kirby.

„Zu spät“, erwiderte Gabriel, ohne aufzublicken. „Alles ist zu spät.“

Kirby musterte den Mann, der am Boden lag, unterdrückte einen Fluch und ging davon.

Nachdem die Sanitäter die Leiche weggebracht hatten, spürte Laura einen Luftzug im Gesicht, als wäre jemand an ihr vorbeigegangen. Sie sah sich um. Doch da war niemand. Ein paar Schritte entfernt sprach Gabriel mit Kirby Summers. Und da fühlte Laura erneut den Hauch an ihrer Wange

Irgendetwas bewog sie, an den uniformierten Polizisten, die in schweigsamen Gruppen beisammenstanden, vorbeizuschauen – in üppiges Grün. Und plötzlich sah sie die beiden.

Hand in Hand wanderten sie dahin und lachten, als würden sie sich köstlich amüsieren.

Gott sei Dank, dachte Laura und atmete tief auf.

Angela trug ein langes, dünnes, fließendes Gewand, das ihre Gestalt wie ein Brautschleier umwehte. Noch wunderbarer – an ihrer Seite ging Garrett leichtfüßig durch den Park, den Kopf stolz erhoben, mit einem strahlenden Lächeln.

Und in Angelas Armen lag ein großer Strauß frischer Rosen, wie ein geliebtes Kind.

Garretts Abschiedsrosen.

EPILOG

Gabriel lehnte am Türrahmen. „He, Mrs. Donner, bist du noch immer nicht fertig?"

Stöhnend warf sie ihm einen kurzen Blick zu, schnitt eine Grimasse und wandte sich wieder zum Spiegel. „Versuch *du* doch mal, mit einem riesigen Bauch gut auszusehen!"

Da umarmte er sie und küsste die Sorgenfalten auf ihrer Stirn, bis sie zu kichern begann.

„Hör mal, das ist unfair", klagte sie und schwelgte in der Liebe, die er ihr so großzügig schenkte. Trotzdem tat sie sich immer noch Leid.

„Das musst du gar nicht versuchen, meine Süße. Du bist schön wie eh und je. Außerdem mag ich Frauen mit runden Bäuchen. Je dicker, desto …"

„Klar", unterbrach sie ihn, „desto voluminösere Kleider müssen sie anziehen."

Gabriel lachte. „Eigentlich wollte ich was anderes sagen. Aber ich werde nicht mit dir streiten. Nicht heute."

Seufzend schlang sie ihre Arme um seinen Hals. „Du hast Recht", gab sie leise zu und hauchte einen Kuss auf seinen Mundwinkel. „Bloß nicht *heute.*" Auf dem Weg zur Tür griff sie nach ihrer Handtasche. „Wann sollen wir da sein?"

„Um zwei Uhr, hat Onkel Mike gesagt."

„Kommt er zum Dinner?"

„Höchstwahrscheinlich", erwiderte er und zuckte die Achseln. „Heute ist Samstag."

Mike Travers war eindeutig ein Gewohnheitsmensch. Doch das störte weder Laura noch Gabriel. Sie liebten ihn sehr, und Matty wäre tief beleidigt, wenn er nicht pünktlich erscheinen würde, um ihre Kochkunst zu würdigen.

Am Treppenabsatz umfasste Gabriel den Ellbogen seiner Frau. „Vorsicht, Liebling! Denk an deinen Zustand. Selbst wenn wir verspätet zur Grundsteinlegung des neuen Reed-House-Trakts eintreffen – da er Garrett-Donner-Flügel heißen soll, wird man nicht ohne uns mit der Zeremonie anfangen."

Dankbar für seine starke Hand, die sie stützte, stieg sie langsam die Stufen hinab.

Nachdem er ihr ins Auto geholfen und den Motor gestartet hatte, musterte sie ihn besorgt, weil seine Miene plötzlich wieder so ernst und verschlossen wirkte. Die letzten Monate waren schwierig gewesen. Aber sie hatte den Eindruck gewonnen, er würde diesem Tag ebenso entgegenfiebern wie der Geburt seines ersten Kindes. Und der Gedanke, er würde immer noch leiden, tat ihr in der Seele weh.

„Gabriel?"

„Ja?"

„Bist du traurig?"

Er wartete, bis er eine Kreuzung überquert hatte. Dann warf er Laura eine Kusshand zu und schenkte ihr ein liebevolles Lächeln. „Wie könnte ich traurig sein – wenn du mich jeden Tag so wundervoll tröstest?"

Eine Zeit lang fuhren sie schweigend weiter, jeder in seine eigenen Gedanken an die vergangenen Monate versunken.

Wenn Garrett auch nicht mehr im Reed House lebte – alle anderen Patienten, die Althea Good im Stadtzentrum ausgesetzt hatte, waren aufgespürt und wohlbehalten in das Pflegeheim zurückgebracht worden. Dafür musste man dem Himmel dankbar sein.

Als sie vor einer roten Ampel hielten, wühlte Gabriel in den CDs. Laura schaute aus dem Seitenfenster. Geistesabwesend beobachtete sie ein Paar, das Hand in Hand über die Kreuzung ging. Dann wandte sie sich zu ihrem Mann und betrachtete seine kraftvollen, gebräunten Finger, die eine Scheibe in den CD-Spieler schoben. Eine romantische Melodie erklang.

Berührungen – das Wichtigste im Leben ... Hände und Ideen, Seelen und Herzen, die einander berührten ... Laura legte eine Hand auf ihren gewölbten Bauch. So gut sie es vermochte, versuchte sie das Kind der Liebe zu ertasten, die sie mit Gabriel vereinte. Das Auto setzte sich wieder in Bewegung.

Die Augen geschlossen, ließ sie ihre Gedanken schweifen, über den Straßenverkehr, die Bäume und Wolken hinweg.

„Laura? Alles in Ordnung, mein Schatz?“

Gabriels Stimme holte sie in die Gegenwart zurück. Lächelnd nickte sie, überließ ihr Baby wieder den sanften, schaukelnden Bewegungen der Fahrt und suchte in ihrem Gehirn nach dem Ort, wo sie soeben gewesen war.

Und da wusste sie Bescheid. Genauso, wie sie sich erinnerte ... Sie lauschte, wartete auf ein Zeichen – irgendetwas oder jemanden, der ihr sagte, was geschehen würde. So wie sie es immer wieder erlebte, seit sie vier Jahre alt gewesen war.

Denk an die Liebe.

Eine klare, schlichte Aufforderung. Mehr brauchte Laura nicht.

„Das tue ich doch“, sagte sie leise, ohne zu merken, dass sie die Worte aussprach.

„Was tust du?“ fragte Gabriel beunruhigt, und sie drückte seine Hand.

„Ach, nichts, Liebster, ich habe nur ein wenig mit mir selbst geredet.“

Erleichtert lächelte er. Solange es Laura gut ging, war seine Welt in Ordnung.

Tief und innig musst du lieben.

Die Lider immer noch gesenkt, sah sie Gabriels Bild in ihrer Phantasie. „Oh, das tue ich.“ Auch diesmal war ihr nicht bewusst, dass sie ihre Gedanken aussprach.

Gabriel schaute sie kurz an. Hätte sie seinen Blick erwidert, wäre ihr sofort ein besonderes Funkeln in seinen Augen aufgefallen.

Liebe mich.

Abrupt starrte sie ihn an. Das Auto stand wieder vor einer roten Ampel, und er grinste selbstzufrieden.

„Was treibst du eigentlich hier drin, Gabriel Donner?“ rief sie und schlug auf seinen Arm.

Scheinbar verwundert, hob er die Brauen. „Worin, mein Schätzchen?“

Lauras Faust landete auf seiner Schulter. „Das weißt du sehr gut.“

Da neigte er sich zu ihr. „Ich habe nur angeklopft. Und du hast mich eingelassen."

Hinter ihnen erklang eine Hupe, und Gabriel zuckte leicht zusammen. Inzwischen hatte die Ampel auf Grün gewechselt. Während er Gas gab und die Kreuzung überquerte, dachte Laura über seine Erklärung nach. Anfangs hatte sie ein gewisses Unbehagen empfunden, weil er so mühelos in ihr Inneres eindringen konnte. Aber je länger sie mit dieser Tatsache lebte, desto besser gefiel sie ihr.

Natürlich hatte sie ihn eingelassen. Die Finger gespreizt, berührte sie wieder ihren runden Bauch. Gabriel lebte in ihrem Herzen. Darin würde er für immer bleiben, und im Augenblick ruhte ein Teil von ihm in ihrem Körper. Den wollte er *sehen.* Das war doch verständlich.

Ein paar Minuten später verlangsamte er das Tempo und bog in die Zufahrt des Reed House. Lebhaft begann das Baby zu strampeln, und Laura seufzte. Bald. In wenigen Wochen würde sie zur Welt kommen. *Sie?* Bei diesem Gedanken pochte ihr Puls schneller. Bisher hatte sie es nur vermutet. Und jetzt war sie sich sicher. „Gabriel?"

Weil er wusste, dass er in seinen sehr privaten Teil ihrer Welt eingedrungen war, freute er sich über das Glück, das in ihrer Stimme mitschwang, und ergriff ihre Hand. „Hast du mir verziehen?"

Laura erwiderte den Druck seiner Finger. „Da gibt es nicht zu verzeihen."

„Sehr gut. Und was willst du mir sagen?"

„Wir bekommen ein Baby, und das braucht einen Namen."

„Wie süß von dir, dass du mich daran erinnerst." Gabriel lachte laut auf. „Aber das habe ich schon vor einiger Zeit herausgefunden."

„Nein, ich habe mich falsch ausgedrückt."

„So?"

„Soeben habe ich einen Namen für das Baby ausgesucht."

„Sollten wir nicht damit warten, bis es geboren ist?"

Laura schüttelte den Kopf.

Jetzt verflog seine Heiterkeit. „Weißt du irgendwas, das ich *nicht* weiß?"

Schweigend nickte sie.

Obwohl er die Brauen hochzog, blieb er ruhig und gelassen. „Gehört das zu den Dingen, die du einfach weißt? Ist es das, was du mir zu erklären versuchst?"

Wieder nickte sie.

„Also?" Nun wirkte sein Lächeln etwas gequält.

„Willst du's wirklich wissen?" fragte sie, als das Auto auf dem Parkplatz des Reed House hielt.

Bevor er antworten konnte, öffnete Mike Travers den Wagenschlag und half ihr, auszusteigen. „Höchste Zeit, dass ihr endlich kommt!" schimpfte er und zupfte am Ärmel ihres Kleids. Dann umklammerte er ihren Arm, und sie überlegte, ob er vielleicht fürchtete, sie würde davonfliegen.

„Ohne uns können sie nicht anfangen." Gabriel warf die Tür an der Fahrerseite zu. „Und gib mir gefälligst meine Frau zurück, Onkel Mike!" befahl er, zwinkerte Laura zu und lächelte den alten Mann an.

„Mache ich schon wieder zu viel Getue?" seufzte Mike.

„Nur ein kleines bisschen", bestätigte Laura belustigt. „Aber das mag ich. Jedes Mal, wenn du deine Sorge um mich übertreibst, freue ich mich."

„Wunderbar!" meinte er und küsste ihre Wange. „Das bedeutet, dass du ihn nach *mir* nennen wirst."

„Nein, sie hat schon einen Namen", entgegnete Laura und schaute ihren Mann an.

Gabriel schnappte nach Luft, und sein Onkel jubelte entzückt: „Sie?"

Wortlos legte sie Gabriels Hand auf ihren Bauch. Im selben Moment begann das Baby wieder zu strampeln, und sein Vater strahlte über das ganze Gesicht.

Während er die kleinen Erschütterungen an seiner Handfläche spürte, brachte er kein Wort hervor. Seine Gedanken wanderten in die Vergangenheit, zu dem Bruder, den er nur kurz gekannt hatte. Und plötzlich bewegte ihn nur noch ein einziger Gedanke – *bitte, lieber Gott, lass sie gesund auf die Welt kommen.*

Da neigte sich Laura zu ihm und wisperte in sein Ohr: „Keine Bange, mein Liebster, Angela Rose ist kerngesund."

– *ENDE* –

Alex Kava
Schwarze Seelen

3,95 € (D)

ISBN: 978-3-89941-837-8

Nora Roberts
Die Spur des Kidnappers

3,95 € (D)

ISBN: 978-3-89941-835-4

Nora Roberts
Gegen jede Vernunft

3,95 € (D)

ISBN: 978-3-89941-836-1

Beverly Barton
Time to Die –
Stirb noch einmal
8,95 € (D)
ISBN: 978-3-89941-731-9

Heather Graham
Die Séance
8,95 € (D)
ISBN: 978-3-89941-720-3

Kat Martin
Engelslieder
8,95 € (D)
ISBN: 978-3-89941-759-3

Rick Mofina
Der Countdown
8,95 € (D)
ISBN: 978-3-89941-706-7

Alex Kava
Blutiger Freitag
8,95 € (D)
ISBN: 978-3-89941-683-1

Erica Spindler
Tote Stille
8,95 € (D)
ISBN: 978-3-89941-675-6

Chris Jordan
Sektenkind
8,95 € (D)
ISBN: 978-3-89941-688-6

Janice Harrell
Ich weiß, was ihr
getan habt
7,95 € (D)
ISBN: 978-3-89941-689-3

EPILOG

Die Sonne schien auf die sanften grünen Hügel. Eine leichte Brise wehte von der Bucht herüber, fuhr durch Deans Haar und Emilys Sommerkleid. Fast ein Jahr war vergangen, seit ihre Freunde sich um den Baum zusammengefunden hatten, neben dem sie Sophias Asche verstreut hatten. Seit jenem Tag hatten sie keine Zeit mehr verschwendet.

Emily lächelte und winkte ihm zu, als er aus dem Auto stieg. »Gutes Timing, JT!«, rief sie, kam barfuß auf ihn zu und küsste ihn auf die Wange. »Dein Sohn hat gerade behauptet, dass er mich im Armdrücken schlagen kann, und ich brauche einen Zeugen, der das Gegenteil beweist.«

Jack reichte ihr die Flasche Wein, die er mitgebracht hatte, sie gingen zum Haus, und er blieb stehen, um Dean zu umarmen. Der Junge sah gut aus, er wirkte gesund, auch die Narben neben seinem Auge waren kaum mehr zu sehen.

»O mein Gott!«, rief Dean. »Sie hat nur gewonnen, weil sie mich zum Lachen gebracht hat.«

Im Haus roch es nach Lamm, Kräutern und frischem

Brot. Randy begrüßte Jack im Eingang, und sie schüttelten sich die Hände wie alte Freunde.

Dann folgten sie ihren Nasen zur Küche und hinaus auf die Veranda zum Tisch, auf dem schon die Teller standen. Efeu, Moos und Gänsekresse, Eisenkraut, Nelken und Kammiris wuchsen draußen im Steingarten, und Jack bewunderte die Arbeit, die Randy hier geleistet hatte. Noch vor sechs Monaten war dies alles kaum mehr als ein Haufen Pflastersteine und gereinigter Steine vom Strand gewesen. Über Wochen hatte er die Veränderungen bei seinen regelmäßigen Essenseinladungen am Mittwochabend beobachtet.

Nach dem Essen wusch Jack das Geschirr ab, während Dean auf dem Tresen neben dem Spülbecken saß und von seinen Plänen für das nächste Semester, von seinen Reisezielen und von Leuten erzählte, die er in der Bibliothek getroffen hatte.

Emily brachte Blumen aus dem Garten herein, wickelte sie in feuchtes Papier und gab sie Jack für zu Hause mit.

Draußen setzten die Grillen zu ihrem Abendgesang an.

Als er durch die Einfahrt hinausfuhr, drehte er sich noch einmal zu Emily, Dean und Randy um, die auf der Veranda standen. Ob durch harte Arbeit oder Glück, ob durch Mut oder Gebete, irgendwie hatte Jack zu einem Lebensrhythmus zurückgefunden. Die Sekunden, Minuten und Stunden, die einen zu dem Menschen machten, der man war; die schönen Erinnerungen sowie die dunklen, das Leben und der Tod.

Jack klappte die Sonnenblende herunter, als er über die Homer Hadley Bridge fuhr und in den Wellen des Wassers sich glitzernd die untergehende Sonne spiegelte.